RUPTURA

RUPTURA

SIMON LELIC

Tradução
Rodrigo Chia

Título original: RUPTURE

Copyright © Simon Lelic 2010

Direitos de edição da obra em língua portuguesa no Brasil adquiridos pela EDITORA NOVA FRONTEIRA PARTICIPAÇÕES S.A. Todos os direitos reservados. Nenhuma parte desta obra pode ser apropriada e estocada em sistema de banco de dados ou processo similar, em qualquer forma ou meio, seja eletrônico, de fotocópia, gravação etc., sem a permissão do detentor do copirraite.

EDITORA NOVA FRONTEIRA PARTICIPAÇÕES S.A.
Rua Nova Jerusalém, 345 – Bonsucesso – 21042-235
Rio de Janeiro – RJ – Brasil
Tel.: (21) 3882-8200 – Fax: (21) 3882-8212/8313

Texto revisto pelo novo Acordo Ortográfico

CIP-Brasil. Catalogação na fonte
Sindicato Nacional dos Editores de Livros, RJ

L558r

Lelic, Simon, 1976-
    Ruptura / Simon Lelic; tradução Rodrigo Chia. -
Rio de Janeiro: Nova Fronteira, 2011.
288p.: 21 cm

ISBN 978-85-209-2346-7

1.Romance inglês. I. Chia, Rodrigo. II. Título.

CDD: 823
CDU: 821.111-3

Para Sarah, Barnaby e Joseph

ruptura [substantivo]: *ocorrência de quebra ou rompimento de modo repentino e completo*

Eu não estava lá. Não vi nada. Eu e o Banks ficamos lá embaixo, perto do lago, brincando com um carrinho de compras do Sainsbury que achamos na praça. Como já estávamos atrasados, resolvemos matar aula de vez. O Banks me disse para subir no carrinho. Eu disse para ele subir. No fim, fui eu que acabei subindo. Sou sempre eu que subo. Ele me empurrou um pouco, mas as rodas agarravam, apesar da grama curta e do mês sem chuva. Os carrinhos do Sainsbury são um lixo. Abriu um Waitrose onde antes ficava um Safeway; eles, sim, têm uns carrinhos que parecem carros alemães. O Sainsbury compra os carrinhos da França, ou da Itália, ou da Coreia, ou coisa parecida. Parecem uns Daewoo. O Ming diz que Daewoo significa "vai se foder" em chinês — só por isso eu já compraria um.

Afinal, quantos foram? Ouvi dizer que foram uns trinta. Willis disse que foram sessenta, mas não dá para confiar nele. Ele conta que o tio jogou futebol no Tottenham Hotspur uns anos atrás, acho que nos anos 1980, e que consegue ingressos para qualquer partida que quiser. Acontece que nunca consegue. Já pedi umas quatro vezes, e ele sempre arruma uma desculpa. Não pode ser para jogos da Copa da Inglaterra. Ou então eu pedi muito em cima da hora. Tenho que avisar algumas semanas antes. Meses. Não pode ser de véspera, apesar de não ter sido; foi numa segunda ou terça, para o jogo de sábado.

Mas e aí, quantos foram?
Ah. Sério? Hã.
Só cinco?

Hã.

É, tanto faz. Era lá que estávamos quando ouvimos: perto do lago. Tem uma pista de corrida ao redor, feita de tábuas de madeira. Tem umas falhas nesse piso, às vezes as rodas prendem. Parece que você está num rali dentro de um Skoda. Mas é preciso tomar cuidado com os vasos de flores. Eles aparecem do nada no meio do caminho e não dá para tirar porque a prefeitura mandou pregar tudo no chão. Nem sei por que fizeram isso. Está tudo cheio de latas de Coca-Cola, em vez de flores.

Eu disse que ouvimos, mas não na hora que aconteceu. A escola fica a quase um quilômetro dali, depois da linha do trem. De repente, apareceram uns moleques do oitavo ano, bem quando o Banks resolveu subir no carrinho. Ele prendeu o pé num buraco e caiu. Não foi um tombão, mas foi o suficiente para eu rir. Ele ficou puto e quis descontar em alguém. Foi quando os moleques apareceram. Apesar de nem terem visto o tropeção, o Banks resolveu descontar neles.

Foi esquisito porque os garotos estavam chorando. Quer dizer, dois estavam chorando. O outro só olhava. Olhava para o nada. Como se estivesse vendo TV nas lentes do óculos.

De qualquer jeito, o Banks começou a sacanear, mas os garotos nem se mexeram. Não saíram correndo, não xingaram, não tentaram reagir, nem nada. Acabei reconhecendo um deles. Ambrose. Minha irmã, que também é do oitavo ano, conhece ele e diz que é gente fina. Então decidi perguntar qual era o problema. Ele não respondia. Falava tudo enrolado, engolindo as palavras. O Banks foi pra cima dele, mas mandei ele parar. No fim, um dos outros abriu a boca. Não lembro o nome dele. Tinha uma cara sardenta. Normalmente, eu mandaria ele calar a boca, mas era o único que fazia sentido.

O Banks queria levar o carrinho. Depois que eu disse que a polícia ia aparecer, ele enfiou o carrinho no meio do mato e avisou aos moleques que era para não mexerem nele. A verdade é que eles não pareciam muito interessados. O sardento continuava só balançando a cabeça, com os olhos arregalados, e os outros dois pareciam nem ter reparado no carrinho.

Nunca tinha corrido para a escola na vida. Acho que o Banks também não. Lembro que ficamos rindo, não que fosse engraçado, mas era diferente, sabe como é?

Perguntei, Quem você acha que foi?

Ele respondeu, O Jones. Foi o Jones, tenho certeza.

Como você sabe?

Eu sei. Ele ficou puto na semana passada depois que o Bickle mandou ele cantar sozinho na reunião da escola.

Bickle é o sr. Travis, o diretor. Chamamos ele assim porque é um doente, igual ao Travis Bickle, do *Taxi Driver*.

Você não vai contar isso para ele, né?

Continuando… fiquei quieto por um tempo. Depois disse que achava que tinha sido um dos góticos. Um desses garotos com cabelo estranho que usam jeans e botas em pleno verão.

O Banks fez uma cara feia, não querendo admitir que eu estava certo.

Aliás, você já viu *Taxi Driver*?

Devia ver.

Começamos a ouvir as sirenes antes até de avistarmos a escola. Apesar de ouvirmos o barulho, não esperávamos o que viria. Quando chegamos, havia pelo menos dez carros da polícia. Todos uma porcaria, uns Fiestas, mas estavam espalhados por todo o canto, com as sirenes ligadas. Mas acho que você já sabe disso. Estava lá, né?

Você chegou depois?

Porque esse caso é seu, né? Você é a responsável.

Mais ou menos? Como assim?

Ah, tanto faz. Também tinha ambulâncias ali e, sei lá por quê, um caminhão dos bombeiros. Alguns ainda estavam chegando, se não me engano. A maioria estava espalhada pela rua, estacionada de qualquer jeito, como se tivessem mandado minha mãe parar os carros.

Eu estava suando. Parei e percebi o Banks resfolegando do meu lado. Nenhum de nós ria mais.

As pessoas vinham no sentido contrário, saindo do prédio. Na rua, iam se formando grupos. Uns alunos do sétimo ano ficavam perto dos professores, logo depois do portão. O pessoal do último ano estava mais longe, do outro lado da rua, no gramado, um pouquinho à frente de mim e do Banks. Não conseguia ver ninguém da nossa turma por causa do monte de gente tapando minha visão. Era como se fosse hora da saída, ou uma reunião de pais, ou um treinamento de incêndio, ou tudo isso de uma só vez.

O Banks gritou, Olha só isso! E apontou para a sra. Hobbs. Ela estava carregando um garoto nos braços, correndo perto dos brinquedos, na direção do portão. Vi muito sangue, mas não sabia de quem era.

Tem certeza de que foram só cinco?

Ah, tanto faz. Então... a sra. Hobbs estava correndo por entre os brinquedos, meio desequilibrada, parecendo que ia soltar o garoto a qualquer momento. Mas não apareceu ninguém para ajudar, pelo menos até ela alcançar o portão. As crianças não paravam de falar e, enquanto isso, a polícia corria na direção contrária, para entrar na escola. Foi aí que a sra. Hobbs gritou. Posso garantir que ela grita bem alto, tipo quando ela gritou com o Banks por ter jogado migalhas de sanduíche em cima da Stacie Grump... Um dos caras da ambulância viu os dois e saiu correndo com a maca. Depois disso, todos desapareceram atrás da ambulância, e aí vi o Jenkins com os outros, na área iluminada.

Puxei o Banks e apontei para lá. Saímos os dois correndo entre os carros, até o cruzamento.

Onde vocês estavam?, perguntou o Jenkins.

O que está acontecendo?, devolvi a pergunta.

Deu a louca em alguém. Bem na reunião da escola. Deu tiro para tudo que é lado.

Como assim? Com uma arma?, perguntei, mas logo me arrependi.

O Jenkins olhou para mim e respondeu, Ou foi uma arma ou um pote com cinquenta litros de ketchup.

Quem? Quem fez isso?, perguntou o Banks.

Sei lá. Não consegui ver nada. As pessoas corriam para tudo que é lado antes mesmo de saberem o que estava acontecendo. Alguém disse que foi o Barbicha, mas não pode ter sido ele, né?

Cadê o Jones?, perguntou o Banks.

Eu não disse?, se intrometeu o Terry, que estava ao lado do Jenkins. Eu não disse que tinha sido o Jones?

O Banks não disse que foi ele, disse Jenkins, depois de dar um soco no braço do Terry. Só perguntou onde ele está.

Ah, mas então cadê ele?, insistiu o Terry, mas o Banks já estava indo embora.

Aonde você vai?, perguntei.

Saí correndo atrás do Banks e pude ouvir o Jenkins vindo atrás de nós.

Vocês não vão conseguir entrar, avisou.

Mas o Banks nem olhou para trás.

Tentamos os portões principais. Uns policiais de jaqueta amarela, parecendo aqueles seguranças do estádio Tottenham, não deixaram a gente entrar. Banks insistiu e acabou precisando fugir quando um dos policiais começou a gritar e tentar agarrá-lo. Resolvemos dar a volta, para entrar pela cozinha, só que tinha um policial lá também. Ele conversava com uma mulher que empurrava um carrinho de bebê. Enquanto apontava alguma coisa do outro lado da rua, não nos viu passar.

Nunca tinha entrado na cozinha antes. Já havia visto pelo outro lado, do balcão onde pegávamos a comida, mas só uma parte, e mesmo assim mal dava para enxergar além das serventes, que pareciam mais lutadores de sumô formando uma barreira. Não que seja um lugar interessante de se ver.

É nojento. A parte principal, onde eles servem as refeições, nem é tão ruim, agora lá atrás, onde ficam as cozinheiras e o lixo, é horrível. Dei de cara com a comida do dia anterior, um monte de carne de porco com a gordura brilhando, coberta por um monte de lesmas, tudo jogado numa bandeja em cima da pia. Também tinha sujeira no chão: alface marrom de tão podre e ervilhas espalhadas por todos os cantos. Quase vomitei. Tive que respirar fundo. Juro que prefiro comer vômito do que aquela comida da cantina de novo. Mas o Banks não estava nem aí. Ele mora num conjunto habitacional do governo. Eu também, só que um bem melhor que o dele.

Ficamos um tempo sem saber para onde ir. Não conseguíamos achar uma saída, a não ser o mesmo caminho que fizemos para entrar. Resolvemos pular o balcão. Nessa hora, bati com o pé numa bandeja cheia de copos, e alguns caíram e se espatifaram. Claro que não foi de propósito. O Banks ficou nervoso e me mandou ficar quieto, mas ninguém ouviu o barulho. E ninguém ia se importar mesmo.

Da cantina pegamos um corredor e chegamos ao hall de entrada, bem diante das portas principais, onde havia um monte de gente. E demos logo de cara com o próprio Michael Jones. Só de olhar dava para ver que não podia ter sido ele.

Ele nos viu e não disse nada. Estava branco como neve. Pela cara dele, estava tentando sair, mas tinha uma parede de garotos dos últimos anos na sua frente. Os caras balançavam os braços, tentando dizer para onde as pessoas tinham que ir, mas, para mim, só estavam piorando as coisas. O Bickle também estava lá, sabe, o sr. Travis, parado perto da porta, mandando a criançada se organizar para manter a ordem e sair dali. Essa é uma das expressões preferidas dele: manter a ordem. Como quando ele diz que vai assistir a uma aula na turma para ajudar a *manter a ordem*. Ou então quando anda pelos corredores, dando tapas nas cabeças das crianças, gritando e dizendo aos alunos, Ordem, meninos, *mantenham a ordem*.

Ele chama a gente de meninos mesmo sabendo que já temos treze anos. Nos últimos anos há alunos que já têm dezoito. A verdade é que esse devia ser o lema da nossa escola — *manter a ordem* — e não aquela frase em latim. Algum negócio sobre ajudar a si mesmo ou ajudar aos outros ou fazer uma coisa e não fazer outra. Algo assim.

Então o Bickle nos viu e parecia que ia nos agarrar. Mas ele se distraiu com a confusão, com os empurrões das crianças, aposto que algumas estavam esbarrando nele de propósito. Eu e o Banks aproveitamos para passar direto até o corredor principal, que vai até as escadas, até as salas de aula e, lá no fim, o auditório. Foi lá que tudo aconteceu, não foi? No auditório.

Quase chegamos lá. Quase vimos. Como é que vocês chamam? A cena. Mas ainda bem que não vimos. O Banks queria, mas acho que foi melhor não ver. Sabe o que quero dizer?

Foi uma mulher que nos pegou. Uma mulher policial. Elas são as piores. Todas metidas, se achando.

Hã, com todo o respeito.

Enfim, estávamos na metade do corredor e conseguíamos ver as portas do auditório e que havia gente lá dentro, a maioria policiais, e nem percebemos ela chegando. Acho que saiu de dentro de uma das salas. Ela nos viu passando e deve ter deduzido o que estávamos fazendo, aonde estávamos indo. Não gritou nem nada, só veio por trás e nos agarrou. O Banks começou a gritar para ela nos soltar, mas não podíamos fazer nada, não é? Ela nos levou de volta pelo corredor até o hall. Passamos pelo Bickle, que só nos fuzilou com o olhar, e chegamos ao portão. E lá ela nos botou para fora.

O Banks tentou entrar de novo, mas tenho quase certeza de que não conseguiu. Lá fora já estava tudo cercado com fitas, tinha mais polícia, mais câmeras de TV e mais organização. Os professores faziam chamadas, formavam filas, esse tipo de coisa. Fiquei na minha, num canto, sentado no meio-fio. Sei lá, fiquei ali só olhando, como todo mundo.

Acho que é isso. Já disse: não sei de nada. Nem estava lá quando tudo aconteceu.

DESSA VEZ ELA COMEÇOU por onde ele tinha começado.

Não havia nada no lugar que sugerisse a violência ocorrida ali perto. Havia casacos pendurados, mas não muitos. Um sobretudo, num gancho, provavelmente um resquício do inverno. Fora isso, só jaquetas, casacos finos, baratos; o que estava por cima tinha um dos braços do avesso. Havia canecas sobre a mesa, a mais próxima dela completamente vazia, as outras com restos, o leite já talhando na superfície. No braço de uma das cadeiras, um pacote de biscoitos, e migalhas espalhadas nos outros lugares. As cadeiras estavam manchadas, com algumas partes rasgadas, mas pareciam confortáveis.

Lucia May deixou a área das cadeiras e foi até a copa. Ela abriu a porta do micro-ondas e fechou de novo, imediatamente. Ainda assim, o cheiro escapou: alguma coisa doce, artificial, provavelmente de baixa caloria. Sobre a bancada, um maço de Marlboro, ao lado de um isqueiro amarelo. Ela só os viu de relance. O armário perto da pia servia de quadro de avisos improvisado. Havia uma tirinha do Garfield reclamando das segundas-feiras, cortada com todo cuidado, um adesivo de "Lave as mãos" e um bilhete escrito a mão pedindo que as pessoas lavassem sua louça. As palavras "pessoas" e "canecas" estavam sublinhadas. Havia quatro canecas abandonadas na pia. O cheiro era de esgoto.

Ele teria deixado o lugar para depois. Teria esperado até não haver mais ninguém.

Lucia retornou à área das cadeiras, passou pela porta e chegou ao corredor. Diante dela estava um quadro de avisos de verdade, do tamanho de metade de uma mesa de sinuca, praticamente no mesmo tom de verde. Havia instruções para o treinamento de incêndio, procedimentos médicos, listas de nomes das reuniões e regras para os intervalos. Nada além disso. Os avisos eram presos por alfinetes da mesma cor: vermelhos num, amarelos noutro, sempre quatro por folha. Ela sentiu vontade de misturar os alfinetes, de arrancar um dos avisos e botá-lo de volta numa posição menos certinha.

Virando-se para a esquerda, Lucia seguiu pelo corredor, passando pela escada, até o hall de entrada. Lá ela parou e imaginou se ele teria feito o mesmo. Olhou para a direita, na direção da cantina, e depois para o outro lado, na direção das portas. Pelo vidro, viu dois policiais e atrás deles, os brinquedos e, mais além, a rua. Os policiais a observavam com os braços cruzados e os olhos escondidos pela sombra da viseira do capacete.

Havia sangue no chão. Ela já sabia, e pretendia ignorar aquilo, porque o sangue tinha aparecido depois ou durante, não antes. Mas olhou mesmo assim. Quando o sangue havia sido derramado, a garota ainda estava viva. Escorreu pelo seu braço até a mão e os dedos enquanto o professor a carregava para fora. Pingou por toda parte, e em alguns pontos estava pisado, com marcas de dedos, de pés ou de joelhos, onde alguém tinha tropeçado.

Lucia tinha certeza de que ele não havia parado ali. Por isso, seguiu em frente, sem pisar no sangue, mas sem tomar o devido cuidado.

O auditório era distante da sala dos professores. A caminhada teria lhe dado muito tempo para pensar, reconsiderar, mudar de ideia e esquecer tudo de novo. Mas, de alguma forma, ela sabia que ele não havia pensado em nada. Ele havia se concentrado em não pensar em nada.

Atravessando o corredor, ela passou por salas de aula com as portas abertas e uma série de escadarias. Olhou para dentro de cada sala e para o fim de cada lance de escadas, certa de que ele teria feito o mesmo. Lembrou que, na sua escola, costumavam deixar trabalhos de alunos nos corredores: projetos de geografia, ações filantrópicas ou fotos de musicais de fim de ano. Ali as paredes estavam vazias, mostravam apenas o cinza do concreto. Os únicos sinais eram de camadas diferentes de tinta, de um cinza mais escuro, usado pelo zelador para esconder pichações. Depois de cada porta havia um acionador de alarme, e no fim do corredor o alarme propriamente dito, bem no alto, protegido por uma tela.

Havia uma fita isolando as portas do auditório, que além disso estavam trancadas. Lucia tirou a chave do bolso, enfiou no cadeado e abriu uma das portas. Passou por baixo da fita e entrou no recinto.

O cheiro era de borracha. Borracha e suor, as marcas deixadas por dezenas de pés desesperados. Ela sabia que o auditório servia de ginásio improvisado. Havia estruturas para escalada presas às paredes.

Ela fechou a porta exatamente como ele havia feito. Supôs que ele teria olhado para a frente; para o palco e quem quer que estivesse falando. O diretor. Travis. Os olhos de Lucia, no entanto, foram atraídos pela estrutura para escalada, especificamente pelas cordas que separavam as duas fileiras de barras. Uma das vítimas havia botado a estrutura de pé e usado a corda para tentar ajudar os outros a fugir da onda de corpos caindo. Havia sangue no nó inferior e em outros pontos da corda, só parando num ponto correspondente à altura de uma pessoa.

O auditório estava naquele estado havia uma semana. Nada tinha sido tirado do lugar, a não ser talvez pelos pés desastrados de um fotógrafo. Era mesmo difícil não esbarrar em nada. Não havia um caminho livre até o palco, nem até o lado oposto. Do fundo até o palco havia cadeiras caídas de costas, de lado, em todas as posições possíveis, menos a correta. Muitas ainda estavam amarradas, de forma que, onde uma cadeira tinha caído, as demais também tinham, transformando a fila inteira numa barreira, com as pernas viradas para cima, como uma espécie de proteção contra invasores. Lucia se lembrou de uma imagem da Batalha de Verdun, do terreno e das barricadas entre as trincheiras. Ela imaginou as crianças, com os olhos cheios de terror, tropeçando e se enroscando, sendo pisoteadas pelos que vinham atrás. Imaginou as pernas de uma cadeira virada se enfiando numa barriga, num rosto, numa têmpora.

Nas cadeiras, e embaixo delas, havia suéteres, livros, objetos caídos dos bolsos das crianças. Um chaveiro preso a uma corrente, por sua vez presa a um passador de cinto arrancado da calça de alguém. Um iPod preto com os fones ainda conectados, a tela rachada. Celulares. E sapatos. Uma quantidade incrível de sapatos. A maioria de meninas, mas também tênis e botas. Num canto, um único pé de sapato masculino, tamanho 42 ou 43. Um óculos com as lentes intactas, mas sem uma das hastes. Um lenço branco.

Ela tentou esquecer o estado do auditório e imaginá-lo do jeito que ele o teria encontrado: todos os lugares ocupados, as crianças em silêncio por causa da natureza da reunião, algumas chorando e outras tentando não chorar. Os professores sentados em fileiras ao redor do diretor, com expressões nervosas, olhares cabisbaixos ou concentrados no próprio diretor. Travis na tribuna, com as mãos segurando os cantos da madeira, os cotovelos dobrados, os olhos exigindo a atenção da plateia, e o discurso austero apesar do atraso. Obviamente, Travis o teria visto entrar, assim como parte dos professores, ainda que não pudessem identificar o que ele trazia nas mãos. As crianças nas filas de trás talvez tenham se virado e até percebido a arma, mas certamente pensaram que era uma réplica e que a chegada naquela hora tinha sido ensaiada para coincidir com algum trecho do discurso de Travis. Afinal, a arma tinha tudo a ver com o sermão do diretor. O tema daquele dia era a violência.

Lucia tentou refazer seus passos da forma mais precisa possível, percorrendo a parte de trás do auditório e depois se virando para seguir até o palco. Na metade do caminho, ela parou e olhou para a plateia, na direção onde os alunos estariam sentados.

Ele não devia ter prática com armas. Sua mira era ruim, seus alvos tinham começado a correr, a arma não havia funcionado de primeira. Sarah Kingsley, de onze anos, foi a primeira atingida. No fim, seria também a última a morrer. Lucia se perguntou se ele teria percebido o erro ao apertar o gatilho pela primeira vez. Ou se nem teria notado. O sangue de Sarah estava bem ao lado dos seus pés. Era de Sarah a maior parte do sangue que ela havia seguido pelo corredor. Era de Sarah o sangue na corda.

O som do primeiro tiro devia ter causado o mesmo impacto de um tijolo numa vidraça — o silêncio do auditório despedaçado e substituído por um pânico dilacerante. Ele teria tentado se manter firme, sem se abalar com os corpos se empurrando ao seu redor, para conseguir mirar de novo. Mais uma vez ele havia atirado e errado o alvo. Felix Abe, de doze anos, tinha morrido por engano.

Duas tentativas, duas falhas. A arma era uma peça de museu, não uma semiautomática. E estava em péssimas condições. O fato de ele ter matado cinco pessoas, cinco pessoas com seis balas, era de certa forma um pequeno milagre. O pior tipo imaginável de sorte.

Àquela altura, os professores já deviam estar de pé, com os olhos arregalados e imóveis, como o público encurralado na plateia de um teatro enquanto o fogo consome as galerias. Eles teriam visto o terceiro disparo e também a terceira criança caindo. No quarto tiro — o segundo a acertar Donovan Stanley, de quinze anos — talvez tenham finalmente entendido. Quando ele se virou e iniciou a caminhada até o palco, eles teriam começado a correr.

Lucia foi até o lugar onde a última vítima — Veronica Staples, a professora — tinha caído, na base dos degraus que levavam ao palco. Havia mais sapatos ali, praticamente como se tivessem sido arrumados numa pilha sobre o primeiro degrau. Também havia uma bolsa e objetos espalhados ao redor: um brilho labial com a embalagem quebrada; recibos e outros pedaços de papel, trazendo as marcas de pés desesperados; uma caneta; um apito preso por uma fita rosa; meio pacote de balas.

Ela se virou, examinando o chão enquanto executava o movimento, e então identificou o lugar de onde ele tinha disparado pela última vez — a última bala da arma — e onde seu sangue tinha borrifado a parede. O acabamento amarelo agora exibia as marcas da bala e dos ossos. Também se viam fios de cabelo, na verdade tufos, no lugar onde sua cabeça havia se chocado contra a parede e por onde seu corpo havia deslizado até o rodapé. Ela se abaixou e tentou se imaginar ali, olhando para ele, observando a carnificina provocada por ele refletida em seus olhos vidrados.

Depois, Lucia resolveu seguir outra ordem e foi até o ponto onde Sarah, a primeira vítima, tinha sido atingida. Na sua cabeça, a cena se desenrolou como um DVD tocando ao contrário. As balas voltavam para a arma, as cadeiras se endireitavam, o sangue retornava ao seu lugar natural dentro dos corpos. As crianças encontravam seus lugares, os professores baixavam a cabeça, e Samuel Szajkowski andava para trás e saía do auditório.

Estava mais quente lá fora. A chegada ao pátio pareceu um desembarque numa pista de pouso nos trópicos. Os policiais, ambos altos e acima do peso, tinham o rosto avermelhado e suavam muito. Dava para perceber que estavam batendo papo e contando piadas. Ainda riam quando ela passou pela porta.

— Encontrou o que procurava, detetive?

Todos os dias a mesma pergunta. Os policiais mudavam, mas a pergunta não. Eles achavam que Lucia gostava de estar ali. Achavam que por isso ela sempre voltava. Mas aquela era a pergunta errada. Ela havia encontrado o que estava procurando — a razão de ter sido mandada até aquele lugar — mas havia encontrado muito mais. A pergunta certa era o que fazer a respeito. A pergunta era se ela devia fazer alguma coisa a respeito.

Você tem alguma ideia da crise que o ensino de matemática enfrenta neste país, detetive May?

Claro que não. E por que teria?

Tem um plano de aposentadoria, detetive? Tem parcelas de financiamento a pagar? Mas você paga aluguel. O dinheiro entra e o dinheiro sai. Com certeza sai mais do que entra. Não estou querendo fazer prejulgamentos, detetive, mas geralmente é assim. E sabe por quê? Vou dizer por quê. Porque a maior parte da população adulta deste país mal consegue contar quantos dedos tem nos pés. Isso supondo por um instante que as pessoas consigam enxergar além de suas barrigas enormes para achar os dedos dos pés. Essa tem sido a realidade desde os anos 1960 e continuará sendo até quando se pode imaginar.

Calculadoras, celulares, computadores, chips eletrônicos no cérebro ou qualquer outro suposto avanço tecnológico que empurrem para cima de nós. Tudo isso está destruindo a capacidade de pensar do ser humano. E a matemática — adição, subtração, multiplicação, divisão — foi a primeira vítima. As crianças não querem estudar matemática. O governo não quer liberar recursos para ela. Os professores não querem ensiná-la. "Para quê?", perguntam. Não há charme na matemática, detetive. Não há sexo. As crianças não pensam em aposentadoria. Elas serão jovens para sempre, sabia? Os ministros não querem saber do analfabetismo matemático. Só querem saber de árvores, de reciclagem, de geração de empregos para os pobres. E os professores... Bem, temo que os professores não pensem em nada a não ser em si mesmos.

Os jovens, os recém-formados, eles têm a oportunidade de mudar as coisas. Eles têm a oportunidade de ensinar um assunto a partir do qual as crianças podem realmente aprender. Mas, se eles próprios não entendem, como poderão ensinar? E, se ninguém mais se importa, por que eles se importariam? É muito difícil. É um desafio. O professor de matemática, como consequência, virou uma espécie em extinção, um animal ameaçado que ninguém quer salvar. O professor Boardman ensina matemática nesta escola há 27 anos. São 27 anos, detetive. Você imagina alguém pensando em se dedicar a alguma coisa por mais de 27 minutos? Tirando você mesma, claro. E quando o professor Boardman se aposentar, o que certamente vai acontecer um dia, como vou encontrar um substituto para ele? Talvez um chinês ou, se der sorte, um ucraniano.

Em vez disso, tudo que recebo são professores de história. História. Estudar espadas, estupidez, escândalos. Exatamente do que um adolescente precisa para se preparar para uma vida de responsabilidade financeira e comportamental. Se dependesse de mim, nem teríamos essa matéria. Ensinaríamos matemática, gramática, física, química e economia. Mas os pais querem isso. O governo exige isso. Eles nos impõem seu currículo e nos orientam a ensinar história, geografia, biologia, sociologia. Nos orientam a ensinar as humanidades.

Deixe-me fazer uma pergunta.

Imagino que você não fez universidade, estou certo?

Bem, desculpe-me pela gafe. Mas me diga, por favor: o que estudou na universidade? Não, não responda. É óbvio pela sua expressão. E, de certa forma, você é um exemplo perfeito. Aonde seu diploma de história a levou, senão para trás? Quantos anos tem? Trinta?

Trinta e dois, então. Se tivesse entrado na polícia aos dezesseis, hoje já seria detetive-chefe. Talvez superintendente.

Mas estou desviando do assunto. O que quero dizer é que, quando Amelia Evans nos deixou — e devo dizer que já tinha passado da hora —, ficamos sem escolha. Precisávamos de um professor que soubesse citar na ordem todas as esposas de Henrique VIII, que pudesse apontar no mapa onde aconteceu a Batalha de Bosworth e que se lembrasse da data da coroação da rainha Elizabeth. A primeira rainha Elizabeth, claro. Deus nos livre de ensinar aos alunos qualquer coisa relevante para a época em que eles vivem.

Foi o nome que atraiu minha atenção. Imaginei que fosse russo. Do leste europeu, com certeza. De algum país que ainda reconhece a importância da aritmética na educação. Foi isso que me restou, detetive. Procurar nos descartes internacionais alguém que me ajude a proteger o futuro desta nação.

Foi um erro. Obviamente, foi um erro, considerando o que acabou acontecendo, mas na verdade já teria sido um erro de qualquer maneira. Sou um homem que admite seus erros, detetive, e devo admitir este. Fiz um julgamento errado. Precipitado. Esperava que ele se ajustasse a um modelo imaginado por mim e, ao ver que não era o caso, resolvi ajustar o modelo para que ele se encaixasse.

Tendo dito isso, devo observar que soube desde o início que havia algo de estranho nele. A gente percebe, não é mesmo? Ele parecia uma pessoa correta... não é isso que sempre dizem? Quieto, reservado. "Nunca fez mal a ninguém." Bem, sem dúvida alguma, ele era quieto. Introvertido, e eu não confio em introvertidos. Também não confio em extrovertidos. As pessoas precisam ser equilibradas, detetive, concorda comigo? Na sua profissão, as palavras devem ser acompanhadas de ações, a compaixão deve ser reforçada pela determinação. Um policial bom e um policial mau, certo?

Ele tinha uma barba meio desgrenhada. Altura mediana, porte físico mediano, seu jeito de se vestir não o destacava em nada de uma pessoa mediana. Em outras palavras, não causava impressão positiva, mas também não chegava a incomodar. A verdade, detetive, é que ele tinha a aparência de um professor de história.

Ele estava sentado no mesmo lugar que você agora. Esperou que eu falasse primeiro. Não sorriu ao me cumprimentar e apenas segurou as pontas dos meus dedos. Foi um aperto de mão de mulher, detetive, e acho que foi nessa hora que percebi tudo.

Sim, eu sei. Acabei o contratando. Sinta-se à vontade para dizer o que está pensando. Sim, eu o contratei e, como já disse, foi um erro. Acredite em mim: isso abalou minha autoconfiança. Meu talento para avaliar o caráter das pessoas é algo de que me orgulho. E você sabe o que as pessoas dizem sobre o orgulho. Da próxima vez vou confiar mais nos meus instintos. O problema todo foi que eu questionei meus instintos. Precisávamos de um professor, e Samuel Szajkowski era o menos desqualificado de um grupo pouco animador.

O que mais? Várias coisinhas. Suas tentativas de ser engraçado, por exemplo.

Como se pronuncia isso?, perguntei, apontando para o nome no currículo.

É Chai-kovs-ki, respondeu ele, e então perguntei qual era a origem. É polonês. Meu avô era polonês.

Entendi. E você fala polonês?

Não, não falo.

Não fala.

Sei algumas palavras. Algumas úteis, outras nem tanto. Não consigo soletrar nenhuma delas.

Entende o que eu quero dizer? Ele estava fazendo uma piada sobre sua própria incompetência. Numa entrevista de emprego, acredita? Eu não podia rir daquilo. Apenas seguimos em frente.

Como decidiu dar aulas, sr. Szajkoswki? O que o levou a se tornar professor?, perguntei.

Ele mexeu a cabeça e, por um instante, pareceu refletir.

Não consigo pensar em nada mais gratificante, sr. Travis. Meu pai era médico, e minha mãe trabalhava num banco. Nenhum dos dois se sentia feliz com sua profissão, respondeu.

São profissões nobres, meu jovem. São relevantes.

Ah, eu concordo, claro. Mas ensinar também. Não paga muito bem, mas você consegue pensar em algo que seja mais recompensador? Então ele parou de novo para refletir. Acho que a palavra é significado. Ensinar, para mim, tem um significado. Um significado autêntico.

Também não gostei dessa resposta. Me pareceu exagerada e calculada. Talvez tivesse lido aquilo num livro.

Então ele pediu um copo d'água. Mesmo sem eu ter oferecido. Disse à Janet que trouxesse um, e ele lhe agradeceu, de um modo educado até demais. Depois de tomar um gole, pareceu não saber o que fazer com o copo. Chegou a levar o braço na direção da minha mesa, mas mudou de ideia. No final, ficou com o copo apoiado no colo. Eu podia ver que ele tinha se arrependido de pedir a água, mas não me ofereci para tirar o copo dali. Nem acho que deveria tê-lo feito.

Num mundo ideal, digo a ele, o senhor daria aulas só para os alunos mais novos. Dos sétimo, oitavo e nono anos. Mas não estamos num mundo ideal, sr. Szajkowski. Temos poucos professores. Ele balançou a cabeça como se estivesse entendendo tudo. Eu mesmo não tinha tanta certeza daquilo. Acredito que o senhor acabaria dando aulas para alunos nos últimos anos, se preparando para a universidade. E não seriam apenas aulas de história, sr. Szajkoswki. Professores ficam doentes. Eu não encorajo isso, mas acontece. É parte da vida. E quando um professor fica doente outro professor tem de substituí-lo em sala.

Faria isso com o maior prazer, sr. Travis. Estou mais do que pronto para dar minha contribuição.

É uma situação permanente, sr. Szajkowski. Posso garantir que não haverá folga enquanto estiver trabalhando aqui. Supondo, é claro, que decidamos convidá-lo a trabalhar aqui.

Claro, disse ele, assentindo mais uma vez com a cabeça. Agradeço pelo aviso, assim como agradeço pela oportunidade. Tenho certeza de que a situação aqui não é fora do normal. Imagino que o nível de exigência seja semelhante em qualquer outra escola pública.

Outro pequeno sinal de arrogância, como se ele estivesse em condição de me dar lições sobre o estado da educação no nosso país. Mas deixei o assunto para lá. Disse a mim mesmo que logo ele teria de enfrentar as consequências de sua inexperiência.

Antes de ele ir embora — um pouco antes de deixar minha sala, ainda segurando aquele maldito copo — resolvi fazer uma última pergunta. Queria saber o que ele achava da história; o que era história para ele.

O senhor quer saber se já li o livro do Carr, é isso que está me perguntando?

Reconheço que fui pego de surpresa. Estamos falando de E.H. Carr, detetive. Há um exemplar na prateleira ao seu lado. Um trabalho idiota. Tem alguma lucidez, mas é totalmente equivocado. Ainda assim, um professor de história que nunca leu Carr talvez possa ser substituído por um simples livro.

E o que o senhor acha da hipótese do sr. Carr?, perguntei.

Concordo em parte, respondeu ele. Mas, no geral, acho sua argumentação exagerada. Um pouco de vaidade em excesso. A história é o que é. Não pode prever o futuro, mas ela pode nos ajudar a entender quem somos, de onde viemos. A história tem a ver com contexto, e sem contexto se perde todo o significado.

Admito que a resposta me impressionou. Ele tinha uma base intelectual, ainda que sua atitude não deixasse transparecer. Na verdade, nunca questionamos sua qualificação. Boa escola, faculdade respeitável — nada daquelas politécnicas que se consideram muito importantes — e notas excelentes. Tinha até um curso de matemática. Era inteligente. Um pouco verde, mas brilhante. E, como ainda estava verde, era também barato.

Porque nós temos metas, detetive. Metas a serem alcançadas e contas a serem fechadas. Talvez você não aprove isso, mas eu não posso ignorar o custo daquilo em que invisto, seja capital humano ou qualquer outra coisa. Acredite em mim, eu gostaria que fosse diferente. Lidar com dinheiro mancha a alma de uma pessoa assim como suja as pontas de seus dedos. Administrar as contas de uma escola pode ser uma tarefa terrível. Mas é algo necessário, e algo de que prefiro cuidar pessoalmente a deixar nas mãos de burocratas que não têm qualquer intimidade com o funcionamento de uma escola.

Havia aspectos do perfil de Szajkowski que, na época, tornavam difícil lhe negar o emprego. Suas referências eram bastante positivas, e seu currículo se revelou incrivelmente preciso. Não havia sinal de desvio em seu passado ou qualquer pista do que ele acabaria se mostrando capaz de fazer. Qualquer escola na mesma situação agiria como nós, detetive, e qualquer um que diga o contrário é um idiota ou um completo mentiroso.

Mas você me perguntou o que havia de diferente nele. Por que eu tinha algumas dúvidas.

Seu aperto de mão e sua atitude. Sua tentativa de ser engraçado, apesar de ele não ter tentado fazer piada uma segunda vez. Ele não se mostrou nervoso, o que é algo incomum, pois eu reconheço que deixo as pessoas nervosas. Parecia distante e tinha um ar meio arrogante. Em vários aspectos, ele era exatamente o que eu esperava que não fosse.

Sei que tudo isso é muito subjetivo. E muito ambíguo. Mas como expliquei, detetive, estou falando mais de instinto do que de qualquer outra coisa. Nada de particularmente palpável que lhe ajude. Nada que eu pudesse ter usado para justificar a decisão de não o contratar. Mas não é esse o problema da intuição? Ela pode ser forte, até irresistível, e ainda assim não ter qualquer fundamento. É ilógica, irracional e imprecisa. E, apesar disso, frequentemente nos aponta o caminho certo.

Que desperdício. Um desperdício de jovens vidas. Tínhamos muita confiança em Sarah Kingsley. Veja: Felix tinha problemas, e Donovan nunca se cansava de se meter em confusão. Era absolutamente brilhante, mas só se metia em confusão. Mas Sarah... Sarah poderia conseguir uma vaga em Oxford, detetive. Ela era exatamente o tipo de estudante que temos buscado em nossa escola.

E então? Outro chá? Devo pedir a Janet que traga uns biscoitos?

— Isso está se arrastando demais, Lucia.
— Faz uma semana.
Cole assentiu. Ele estava sentado com os cotovelos apoiados na mesa e as mãos unidas pelas pontas dos dedos ligeiramente curvados.
— Faz uma semana — repetiu.
— Não sei o que o senhor espera que eu diga, mas...
— Você está me dando alergia, detetive.
— Alergia?
— Olhe aqui — disse Cole, curvando-se para a frente e apontando para o próprio queixo. — E aqui também. Tenho essas erupções quando fico estressado. Minha mulher diz que pareço um adolescente. Um adolescente com acne ou viciado ou alguma coisa assim.
— Não acho que pareça um adolescente, senhor.
O detetive-chefe era calvo e seus poucos cabelos eram grisalhos. Ele ofegava ao andar e vivia suando, mesmo quando estava frio. Assim como o avô de Lucia costumava fazer, no verão, ele usava camisas de botão de manga curta. Vestia uma naquele momento.
— Você já teve uma alergia desse tipo, Lucia? — perguntou, ao que ela fez que não. — Essas coisas doem. No início formigam, depois queimam e finalmente ardem como o diabo. Não gosto delas.
— Entendo perfeitamente. Acho que eu também não gostaria.
— Qual é a dificuldade, detetive? Por que está demorando tanto? — perguntou Cole. Lucia se ajeitou na cadeira e abriu o

caderninho de anotações sobre o colo. — Não olhe para esse negócio. Olhe para mim.

— Cinco pessoas morreram, senhor. Foram quatro assassinatos e um suicídio. O que espera que eu diga?

O chefe revirou os olhos. Fazendo força com os braços, começou a se levantar, os ossos rangendo, até que finalmente ficou de pé. Ele pegou um copo do armário e serviu um pouco de água. Deu um gole, fez uma careta ao sentir o frio nos dentes e finalmente se encostou numa extremidade da mesa.

— Cinco pessoas morreram. Certo. Onde elas morreram? — Ele olhou para Lucia, mas não esperou pela resposta. — No mesmo auditório. E como foram mortas? Pela mesma arma, disparada pelo mesmo atirador. Você tem a arma do crime, um motivo, um auditório lotado de testemunhas. — O chefe conferiu o relógio. — Ainda tenho uma hora para gastar aqui. Eu poderia escrever seu relatório e ainda sair vinte minutos mais cedo.

Agora Lucia estava olhando para cima. Ela tentou empurrar a cadeira um pouco para trás, mas tudo que conseguiu foi fazer as pernas da frente se levantarem do chão.

— Eu tenho um motivo, é? E que motivo seria esse?

— Ele era louco. Pirado. Depressivo, esquizofrênico, vítima de abuso, qualquer coisa assim. Por que mais sairia atirando dentro da escola?

— Ele estava deprimido? Isso basta para você? Estava deprimido...

— Por Deus, Lucia, qual é o problema? Ele está morto. Não vai fazer nada assim de novo.

— Senhor, estamos falando de um atirador numa escola. Numa escola.

— Certo. O que pretende provar?

Lucia podia sentir o cheiro de café vindo da boca do chefe. Podia sentir o calor que exalava de seus poros. Tentou afastar a cadeira mais uma vez, mas as pernas ficaram agarradas no carpete. Ela resolveu levantar.

— Vou abrir a janela para entrar um pouco de ar, senhor.

Ela passou pelo chefe e, enfiando a mão por entre as paletas da persiana, alcançou o trinco.

— Não abre. Nunca abriu — avisou Cole.

Lucia ainda tentou forçar o trinco, mas havia muito tempo que ele estava praticamente colado no lugar. Ela se virou e apoiou os braços no parapeito. A sujeira tinha deixado seus dedos pegajosos.

— Você está escondendo algo de mim.

— Não estou, não.

— Está, sim. Há algo que você não quer me contar. Olha, esse cara, esse Szajkowski — disse Cole, pronunciando o nome como "Sai-cous-ki" —, ninguém sabia a respeito dele, não é mesmo? Ele não estava em qualquer lista.

— Não, não estava em nenhuma lista.

— Então ninguém errou. Ninguém poderia ter previsto, o que significa que ninguém poderia ter impedido a tragédia.

— Acho que não.

— Então por que não acaba com isso? — Enquanto ouvia, Lucia mexia na sujeira em seus dedos. — Essas coisas acontecem. Às vezes essas coisas acontecem. É uma merda, mas a vida é assim. Nosso trabalho é pegar os caras maus. Nesse caso, o cara mau está morto. O resto, as acusações, as recriminações, as malditas lições... deixe isso tudo para os políticos.

— Quero mais tempo.

— Por quê?

— Preciso de mais tempo.

— Então me diga por quê.

Era um daqueles dias desagradáveis em que o sol parecia respirar diretamente sobre a cidade, de forma que, ao fim da tarde, Londres inteira estava mergulhada num bafo denso e grudento. Embora o dia já não estivesse mais tão claro, a impressão era de que a temperatura tinha subido em vez de cair.

Lucia fez um biquinho e soprou no próprio rosto. Depois ajeitou o tecido da blusa por baixo dos braços.

— E se houver outro cara mau? — sugeriu. — E se nem todos os caras maus estiverem mortos?

— Quinhentas pessoas viram Szajkowski apertar o gatilho. Não quer me convencer de que todas elas estão erradas, quer?

— Não, não é isso que estou dizendo. Mas você não precisa apertar o gatilho para ter parte da responsabilidade.

O chefe balançou a cabeça. Ainda estava contrariado ao voltar à sua cadeira.

— Estou sentindo que minha alergia vai piorar, Lucia. Estou sentindo uma porcaria de processo também.

— Me dê mais uma semana.

— Não.

— Só mais uma semana, senhor. Por favor.

Cole estava revirando uns papéis sobre a mesa e nem levantou a cabeça para responder.

— Não posso fazer isso.

Lucia bateu com o caderninho na perna. Olhou pela janela, deu uma espiada no estacionamento e depois se voltou para o chefe de novo.

— Por que não? Qual é a pressa?

Ele a encarou.

— Gosto das coisas certinhas. Gosto de tudo arrumadinho. Não gosto que as coisas se arrastem. — Ele parou numa folha que pareceu chamar sua atenção. — Além disso, você mesma já disse. Estamos falando de um atirador numa escola. Quanto mais tempo levarmos... Bem, digamos que as pessoas vão ficar mais nervosas.

— Que pessoas?

— Não seja ingênua, detetive. Pessoas. Apenas pessoas.

Nesse momento, eles ouviram um grito empolgado vindo de fora da sala, seguido de aplausos. Lucia e o chefe olharam na direção do barulho, mas não conseguiram enxergar muita coisa através da parede de vidro fosco.

— Quanto tempo vai me dar?

— Tem até segunda. Preciso do relatório antes do almoço.

— Um dia, então. Na prática, está me dando um dia.

— Hoje é quinta. Tem hoje à noite e amanhã e o fim de semana.

— Fiz planos para o fim de semana.

— Estabeleça prioridades, Lucia. Pode entregar seu relatório agora mesmo se preferir.

— Prioridades — repetiu Lucia, cruzando os braços. Cole mexeu a cabeça e quase chegou a sorrir. — Obrigada, senhor. Agradeço pelo conselho.

Walter a chamou assim que ela passou por sua mesa. Lucia tentou ignorá-lo. Não queria parar, mas Harry bloqueava sua passagem. Ele estava de joelhos, com um punhado de papel-toalha na mão, ao lado de uma mancha de líquido e de uma cafeteira rachada. Lucia se deu conta de que o café derramado tinha sido a causa dos aplausos. E o grito empolgado só podia ser coisa do Walter.

— Me dê aqui — disse ela, antes de se abaixar ao lado de Harry.

— Que porcaria — murmurou Harry, entregando o papel a Lucia.

Havia uma mancha vermelha numa de suas mãos, que ele levou à boca e ficou chupando.

— O que aconteceu?

— Deixei a cafeteira cair. Que porcaria — respondeu Harry, examinando a queimadura em sua mão.

— Quando tiver acabado de limpar o chão com o Harry, Lulu, estarei esperando na minha mesa.

Lucia nem se virou.

— Você devia passar alguma coisa na mão — disse a Harry.
— Está tudo bem. — Harry se levantou e enfiou a mão queimada no bolso. Com a outra, segurava o que restava da cafeteira. — Preciso dar um jeito nisso aqui.

Lucia também se levantou. Jogou as toalhas na lixeira ao lado da mesa de Walter e foi atrás de Harry.

— Não faça isso comigo. Não pare de falar comigo.

Ela não devia ter parado. Devia tê-lo deixado nos braços de seu próprio ego. Mas ela sentia sua malícia mesmo de costas para ele, podia vê-lo reclinado na cadeira. E os outros deviam estar acompanhando: torcendo para que ela respondesse, e ao mesmo tempo prontos para cair na risada caso ela se mantivesse em silêncio. Ela se virou.

— Qual é o problema, Walter? O que você quer me dizer?

— É nosso problema, Lulu. Seu e meu. A minha namorada... acho que ela sabe.

— Sua namorada? — repetiu Lucia. — Ela não explodiu?

Houve risadas. Algumas cabeças se levantaram por trás de divisórias. Pessoas interromperam ligações ou taparam os telefones com as mãos. A gozação iniciada por Walter era contagiosa. Havia se espalhado pela delegacia inteira.

— É sério, Lulu. Temos de acabar com isso. Temos de pôr um ponto final nisso.

— Walter, está partindo meu coração. Verdade, você está partindo meu coração.

— Mas me escute. — Ele observou os rostos ao seu redor e depois a sala de onde Lucia tinha acabado de sair. — Cole vai embora às seis. O que acha de entrarmos na sala dele, desligarmos as luzes e nos despedirmos uma última vez no sofá?

Vendo o sorriso afetado de Walter, a pele manchada da sua papada e as pernas tão gordas que mal cabiam nas calças, Lucia não pôde fazer nada além de balançar a cabeça, inconformada. E então, tentando se segurar, mas incapaz de resistir, ela deu a única resposta que lhe veio à cabeça.

— Você é um imbecil, Walter. Um grande imbecil.

Ao chegar em casa e abrir a porta, ela desejou ter um cachorro. Talvez acabasse arrumando um. Nada muito grande, nem um que tivesse cara de rato. Um *spaniel*, quem sabe. Ou um *beagle*. Ela o batizaria de Howard e lhe daria comida do próprio prato e o deixaria dormir ao seu lado na cama. Ensinaria o cachorro a atacar gordos chamados Walter e chefes com mau hálito — os Walters antes dos chefes.

Estava quente dentro do apartamento. O ar parecia reciclado. Como se uma centena de pulmões o tivessem aquecido, retirado suas moléculas de oxigênio e depois o devolvido ao compartimento fechado que Lucia ainda não conseguia ver como casa.

Ela pendurou a bolsa atrás da porta. Viu se tinha algum recado, lavou as mãos e molhou o rosto. Comeu a maçã que restava na geladeira, ignorando os machucados na casca, mas fazendo caretas ao sentir sua consistência. Pegou duas fatias de pão no freezer e as jogou na torradeira. Porém, enquanto mantinha o olhar perdido na parede, sem pensar em nada, as torradas queimaram. Jogou o pão fora e, para substituí-lo, serviu um pouco de vinho num copo de uísque.

Já na sala, abriu uma janela. Não havia brisa naquela noite; a temperatura do lado de fora era igual à do interior do apartamento. Havia um ventilador em algum lugar, mas, onde quer que estivesse, não funcionava. Mas ela tinha um secador de cabelo. Se botasse no mínimo, seria quase a mesma coisa.

A sala era o único ambiente do apartamento de que ela gostava. A cozinha era apertada, o banheiro cheirava a mofo, e o quarto era escuro e estava uma bagunça. A sala, por sua vez, ficava iluminada o dia inteiro e era confortável. Havia um tapete, a TV e, se ela se debruçasse no parapeito, uma vista de um dos cantos do parque. O sofá, por baixo das capas, era de uma cor verde incômoda, mas sua acolhida era perfeita — como um braço ao redor dos ombros em vez de um abraço de corpo inteiro. Ainda que às vezes, num dia como aquele por exemplo, um abraço também fosse bem-vindo.

Era na sala que os livros ficavam guardados. Ela lia muito. Na maior parte, romances. Livros de história para equilibrar quando exagerava nos romances policiais. Os livros ocupavam as prateleiras que o proprietário havia deixado no apartamento e também sua estante da Ikea. Ela gostava de deixar seus olhos vagarem pelas lombadas. Achava divertido identificar um livro sem chegar perto o suficiente para ler o título. Os cantos maltratados, os vincos nas capas, tudo representava uma marca de familiaridade. Era reconfortante.

Mas ela não queria ler. O livro que havia começado permanecia no mesmo lugar em que o tinha deixado na noite anterior ao ataque na escola. Ela o havia dobrado bem na lombada e o deixado aberto com as páginas viradas para baixo, como se aquele tipo de tratamento pudesse tornar a história mais dócil, mais acessível, menos determinada a dar trabalho. Era sobre Stalingrado: a batalha, o cerco. Nunca seria uma leitura fácil. O problema era que ela já tinha avançado demais para desistir, mas não o bastante para passar a contar quantas páginas faltavam. Estava na página 143, e nem sequer havia começado a nevar.

Pegou o controle remoto da TV e logo em seguida o pôs de volta no lugar. Costumava conferir a programação, mas nunca encontrava algo que lhe desse vontade de assistir. Alguém havia recomendado TV por assinatura, ou pelo menos um receptor de TV digital. Ela até concordou que provavelmente valeria a pena. E foi só até onde chegou.

Lucia se levantou e foi à janela. Olhou para o parque e se debruçou sobre o parapeito, apoiando o queixo nas mãos. Depois se levantou de novo e se serviu de um pouco mais de vinho. No fim, resolveu juntar as anotações do caso e voltar ao sofá. Tirou uma transcrição aleatória do monte de papel. Era o depoimento de uma das crianças. Não era dela. Tinha sido tomado por um investigador. Já o havia lido antes e, embora não se lembrasse bem, sabia que não dizia nada. Nada. Falava de sofrimento, dor e choque. E mais dor. Mas para ela, numa perspectiva profissional, não dizia nada.

Novamente pegou o controle remoto, e dessa vez ligou a TV. Deixou no mudo e ficou apenas observando as imagens, enquanto pensava em Szajkowski e nas crianças e nas cadeiras derrubadas no auditório. Fez força para esquecer aquilo. Para pensar em outra coisa. Por algum tempo, nada lhe veio à cabeça, até que ela se lembrou do que tinha dito ao chefe, sobre seus planos, e se perguntou se ele havia acreditado.

Nós não gostávamos um do outro. E daí? Não era segredo para ninguém. Acho que também não é nenhum crime. No final, parece que era eu quem estava certo, não é?

Educação física, já que está perguntando. Tenho graduação em esporte e lazer pela Universidade de Loughborough. É o melhor curso do tipo no país. É difícil conseguir uma vaga. E mais difícil ainda completar o curso. Foi o maior desafio que já encarei, e olha que eu costumava participar de competições. Triatlo, Ironman, às vezes maratonas. Meus joelhos me tiraram da brincadeira. Meus joelhos e meu tornozelo.

A educação física é uma ciência. Na escola, era só dar uma corrida de cueca num descampado. Rúgbi para os meninos, hóquei para as meninas. Nada de disciplina, nada de organização e nada de especialização. Era o coordenador que dava as orientações. Ele jogava uma bola para nós e apitava o jogo sentado perto da janela da sua sala. Apitava... Ele ficava era lendo o jornal. Dava uma olhada quando ouvia gritos, mas na maior parte do tempo nos deixava por conta própria. Quando você fazia uma falta, tinha de ser uma falta silenciosa. Tinha de tirar o fôlego da pessoa para que ela não pudesse gritar.

Dá até para apontar um lado positivo. Uma visão darwiniana do esporte. Sabe quem foi Darwin, não sabe? Mas hoje em dia isso não seria aceito. É como já disse: hoje se trata de uma ciência. A coisa se tornou uma ciência. Ensinamos esportividade, habilidades — chamamos de habilidades transferíveis —, nutrição e coisas desse tipo. Na semana passada tivemos uma hora de calistenia. Nunca consigo dizer essa palavra direito. Calistenia. Calistenia.

As pessoas acham que é fácil. Há muito preconceito em relação ao meu trabalho. O Szajkowski é um exemplo perfeito.

Nós temos uma semana antes do início do semestre. O diretor participa, e todos os professores participam. Somos obrigados a passar por treinamentos, realizar atividades. A maior parte é palhaçada, perda de tempo. Mas tem um aspecto social. Sabe, reaproximar as pessoas, enturmar os novatos, essas coisas.

Enfim. No semestre passado, tínhamos dois professores novos. Uma era a Matilda Moore, que dá aula de química. Reservada, mas gente boa. Apesar de não se interessar muito por esporte, não é ignorante. Não é arrogante. O outro, como já sabemos, era o Sam Szajkowski. Sam "Meu nome é Samuel" Szajkowski.

Era o fim daquele dia e estávamos no auditório. O diretor tinha providenciado um lanchinho. Sanduíches sem casca, enroladinhos de salsicha, batatinhas fritas. Todo mundo tomando vinho ou suco ou qualquer coisa assim e aproveitando. O diretor num canto, Matilda em outro, todos espalhados, em grupos. Um pouco parado demais para o meu gosto, faltando animação, mas a gente se acostuma, entende?

Então vi Szajkowski sozinho e lembrei que, apesar de o diretor ter feito uma apresentação geral, eu ainda não havia conversado com ele pessoalmente. E resolvi fazer isso. Pensei: o cara é novo aqui. O cara estava sozinho e achei que devia me esforçar para que se sentisse bem-vindo.

Agora entendo que eu e ele éramos muito diferentes. Ele tinha metade do meu tamanho, era branquelo, meio parecido com o Woody Allen, só que com aquela barba preta desgrenhada, sem óculos e não tão velho nem interessado por sexo. Ou talvez fosse, quem vai saber? Mas só porque duas pessoas são diferentes não significa que não podem se dar bem. Tipo o George. George Roth. Ele é professor de religião. Somos as pessoas menos parecidas que você pode imaginar. Quer dizer, eu nunca entrei numa igreja, muito menos numa mesquita, num templo ou numa sinagoga. Mas nos damos bem, temos uma boa relação. Conversamos sobre futebol. Ele diz que o futebol é uma espécie de religião, e eu não discordo. Aliás, isso faria de Pelé um deus, não é? Ou Matt Le Tissier, dependendo de onde você é.

Mas voltando ao Szajkowski. Nós já começamos mal. Eu o cumprimento e digo que é um prazer conhecê-lo. Digo meu nome e aviso que ele pode me chamar de TJ, porque todo mundo me chama assim, até a garotada.

Ele diz, Oi, TJ. Sou o Samuel. Samuel Szajkowski.

Eu repito, Samuel. Sam, então? As pessoas devem chamá-lo de Sam, certo?

Ele dá aquela balançadinha de cabeça, meio que sorri e responde, Não. Elas me chamam de Samuel.

E o aperto de mão? Já falei do aperto de mão? Você descobre muita coisa a respeito de um homem por seu aperto de mão. De uma mulher também. Você, por exemplo. Você tem um aperto de mão firme, uma pegada forte. Sabe o que isso me diz? Que você é uma mulher fazendo o trabalho de um homem, e que não leva desaforo para casa. Mas suas mãos são frias, sabia disso? Está um calor infernal aqui, e suas mãos estão frias.

O aperto do Szajkowski era mole que nem... quer dizer, era um aperto de mão de bicha. E que fique claro que isso é só jeito de falar, não estou sendo depreciativo. Você consegue entender, não consegue? Olha, era mais ou menos assim. Me dê sua mão. Só me dê sua mão. Então eu sou o Szajkowski e faço isso.

Entendeu?

Depois daquilo, ele já estava me incomodando, mas eu procurava não demonstrar. Eu pensava as coisas que eu pensava do cara, mas também pensava que a gente sempre pode estar errado. No fim das contas, eu não estava, não é mesmo, mas essa é outra história.

Então eu aceito. Digo, Certo. Samuel. Prazer em conhecê-lo, Samuel.

Pelo amor de Deus. Quem é que se chama Samuel e se apresenta desse jeito? É muito longo. Sam. Eu teria gostado muito mais do cara se ele simplesmente me deixasse chamá-lo de Sam.

Sinto muito, mas é que isso me irrita.

Onde eu estava mesmo?

Claro. Estamos conversando e num dado momento ele me pergunta que matéria eu ensino. E percebo na hora que ele vai ter alguma reação quando eu contar. Quer dizer, dava para saber só de olhar que nunca na vida ele tinha corrido um metro sequer, ou dado um chute, ou mesmo ficado sem camisa no sol. Ele é o que meu pai chamaria de intelectual, o que aliás não tem nada de mais, não é um crime, nem nada. Mas dava para saber que ele também era um pé no saco.

Talvez eu tenha ficado meio na defensiva. Não agressivo, nem nada. Só fiquei pensando, que direito ele tinha de se achar superior? Mas decidi esperar para ver. Que tal um teste? Por isso, em vez de responder à pergunta, resolvi deixá-lo adivinhar.

O que você acha?, perguntei.

Hã, não entendi, respondeu ele, todo atrapalhado.

Vamos lá, tente adivinhar. Acha que dou aula de quê?

Ah, entendi. Vamos ver.

Eu estava observando o cara. Ele sorria para mim, eu sorria para ele. Nós dois sabíamos que ele já sabia, mas ele não queria dizer.

Bem, se eu tivesse de chutar...

Vamos, pode falar. Dê um chute.

Se eu tivesse de chutar...

Diga. Você sabe. Eu sei que você sabe.

Se tivesse de chutar, eu diria… Não, acho que é… Isso. É isso. Você dá aula de física, TJ.

Viado.

Por favor, me desculpe pelo vocabulário, mas, caramba, que viado. Eu devia ter dado um soco nele naquela hora. O interessante é que parecia que ele estava esperando que eu fizesse isso. Parecia até que ele queria. Deve ter percebido pela minha cara, mas em nenhum momento recuou. Ficou me olhando, ainda meio que sorrindo, como se estivesse apenas esperando para levar uma porrada.

Em vez disso, eu respirei fundo e botei meu suco de laranja na mesa. Dei um pequeno passo para a frente, um bem pequeno mesmo, e perguntei:

Você está querendo fazer graça?

E ele:

Não, não, não quis fazer graça nenhuma…

Mas ele quis. Nós dois sabíamos disso.

Escuta, Sam. Chamei o cara de Sam só para deixar clara minha posição. Escuta, Sam. Não vem dar uma de esperto. Não fique se achando. Eu dou aulas há cinco, seis anos. E você?

E aí lhe mostrei meu punho fechado, sabe, querendo dizer que eram zero anos, mas também que era um punho, meu segundo recado para ele. Qualquer um acharia que ele entenderia. O recado. Você não? Agora, adivinha o que ele disse depois disso. Vamos, tente.

Latim. Você dá aula de latim, não dá?

Pode acreditar. Se não fosse o Bartholomew Travis estar por perto, eu teria acabado com Sam-Samuel Szajkowski bem ali, naquele instante. E veja só quantos problemas isso teria evitado.

Acho que ele estava acompanhando. Falei com Travis ontem e foi a primeira coisa que me disse, Eu sabia, eu sabia que havia algo de errado com aquele garoto. Disse que estava de olho no Szajkowski desde o início, mas não sei se é verdade ou não. Com certeza, não estava de olho no fim, concorda? Mas estava no início e talvez por isso tenha visto nossa conversa cara a cara e talvez por isso tenha aparecido para evitar uma situação constrangedora.

Eu cheguei a levantar a voz. Devo ter dito uns palavrões. Nada de mais. Não disse viado. Talvez merda. Mas, como expliquei aos outros mais tarde, era ele quem estava sendo agressivo, não eu.

O que está acontecendo aqui?, perguntou Travis. Que bate-boca é esse?

Aí Sam Szajkowski começou a murmurar um monte de besteiras, fazendo o papel de pobre coitado.

Diretor, não sei o que disse de errado, mas está claro que deixei TJ ofendido.

E eu querendo dizer algo como, É isso mesmo, você me ofendeu, seu viadinho, e sabe muito bem o que disse!

E Travis só repetia, Acalme-se, Terence. Ele me chama de Terence. Já pedi para não fazer isso, mas ele continua. E era isso que ele dizia, Calma, Terence. O que você disse, Samuel? E o outro, Não sei, diretor, não sei mesmo.

De repente, eles se viram para mim. Eu continuo com vontade de dar um soco em alguém. Mas o diretor resolve me perguntar, O que foi que ele disse, Terence? O que ele disse para deixá-lo tão ofendido?

Obviamente, a situação virou a favor do Szajkowski, porque agora era eu que parecia ser o idiota. Ele me olhava. Não estava sorrindo, mas eu sabia que, por dentro, estava. Mas eu não tinha outra opção a não ser responder. Porque, quando o Travis faz uma pergunta, você tem que responder. As crianças ficam aterrorizadas com ele, e nós professores… bem, eu não tenho medo de ninguém, mas vamos dizer que existe uma razão para o Travis ser o diretor.

Aí eu explico, O problema não é o que ele disse, diretor. É como ele disse.

Como ele disse? O que ele disse?

Ele disse que... Ele disse que eu dou aula de física, diretor. Disse que dou aula de latim.

Travis ficou me olhando como se eu fosse retardado, como se eu fosse um garoto com necessidades especiais na turma mais atrasada. Na esperança de explicar as coisas, virei para o Szajkowski, Sabe o que quis dizer, sabe muito bem o que quis dizer, agora não fique aí se fazendo de inocente.

Obviamente, já estava todo mundo acompanhando a cena, naquela altura. Não que eu estivesse preocupado. Todo mundo me conhece e sabe que tipo de pessoa eu sou. Eu tinha certeza de que eles entendiam o que estava acontecendo. Com exceção da Maggie. Ela me olhava como se tivesse achado um pentelho no meio dos cereais no café da manhã. E sabe o que mais me irrita? Foi essa confusão que aproximou os dois. É isso que me irrita. Maggie sentia pena dele. Tudo o que aconteceu depois, o caso entre os dois, foi tudo uma palhaçada porque começou com uma mentira. A mentira de Szajkowski.

E foi basicamente isso. O diretor disse que eu já tinha bebido o suficiente, e respondi que estava tomando apenas suco de laranja, um maldito suco de laranja. Mas o diretor insistiu, disse alguma besteira sobre o açúcar e me afastou do cara. E aí fui embora.

Pronto. Essa foi a primeira vez que me encontrei com Szajkowski. Depois disso, as coisas só pioraram.

— Ele não vai falar com você.
— Ele sabe o que aconteceu? Alguém contou para ele?
— Não está me escutando, detetive. Ele não vai falar com você. Ele não fala. Não fala nem com os próprios pais.
— E o senhor não está respondendo minha pergunta, doutor. Ele sabe o que houve?
O médico bateu com a prancheta na perna e tirou os óculos.
— Sim, acredito que saiba. Conversei com os pais dele sobre o assunto. Concordamos que poderia ser benéfico lhe contar. Concordamos que não faria mal.
— Benéfico? — Lucia observou a enfermaria pelo vidro. Não via nada além de uma cama vazia. — Está dizendo que vocês acharam que ele poderia dizer algo? Que o choque talvez o fizesse falar?
O médico não vacilou.
— Isso mesmo.
— Mas não funcionou.
— Não. Não funcionou.
Lucia anuiu e olhou novamente pelo vidro, desta vez se inclinando um pouco para trás. Ainda não conseguia enxergar onde o menino estava.
— Gostaria de vê-lo — disse.
— Ele não vai...
— Falar comigo. Já sei. Mas gostaria de vê-lo assim mesmo.
O médico era alto, soturno, tinha um jeito esquisito. Quando ele contraía a mandíbula, surgiam dois calombos pontudos em suas bochechas, logo abaixo das orelhas,

como se ele estivesse tentando engolir uma chave de fenda atravessada.

— Por favor, seja breve.
— Certo, doutor.
— E lembre-se de tudo pelo que ele passou.
— Certo, doutor.
— Ele ainda está se recuperando. Precisa de repouso.
— Entendido.

O médico abriu a porta e deixou Lucia entrar. Ao pisar na enfermaria, ela ficou atenta ao barulho da porta se fechando. Como não ouviu nada, virou-se para o médico, agradeceu e ficou esperando que ele se retirasse.

No início, ela pensou estar sozinha dentro da enfermaria. Havia quatro camas, todas vazias. Mas a quarta cama, a mais distante dela, tinha sido usada. A cortina estava puxada pela metade, e havia um copo e uma jarra de água na mesinha de cabeceira. O copo vazio e a garrafa cheia.

— Elliot? — Lucia tentava avançar sutilmente, mas as solas dos sapatos chiavam em contato com o piso revestido de vinil.
— Elliot, meu nome é Lucia. Lucia May. Sou policial.

Ela atravessou o quarto todo e parou junto à cama revirada. Então viu uma cabeça, na altura do colchão. Um pouco de cabelo. Curto e loiro. Na verdade, quase ruivo. Embora fosse mais claro que o dela, era parecido. Não tão avermelhado, mas talvez a impressão se devesse apenas à diferença de comprimento.

Ao dar outro passo, conseguiu ver o resto do garoto. Ele estava sentado no chão, atrás da cama, encostado na parede. Lucia notou a marca de nascença antes de qualquer outra coisa. Cobria o lado esquerdo de seu rosto, o lado que ela podia ver naquele momento, indo da orelha até o canto da boca. Parecia que Elliot tinha levado uns tapas — vários e com força — ou sido prensado contra uma superfície quente.

Depois da marca de nascença, ela reparou nos pontos: um zigue-zague que saía do meio das sobrancelhas, passava pelo nariz e ia até o queixo. O médico havia dito que a orelha direita também tinha sido machucada, mas, de onde estava, Lucia não conseguia ver o ferimento. Segundo o médico, a orelha fora rasgada. Com uma mordida.

Ela tentou encontrar o olhar do garoto, que estava concentrado no livro apoiado na ponta de seus joelhos encolhidos.

— Elliot? — repetiu. Apesar de ter sido avisada de que ele não responderia, ela tinha esperança de ouvir sua voz. — O que está lendo?

Sem conseguir uma resposta, ela se aproximou mais um pouco e se curvou para ler o título na capa do livro. As palavras, porém, estavam encobertas pelos dedos indicador e médio do menino, que, por sinal, estavam cruzados, como se ele estivesse torcendo por um final feliz enquanto lia.

Elliot virou a página. Para isso, teve de descruzar os dedos, e Lucia conseguiu enxergar o sobrenome do autor e um pedaço do título. *O livro dos* alguma coisa, de alguém Alexander.

— Posso me sentar? Você vai se importar se eu me sentar aqui? — Ela se ajeitou na extremidade do colchão, de frente para a parede. — O dr. Stein me disse que você está bem melhor. Disse que está quase pronto para ir para casa.

O menino virou outra página, e Lucia observou seus olhos. Eles vagaram de uma página para a outra e pararam num ponto intermediário. Por um momento, Lucia manteve o silêncio. Olhou para os próprios pés, para trás e para o menino de novo. Ele virou outra página.

— Está gostando? Do livro? É sobre o quê?

Lentamente, como se esperasse que ela não percebesse o movimento gradual, Elliot deixou o livro escorregar dos joelhos até parar em cima das coxas, escondido. Seus olhos não haviam descolado das páginas à sua frente.

— Não precisa conversar comigo — disse Lucia. — Eu só queria ver você. Ter certeza de que está tudo bem com você.

Ao dizer aquilo, ela se sentiu surpresa, porque era verdade. O que havia acontecido ao garoto não fazia parte de sua investigação; por isso, tecnicamente, ela não tinha nada a fazer ali. O médico poderia até impedir sua entrada. Os pais podiam chegar e pedir que fosse embora, e ela não teria outra escolha, a não ser respeitar a vontade deles.

Lucia olhou para trás por cima do ombro. A porta continuava fechada, e o resto da enfermaria, vazio. Ela não sabia se o hospital era rígido em relação ao horário de visita, mas estava apostando que os pais de Elliot não viriam antes do período estabelecido formalmente.

— Você se recuperou rápido — disse, reparando novamente nos pontos. Tentou contá-los. — Deve ter doído, isso que fizeram com você. — O garoto virou uma página. — Você é muito corajoso, Elliot. — Sua voz era quase um sussurro, embora não tivesse intenção de falar tão baixo. Ela limpou a garganta. — Você é muito corajoso.

Ela não conseguiu achar o título na livraria.

Um Harry Potter de papelão acompanhava seus passos, segurando uma varinha mágica de modo ameaçador, e não recuou nem quando ela o xingou. Depois de procurar na seção infantil, deu o braço a torcer e foi até a parte de ficção. Mas também não o encontrou lá.

A loja estava vazia, exceto pela presença de Lucia, do bruxinho e da funcionária da caixa, uma vendedora que, pela aparência, deveria estar na escola e não ali. Ela conversava ao telefone, aparentemente com um amigo. Um namorado. Lucia esperou ao lado da caixa registradora por um instante. Fingiu estar interessada numa pilha de cadernos Moleskine. Depois de um tempo, simplesmente pôs os braços no balcão e sorriu para a jovem.

— Oi.

A vendedora se afastou um pouco e murmurou alguma coisa no telefone. Virou de volta para Lucia com o aparelho preso entre o queixo e o ombro.

— Oi — respondeu.

Lucia não sabia se as sobrancelhas da garota estavam levantadas ou se ela tinha arrancado os pelos e pintado sobrancelhas de mentira naquele formato.

— Estou procurando um livro de criança — disse Lucia, repassando os fragmentos de informação que tinha enxergado por entre os dedos de Elliot.

A vendedora fez uma careta antes de se virar para o computador. Enquanto batia com as unhas no teclado, conversava com o namorado. Lucia ficou sabendo que haveria uma festa. Alguém que devia ir não iria, e alguém que não devia ir iria.

— Lloyd Alexander — respondeu a jovem, finalmente. — Procure nos clássicos infantis. Não, não estou falando com você — disse ao namorado pelo telefone e, olhando para Lucia, apontou para os fundos da loja.

Era fantasia. Escapismo. Não se tratava de um gênero familiar para Lucia, mas ela podia imaginar o apelo para um menino que não conseguia encontrar qualquer refúgio na realidade. *O livro dos três* tinha saído pela primeira vez antes de ela nascer. Mesmo no exemplar em suas mãos, as pontas das páginas estavam amareladas, esmaecidas como os dedos de um fumante. Ela pôs o livro de volta no lugar e deu uma olhada nas prateleiras, identificando nomes de autores que havia admirado um dia, mas depois esquecido. Blume, Blyton, Byars. Milne, Montgomery, Murphy. No entanto, os livros que ela já tinha lido não despertariam o menor interesse nele. Já estava no fim da seção, quase desistindo de continuar pesquisando, quando um título chamou sua atenção. Puxou o livro com o indicador. O projeto gráfico era novo, mas a imagem usada era familiar. Lucia sorriu e começou a folhear o livro, de trás para frente, parando aqui e ali para ler uma frase, uma parte de um diálogo, o título de um capítulo. Ela levou o livro até a caixa.

Lucia tinha preparado uma resposta, mas Walter não se encontrava em sua mesa. A delegacia estava praticamente vazia.

— Cadê todo mundo? — perguntou, passando apenas a cabeça pela porta do chefe.

— Ele está numa audiência — disse Cole.

Ele estava cutucando o lábio superior e fazendo caretas diante de um espelho deitado sobre a mesa.

— De quem está falando?

— Do seu namorado. Ele está numa audiência. — O chefe deu uma olhada para Lucia antes de voltar a se concentrar em si mesmo. — O que o garoto disse?

Cole queria que sua investigadora perguntasse como ele sabia por onde ela tinha andado. E Lucia queria perguntar. Mas, em vez disso, continuou assistindo ao chefe cutucando a boca e contraindo o rosto. Finalmente ela resolveu entrar na sala; sua curiosidade devia estar na cara.

— Um policial viu você — contou Cole. — Lá no hospital. Então, o que ele disse?

— Ele não disse nada. Ele não disse nada.

Cole soltou um grunhido.

— Você sabe que isso não importa, não sabe? Não tem nada a ver com o caso.

— Há uma relação.

— Não há relação nenhuma.

— É claro que existe uma relação. Tudo está relacionado.

— Tudo está relacionado? Lucia, você tem até segunda-feira. Não esqueça que só tem até segunda-feira.

Lucia viu que horas eram.

— Sabe por onde anda o Price?

— Price? O que você quer com o Price?

— Não quero nada. Não tem importância.
— Bem, eu não o tenho visto.
— Esqueça — disse Lucia, já saindo da sala.
— Lucia, não tem relação nenhuma.
Ela o deixou falando sozinho.

Price estava fumando. Lucia se aproximou dele mais do que o estritamente necessário.
— Que tempo, hein? — Eles estavam no último andar, no terraço que ficava atrás do refeitório. Apesar de todos chamarem o lugar de terraço, não passava de uma varanda com um banco e uma lixeira transbordando de cigarros. Price apontou para o céu, completamente azul. — Estão dizendo que vai fazer 38 graus no fim de semana. — Ele riu e deu outra tragada no cigarro. — Você tem sorte de não precisar mais usar uniforme. Essas calças não respiram. É como se fossem feitas de borracha.
Lucia parou para reparar em seu próprio visual: calças escuras, blusa branca. A única diferença em relação ao uniforme de Price era que ela tinha pagado por suas roupas.
— Me fale sobre o menino — disse Lucia. — Elliot Samson.
Price franziu a testa e soltou a fumaça do cigarro pelo nariz.
— Pelo amor de Deus, Lucia. Está fazendo um dia lindo. O sol está brilhando. Para que tocar nesse assunto?
Lucia observou Price apertar o cigarro contra a parede, ignorando a lixeira, e lançar a bituca pelos ares.
— Ele falou com você? Disse alguma coisa?
— Não tinha como. Seu rosto estava destruído.
— Estava consciente?
— Sim. O tempo todo até a ambulância chegar. Provavelmente mais um tempo depois. Sentia todos os rasgos, arranhões e pontadas.
— Quem foi o responsável? Você sabe?

— Claro que sei. Muita gente parece saber.
— E aí?
— E aí o quê? E aí que o garoto não diz nada. E ninguém viu a coisa acontecer. E a escola parece não se importar. — Price tirou outro cigarro do maço que levava no bolso. — É a mesma escola, não é?

Lucia observava o trânsito lá embaixo. Um furgão de entregas tinha parado ao lado de um táxi seguindo no sentido contrário. Os dois motoristas estavam com os troncos para fora da janela, agitando os braços, fazendo gestos, ignorando as buzinas dos carros presos no engarrafamento que se formava.

— Desculpa, eu não ouvi.
— A mesma escola. O atirador. O professor. A mesma escola, certo?
— Sim, a mesma escola — respondeu Lucia, finalmente. — Isso mesmo.

S E EU O AMAVA? Mas que pergunta.
Como posso responder se o amava depois do que ele fez? Como posso admitir isso? Agora digo a mim mesma que eu não o amava e rezo para que isso seja verdade. Quando não consigo me convencer, me sinto mal, detetive. A simples lembrança dele, depois de tudo o que fez, me dá vontade de vomitar.

Sentia carinho por ele. Isso eu posso admitir. Tinha pena dele. Achava que ele merecia compaixão, se é que consegue entender.

Ele não conseguia se estabelecer. Não conseguia se encaixar. O diretor não gostava dele, TJ não gostava dele, e como os dois não gostavam dele, o máximo que os outros faziam era tratá-lo com educação. Por que fariam mais que isso? TJ pode se tornar irritante quando sente que você não está do lado dele. Tudo para ele é uma questão de escolher um lado. E ninguém quer incomodar o diretor, não nesta escola. Quer dizer, suponho que em nenhuma escola, mas nesta aqui em especial.

E ele também não ajudava. Estou falando do Samuel. Tinha aquela barba desgrenhada, aquele cabelo bagunçado e só variava entre dois paletós. Estava sempre com um cadarço desamarrado, e a camisa sempre com um botão a menos ou torta. Eu sei, eu sei: a aparência não devia ter tanta importância. Mas tem, não é mesmo? Todo mundo sabe que tem.

Ele era vago, arredio. Só respondia, nunca perguntava nada. Estou dizendo que ele respondia, mas não da maneira como eu ou você fazemos. Quando alguém perguntava "tudo bem?", ele respondia "tudo bem, obrigado". E pronto. "Ei, Samuel, o que está fazendo?" E ele respondia: "Lendo." E nem tirava os olhos do livro. Ele não era exatamente mal-educado, mas as pessoas não gostavam daquilo. Achavam que ele era arrogante. Achavam que fugia do convívio. Veronica Staples, a mulher que morreu... que ele matou... ela me disse uma vez que ele parecia um professor de Oxford numa festa de crianças. Acho que isso resume bem a situação.

A Veronica era minha amiga, detetive. Uma amiga. Ela tinha filhos, sabia. Dois. A menina também vai ser professora. Beatrice. Está estudando para ser professora. O que será que eles estão pensando sobre isso? O que será que estão sentindo?

Não, obrigado, tenho um no bolso. Estou bem. Sério. É só que... não sei. Acho que estou sendo boba. Mas estou bem.

O que eu estava dizendo mesmo?

Sim, estava falando do Samuel. Podemos dizer que ele era uma pessoa deslocada. Uma pessoa deslocada desde o início. Era mais fácil ignorá-lo do que tentar se relacionar com ele. Era mais fácil rir das brincadeirinhas do TJ do que dar uma de santo e sair em sua defesa. Ele e TJ tiveram uma pequena discussão no início do semestre. Samuel disse alguma coisa e TJ ficou irritado. Não sei direito o que houve, mas para mim parecia essas besteiras de homem, nada mais que isso. O problema é que depois disso o TJ meio que decidiu que os dois eram inimigos mortais e que ele se vingaria com uma humilhação atrás da outra. É patético, eu sei, mas não era grave. TJ não passa de uma criança. Ele se comporta como uma das crianças. Está sempre com elas, jogando futebol, jogando basquete. Elas o chamam de TJ, não de sr. Jones. O diretor aceita porque os alunos não se comportam mal com TJ. Questão de ordem. O diretor exige ordem, e TJ é um dos poucos professores desta escola capazes de garantir isso.

A primeira ideia do TJ foi dizer para Samuel usar jeans numa sexta-feira. Inventou que era um dia de roupa casual ou algo parecido e que todos os professores fariam o mesmo. Isso foi antes do Samuel perceber que TJ tinha um ressentimento em relação a ele. Não sei, talvez já suspeitasse, mas ele era o cara novo, afinal de contas, não era? E, por isso, deu ouvidos ao TJ. Então, Samuel apareceu de jeans, e o diretor o mandou voltar para trocar de roupa. Como se estivesse lidando com uma criança. O diretor o mandou para casa porque professores não usam jeans na escola, não, isso seria totalmente impróprio. E, por causa disso, o diretor foi obrigado a substituí-lo nas aulas da manhã, algo que ele odeia fazer, principalmente quando a matéria é história. A segunda brincadeira do TJ foi deixar um bilhete para Samuel. Assinado pelo diretor e dizendo que sua aula tinha passado para outra sala, em outro andar. Então, enquanto Samuel estava lá no sótão... é assim que chamamos a sala lá em cima... enquanto ele esperava a turma aparecer, as crianças estavam no lugar certo, gritando, dando risadas, provavelmente arremessando cadeiras umas nas outras. Até uma delas cortar o lábio e começar a chorar. O diretor ouviu a bagunça, saiu correndo até a sala e gritou para que todos fizessem silêncio e mantivessem a ordem. E, naturalmente, botou a culpa no Samuel. Deduziu que ele tinha se atrasado. Mas Samuel não disse nada, porque finalmente percebeu o que estava acontecendo. E sabia que não podia sair por aí choramingando e dando desculpas.

Houve outras histórias, todas bobas e infantis, como quando TJ derrubou — sem querer — café no colo do Samuel, bem na hora da aula do último ano. Ou quando ele colou um adesivo nas costas do Samuel, que passou metade do dia andando com aquilo antes de perceber a piada.

Eu não devia rir. Não estou rindo. Não teve graça quando aconteceu e não tem graça agora.

Mas, enfim, foi isso que me aproximou dele. Eu sentia pena dele, só isso. Quer dizer, ele não era feio. Não era um homem bonito, não na opinião da maioria, mas parecia ser uma pessoa doce. Tinha olhos bonitos. Eram verdes, quase cinza. Na época, eu via doçura em seus olhos. Que idiota eu fui.

Conversamos pela primeira vez depois do incidente que mencionei, a discussão com TJ. Enquanto o diretor levava TJ para longe, Samuel não sabia o que fazer. Parecia chocado, atordoado pelo que havia acontecido. O resto dos presentes estava em silêncio. Assim que o diretor e TJ deixaram o lugar, todo mundo começou a pigarrear, fazer caretas e sussurrar. Ninguém olhava diretamente para Samuel, mas todos esperavam sua reação.

Eu não aguentei. Comecei a me sentir tão incomodada quanto ele. Primeiro, Samuel passou a taça de vinho da mão direita para a esquerda. Depois trocou de novo e esfregou a mão esquerda na perna. Em seguida, mexeu na gravata, levantou a cabeça para olhar o teto e finalmente começou a andar em torno da mesa do bufê, mas sem pegar nada. Nos encontramos perto do bolo.

Digo para ele não dar importância para o TJ, e ele me responde com um sorriso curioso.

Ele comenta que estava pensando a mesma coisa, e eu dou uma risada. Uma risada meio alta, meio empolgada demais. Consegui ouvir minha risada como os outros deviam tê-la ouvido, o que é uma coisa que não costuma acontecer, não é mesmo? É horrível. Resolvo cortar um pedaço de bolo.

Ele pergunta meu nome, e eu digo que é Maggie. E você é o Samuel, não é? E ele confirma antes de me perguntar o que eu ensino e brincar, Por favor não me peça para adivinhar. Eu peço desculpas, e ele diz que não liga. Respondo que é música. Ensino música. Ou pelo menos tento. Ele murmura qualquer coisa e assente com a cabeça.

Você gosta de música?, pergunto.

De centenas de coisas que eu poderia perguntar, é a única que me vem à cabeça.

Sim, responde ele.

De que tipo de música você gosta?

Gosto dos russos. Não gosto de Mozart.

Não gosta de Mozart? Por quê?

Gente demais gosta dele. Gente demais se empolga dizendo como ele é maravilhoso.

E isso é razão para não gostar dele?, pergunto.

Eu gosto de Mozart, detetive. Eu amo Mozart. E agora mais ainda.

Sim, diz ele. Acho que é.

Não respondo nada porque, embora não concorde com ele, não quero começar outra discussão. Mas ele mesmo resolve começar.

Você discorda de mim.

Não, respondo. Não é isso.

Acha que estou errado.

Bem... Não. Quer dizer, sim, acho que você está errado, mas não tem importância. É seu direito ter uma opinião própria.

Eu sei disso. E qual é a sua?

Eu deixo o bolo na mesa. Na verdade, não estou com vontade de comer bolo, e a fatia que cortei é enorme.

Na minha opinião, a música não devia ser limitada por opiniões. Se a música lhe diz alguma coisa, você deve escutar. Não deve tapar os ouvidos só porque alguém pensa, diz ou faz alguma coisa.

Ele faz um barulho esquisito e sorri.

O que foi?, pergunto.

É sua obrigação dizer isso.

O quê? O que é minha obrigação dizer?

O que você acabou de dizer. Você disse o que é obrigada a dizer.

Por quê? Por que seria obrigada a dizer isso?

Porque é professora de música. É sua obrigação fingir ter a mente aberta.

Fingir? Acha que estou fingindo?

Talvez, diz ele, enquanto corta um pedaço da minha fatia de bolo.

Esse bolo é meu.

Achei que não quisesse mais.

Quando foi que eu disse que não queria mais? Quero, sim.

Então fique à vontade.

Agora não quero mais, digo, percebendo na mesma hora que estava sendo grossa, como se o fato de ter tocado no meu bolo o tivesse contaminado de alguma maneira.

Acho que... acho que está na minha hora. Foi bom conhecer você.

Está bem.

E foi tudo que consegui dizer. Assim que ele saiu todo mundo pareceu aliviado, mas eu só me sentia uma idiota.

O problema do Samuel era que ele tinha muitas opiniões. Já percebeu que hoje em dia ninguém tem opinião sobre nada? As pessoas falam demais e nunca ouvem, mas quando abrem a boca não dizem nada. Samuel parecia distante porque ficava na dele. Mas se alguém tentasse conversar com ele, e estou falando de conversar, não de bater um papinho para passar o tempo, ele respondia. Ele ouvia o que a pessoa tinha a dizer, ouvia de verdade, e pensava naquilo. Muitas vezes discordava e explicava sua própria opinião sobre o assunto. Suas opiniões podiam soar arrogantes, ou sem sentido, ou às vezes um pouco assustadoras, mas pelo menos ele tinha opiniões.

Puxei conversa com ele de novo na sala dos professores, no primeiro dia de aula.

O que eu acho é o seguinte. Vou dar minha opinião, já que você dá tanto valor às opiniões. Mozart foi o segundo maior compositor da história. Era um gênio. Tchaikovsky era um idiota, e Rachmaninov um tolo sentimental.

E Prokofiev?, perguntou ele, sem demonstrar qualquer relutância ou surpresa.

Segunda linha. Time reserva. Outro tolo sentimental.

Ele pareceu aceitar minha opinião. Então eu lhe disse que não contasse aquilo às crianças. Que, se um dia elas perguntassem, ele dissesse que eu havia respondido que Prokofiev também era um gênio.

Depois daquilo, passamos a conversar cada vez mais. Nunca em público. Nunca se houvesse outras pessoas por perto. Quando estávamos na sala dos professores e alguém entrava, parávamos de falar na hora. Assim mesmo, sem combinar nada. Não sei dizer por quê. Acho que eu supunha que ele preferia que fosse assim e talvez ele pensasse o mesmo de mim. Talvez ele acreditasse que daquele jeito fosse mais fácil para mim. Sabe? Por causa dele, por causa do que os outros pensavam dele. Mas estávamos nos enganando. Todo mundo sabia. Todos os professores sabiam, o diretor sabia, até as crianças sabiam. De algum jeito, as crianças sempre ficam sabendo.

Claro que fui eu que o convidei para sair. Ele nunca me convidaria. Posso dizer que precisei de um pouco de coragem. Um pouco de coragem e um gole do uísque que guardamos embaixo da pia para situações de emergência.

Na primeira vez, convidei-o para ir ao cinema. Havia um filme europeu em cartaz na Picturehouse e achei que ele fosse gostar, pelo fato de ser europeu. Sei lá, simplesmente presumi que ele gostava de filmes de outros países. No fim, eu gostei, e ele odiou. Chamou o filme de pretensioso. Eu achei primoroso. Era em francês, e eu adoro francês. Uma língua incrivelmente musical, lírica. Eu ficava só ouvindo, sem ler as legendas, sem entender de verdade o que estava acontecendo. Já ele devia ter lido cada palavra, porque depois do filme só ficava dizendo "por que eles fizeram aquilo, ninguém faria algo como aquilo, quem fala daquele jeito?". Tão crítico. Excessivamente crítico.

Depois disso, foi uma exposição, uma exposição do Caravaggio na National Gallery. Quase desisti de convidá-lo. Só não desisti porque me sentiria culpada. Sinceramente, eu não queria, não depois do filme. Por isso, achei que uma galeria de arte seria o lugar certo. Você entende? Silencioso, formal e à tarde, não de noite. Deixei bem claro que só queria ser amiga dele.

E foi ótimo. Tive uma tarde ótima. Entende algo de arte, detetive? Pois eu não entendo nada. Só sei do que eu gosto, e admiro a maior parte das coisas que eu jamais seria capaz de fazer. Mas o Samuel... ele sabe pintar. Sabia disso? É um pintor. O que estou dizendo? Ele era um pintor. Era.

Não, está tudo bem. Sério. Não estou chorando por causa disso. Não é por causa dele. É só que... não sei. Essa coisa toda é...

Enfim. Samuel sabia pintar. Dizia que não pintava havia muito tempo, mas tinha um conhecimento grande, e ficava empolgado, deslumbrado com tudo aquilo. Não é revigorante estar com uma pessoa que tem uma paixão verdadeira por alguma coisa? E se surpreender ao descobrir essa paixão numa pessoa que você acreditava não ter nenhuma? Bem, nenhuma não era o caso. Eu sabia sobre dar aulas, como ele achava importante dar aulas, mas não fazia ideia que existisse outra coisa que despertasse tanto entusiasmo nele.

Ficamos na galeria até fechar. Andávamos, sentávamos, observávamos os outros visitantes. Samuel era tão engraçado. Ele falava das pinturas e dos outros também, fazia piadas, procurava estereótipos... sabe, o estudante de arte pedante, o aspirante a ator que virou guia de turismo, o americano ignorante. Naquele momento, realmente achei que fosse tudo brincadeira, mas, pensando bem agora, talvez ele estivesse mesmo sendo cruel.

Fizemos sexo uma vez. Não naquele dia. Foi meses depois. Ele não se saiu muito bem, mas não me importei muito, porque também não sou uma especialista no assunto.

Você está gravando. Sempre me esqueço que está gravando.

Não me importo. Fizemos sexo e foi péssimo. Foi esquisito antes e foi esquisito durante. Eu estava meio bêbada, e o

Samuel também. Ele não bebia muito, nem eu, mas tomamos quase uma garrafa inteira de vinho. Estávamos na minha casa. Eu tinha feito jantar para ele. Estávamos assistindo a um filme que não era muito bom, então desliguei a TV e liguei o som...

Quer saber de uma coisa? Não quero falar disso. Podemos pular essa parte?

Nos separamos. É assim que a história acaba. Eu disse que nos separamos, mas isso soa muito convencional, e nosso relacionamento era qualquer coisa, menos convencional. Fora aquela vez, nunca houve envolvimento físico. Nós nem nos beijávamos. Contar isso me deixa envergonhada, não sei por quê. Mas é a verdade. Não nos beijávamos, não nos abraçávamos, nem de mãos dadas andávamos. Uma vez ou outra nos dávamos as mãos, mas só para atravessar a rua ou se ele estivesse me ajudando a descer do ônibus ou alguma bobagem desse tipo. E não era apenas isso. Numa relação normal, você não esconde seu afeto como se fosse motivo de vergonha, você não esconde seu namorado dos seus amigos e da sua família e às vezes de você mesmo, até de você mesmo.

Nós brigávamos. Acho que, nesse aspecto, era um relacionamento normal. Samuel estava enfrentando um ano difícil. Havia o diretor e TJ e, além disso, as crianças. Embora eu não pudesse ajudar com as crianças. Eu nem tentava, porque estava fora do meu alcance. O que elas faziam, o que elas faziam com Samuel, eu não conseguia entender por quê. Não, quando nós discutíamos, não era sobre um assunto em particular. No início, parecia até que era sobre algo, talvez TJ e suas brincadeiras, mas no fim não era sobre nada. Nada e tudo.

Provavelmente eu teria terminado antes se ele não estivesse passando por uma situação tão difícil. E lá vamos nós de novo: pena. Sou péssima para avaliar a personalidade das pessoas, detetive. Devo ser péssima para avaliar a personalidade das pessoas. Todo mundo conseguia ver que ele não era normal. Por que eu não conseguia?

Não, obrigada, eu estou bem. Só quero terminar isso. Por favor, podemos terminar isso?

Se ele estava com raiva? Por que essa pergunta? Ele não tinha nenhuma razão, se é o que você quer saber. Nenhuma razão mesmo. Quer dizer, ele já esperava. Já devia esperar. Ele não era a pessoa mais fácil de entender, aliás esse era um dos problemas, mas já devia esperar. Na verdade, não sei dizer. No início, ele não parecia ter raiva, mas as coisas pioraram depois, o que não deve ter ajudado muito. As coisas já estavam mal e ainda pioraram. Então talvez a raiva dele tenha crescido. Talvez sua mágoa tenha crescido. Talvez ele tenha se convencido a se ressentir de mim. Porque de uma coisa eu tenho certeza, detetive, isso eu posso afirmar. Dizem que ele estava mirando no TJ quando atirou na Veronica. É o que todo mundo acha. Mas eu sei que não estava. O alvo não era TJ, detetive. Ele estava mirando em mim. Estava mirando em mim, e a Veronica morreu no meu lugar.

Os PORTÕES ESTAVAM ABERTOS. O pátio tinha virado um estacionamento e estava cheio de furgões. Furgões brancos, ou que seriam brancos se não fosse a sujeira que os cobria. Empresas de limpeza, removedores de entulho, instaladores de piso, um encanador. Homens com roupas manchadas de tinta sentados sob a proteção das cabines dos veículos, com cigarros na ponta de seus braços queimados somando-se ao calor dos motores, do asfalto e do próprio sol. Os painéis que Lucia via no caminho estavam cheios de latas de refrigerante amassadas e jornais. Ela leu uma das manchetes: algo sobre o tempo, o calor e o começo do fim de todas as coisas.

Lucia ignorou os olhares. A sombra dos tijolos vermelhos em estilo vitoriano cresceu e de repente a encobriu, aliviando o calor. Ela subiu as escadas, passou pelos policiais e entrou.

Não parecia haver ninguém ali. Do auditório vinham ruídos de móveis, vozes graves e o barulho de homens trabalhando, numa descontração constrangedora, dada a natureza da bagunça que eles estavam limpando.

Lucia quase foi embora. Estava de novo na escola por hábito. Tinha ido no primeiro dia, no segundo e no terceiro, e a partir daí descobriu que não podia mais deixar de ir. Mas era sexta-feira, e na sexta-feira, como ela já sabia, a cena do crime voltaria a ser uma escola.

Apesar da ideia de ir embora, hesitou o suficiente para que o diretor a visse. Ela pensou em ignorar o grito, fingir que não o tinha ouvido, mas ele já vinha do auditório a passos largos, avançando rapidamente, e não havia mais tempo.

— Detetive May!

A voz a paralisou, e em questão de segundos ele estava diante dela.

— Sr. Travis.

— Detetive.

Seu sorriso não convencia como sorriso. A camisa polo também parecia fora de lugar, uma tentativa de visual casual por parte de um homem que não se sentia à vontade com informalidade. O colarinho e as mangas tinham sido muito bem-passadas, e os botões estavam fechados até o pescoço.

— Eu estava de saída — disse Lucia.

— Achei que tivesse acabado de chegar — respondeu o diretor. — Vi você da janela. Lá do outro lado do pátio.

— Esqueci que dia era hoje. Esqueci que era sexta-feira.

— Eu mesmo quase me esqueci. A impressão que tinha era de que as férias já haviam começado. Venha, quero lhe mostrar o que estamos fazendo.

— Eu realmente...

Enquanto Lucia tentava falar, Travis já caminhava em direção ao auditório. Ela o seguiu.

— Aposto que anda muito ocupada, detetive — disse o diretor, virando a cabeça um pouco para trás, mas sem travar contato visual.

— Tenho certeza de que o senhor também.

Travis confirmou com um gesto e se virou para a frente.

— Fico imaginando o que foi que descobriu.

De trás, Lucia acompanhava o movimento da cabeça do diretor, observando o pescoço comprido e os ombros estreitos. Ela notou um excesso de pele nos cotovelos, logo abaixo da manga da camisa e, naquele pedaço caído, o mesmo tom de cinza de seu cabelo.

— Não tanto quanto eu gostaria — respondeu, antes de os dois pararem diante da entrada do auditório. — Porém mais do que o senhor possa imaginar.

— A senhora primeiro, detetive.

Lucia tentou passar sem encostar no diretor, mas não conseguiu evitar um resvalo na pele de seu braço esticado.

— A senhora está quente — comentou Travis. — É até difícil lembrar a sensação de sentir frio, não é mesmo?

O auditório já estava limpo e arrumado. Os móveis que ela tinha ouvido sendo arrastados pelo piso recém-encerado eram de um tipo diferente das cadeiras às quais já havia se acostumado. As mesas que os trabalhadores estavam arrumando em fileiras também se desdobravam em cadeiras. Por isso, não parecia ser possível empilhá-las, mas era, embora os montes de até dez unidades nos fundos do auditório diminuíssem à medida que os homens os cercavam e levavam as mesas, de três em três, até o outro lado.

— Provas — explicou Travis. — Estamos duas semanas atrasados.

Lucia examinou o auditório à procura da corda. Não estava mais lá. Todas as cordas das estruturas de escalada tinham sumido.

— Eles não vão achar difícil se concentrar? — perguntou.

— Estando neste lugar?

O diretor fingiu não ter escutado. Ele gritou para um dos homens que as mesas não deviam ser postas tão perto umas das outras. Demonstrando certa impaciência, voltou-se para Lucia.

— Estava me contando sobre o que já descobriu, detetive. Estava me contando o que descobriu na sua investigação.

— O senhor me perguntou — corrigiu Lucia. — Só chegamos até aí.

— Então as informações são sigilosas. Acha que não deve confiar em mim.

— Não, não é nada disso. A investigação ainda está em andamento.

O diretor fez uma cara de espanto.

— Isso é uma surpresa, detetive. Tinha a impressão de que havia encerrado os interrogatórios.

— Então está mal-informado, sr. Travis. Ainda não acabei.
— Muito bem. Da próxima vez vou falar diretamente com a senhora em vez de confiar na cadeia de comando.
— Cadeia de comando?
— Falei com seu superior, detetive. Com o chefe Cole. Na verdade, ele me ligou. Para informar que sua investigação estava perto da conclusão.
— Ele ligou para o senhor? Quanta consideração.
— Sem dúvida. Ele parece ter muita consideração.

Lucia olhou ao redor. Viu uma pilha balançar enquanto um dos trabalhadores mexia na do lado. Ela percebeu que as mesas iam cair, como de fato caíram, e se encolheu por causa do barulho, apesar de ter se preparado. Logo em seguida, olhou para o diretor, na expectativa de uma explosão de raiva, mas ele estava concentrado nela.

— Vamos celebrar uma missa — disse Travis. — Na segunda-feira, às dez. Não aqui dentro. Lá fora. Há uma área no gramado que nos parece adequada. Talvez a senhora queira fazer a gentileza de comparecer.
— Obrigada — disse Lucia. — Mas não vou poder.
— Tem de concluir a investigação.
— Isso mesmo.

O diretor sorriu e pareceu parar por um instante para pensar em algo.

— Me diga uma coisa, detetive. Por que veio até aqui?
— Como?
— O que eu quis dizer é que parece que a senhora está com alguma coisa na cabeça.

Lucia olhou nos olhos do diretor e falou antes que pudesse reconsiderar sua decisão.

— Elliot Samson — disse ela, atenta a qualquer reação do diretor, que no entanto permaneceu impassível. — Ele estudava aqui, certo?
— Sim, ele estuda aqui, detetive. Estudava e ainda estuda.

— Claro. E imagino que o senhor saiba o que aconteceu com ele.

— Naturalmente.

— Talvez pudesse me contar. Me contar sua versão do que aconteceu.

Houve outro estrondo; mais uma pilha de mesas caindo. Nem o diretor, nem Lucia prestaram atenção.

— Ele foi atacado. Foi atacado e ferido. Está no hospital. Até onde sei, se recupera bem.

— Ele não está falando. Sabia disso? Os ferimentos estão se curando, mas ele não fala.

— Desculpe-me, detetive. Eu não sabia que a senhora também estava encarregada de investigar o incidente envolvendo Samson. Vejo que está bastante atarefada. Isso explica a demora.

— Não estou encarregada do caso.

— Então existe alguma relação com o nosso atirador? Existe alguma relação entre o que aconteceu a Elliot Samson e os tiros aqui na escola?

— Não. Oficialmente, não.

— E extraoficialmente?

— Despertou minha curiosidade, sr. Travis, só isso.

— Entendo — disse o diretor. Ele tinha uma expressão séria, e sua postura demonstrava certa confusão. Lucia se imaginou como uma aluna, na sala do diretor, tentando explicar alguma brincadeira que não tinha explicação. — E em relação ao quê, exatamente, é sua curiosidade?

— Muito bem. Para começar, sua reação. A reação da escola.

— A reunião, detetive. Nossa infeliz reunião. Já informei a senhora sobre o assunto da reunião, não informei?

— Sim, sr. Travis. Porém, fiquei pensando em que outras providências o senhor tomou. Que outras providências a escola tomou.

— O que a senhora esperaria de mim? Elliot Samson é nosso aluno, mas nossa responsabilidade termina aqui. Se tivesse acontecido dentro da escola, aí sim talvez...

— Aconteceu na rua. Na rua bem em frente à escola. E envolveu seus alunos.

— Não pode afirmar isso, detetive. Ninguém pode afirmar isso. O menino, Samson, como a senhora mesma lembrou, não está falando. E infelizmente não houve testemunhas. Nenhuma que tenha se apresentado.

— Nenhuma que tenha se apresentado — repetiu Lucia. — Tem certeza quanto a isso?

— Quem pode ter certeza quanto a isso é a senhora, detetive — respondeu o diretor. — Mas, sim, até onde sei, não houve testemunhas. A não ser, é claro, que sua investigação pessoal tenha encontrado alguma.

— Não. Não exatamente.

Lucia era a única pessoa em Londres que ainda estava em sua mesa de trabalho por vontade própria. Resolveu pensar sobre aquilo por um momento. Pensou em ir a um *pub*. Não em ir mesmo, mas na ideia. Lembrou da última vez em que havia ido a um *pub* naquele sentido; não como um evento em relação ao qual ficasse insegura, escolhesse uma roupa especial ou criasse uma expectativa. Nada que a pudesse decepcionar.

Pensou em ligar para o pai, mas não sabia se tinha o número certo. Era uma desculpa melhor do que outras que já havia usado. Devia ligar para a mãe. Devia ligar para a mãe. No entanto, só de pensar naquilo já se sentia cansada; de alguma maneira, se sentia ainda mais solitária que antes.

Não era justo. Ela provavelmente não estava sendo justa. Estava cansada e tensa e não podia botar a culpa em alguém com quem não falava havia mais de um mês. Conversar com alguém poderia ajudar, disse a si mesma. Deveria ajudar.

Pegou o telefone e ligou.
— Mãe, oi.
— Lucia, é você. Achei que pudesse ser seu pai. É o tipo de horário em que ele resolve telefonar.
— Está tarde, né. Desculpa. Achei que estivesse acordada.
— Estou acordada. Não foi isso que eu quis dizer. A questão é que ele não se importa se estou acordada ou não. Simplesmente liga e espera que eu atenda.
— Eu ligo depois. Ligo amanhã de manhã.
— Não, não, não. Você não é ele. Sabe que pode ligar na hora em que quiser. Mas, meu Deus, está tarde mesmo. O que aconteceu? Aconteceu alguma coisa?
— Não, não aconteceu nada. Estou bem. Só liguei porque... Fazia um tempo que não ligava, só por isso.
— Faz, é? É, acho que sim. É que hoje em dia, quando o telefone toca, parece que alguém pulou em cima de mim de trás do sofá. Quando ele está desesperado, não desiste. Não me dá um minuto de descanso.
— Você sabe por que ele faz isso, mãe. Não devia encorajá-lo.
— Tenho que dar um jeito de ele me deixar em paz. Senão, ele acaba no meu sofá. Ou, mais provavelmente, eu acabo no meu sofá, enquanto ele toma conta da minha cama. E nunca mais vai embora. Nunca conseguiria me livrar dele.
— Não pode fazer isso, mãe. Não deve encorajá-lo.
— Mas ele tem um plano. Ele sempre diz que tem um plano. A dívida... ele diz que não existe dívida. Diz que está começando do zero, que está melhorando e só precisa de alguma coisa para começar. Um apoio.
— Um apoio?
— Eu sou o apoio dele. É o que ele diz. Ficamos casados treze anos, e eu continuo sendo apenas isso para ele. Um sustentáculo.
— Mãe, ele não tem um plano. Ele nunca tem um plano.
— Por falar em casamento, querida, como o David está? Está aí? Quero falar com ele.

— Mãe. Eu já contei sobre o David.
— O quê? O que você me contou?
— Que me separei dele. Já contei sobre isso.
— Não! Quando? Você não me contou. Nunca me conta essas coisas.
— Contei. Contei, sim.
— Você não me contou. O que houve? Você trabalha demais, Lucia. Sabe disso. O que tem de entender nos homens é que eles precisam se sentir desejados. Precisam de atenção. Eles são como flores.
— Não foi isso, mãe. Não teve nada a ver com isso.
— Talvez o problema seja conosco, Lucia. Sabe o que somos? Somos como *hamsters*. Eles copulam de vez em quando, mas nunca se comprometem. Mas eles vão levando, exatamente como nós. Nós aprendemos a seguir o fluxo, Lucia. Você tem o sobrenome May, mas na verdade é uma Christie. E os Christies seguem o fluxo. Não temos escolha.

Meia hora mais tarde, Lucia continuava na mesa. Tinha de escrever um relatório. Contudo, suas mãos permaneciam paradas na frente do teclado. Seus olhos estavam concentrados nas dobras dos seus dedos.

O burburinho de vozes vindas da escada a pegou de surpresa. Seu primeiro instinto foi o de desligar a luminária e fingir que não estava ali. Em vez disso, pôs os dedos sobre o teclado e tentou parecer compenetrada diante do monitor, como se houvesse algo mais interessante que uma página em branco e um cursor piscante. Ela digitou seu nome, porém errado. Depois, resolveu fechar o Word e abrir uma janela do navegador. Seus dedos pararam no ar por um instante. Então ela digitou Samuel Szajkowski no Google e apertou o *enter*. Enquanto o volume das vozes aumentava, ela examinou os resultados, clicou num link, em seguida no botão de voltar e em outro link.

— Me deem uns cinco minutos — dizia alguém. — Então, dois malditos minutos. Só preciso de dois minutos.

Ela sabia que só podia ser ele. Não havia chance de não ser ele.

— Fiquem quietos, seus idiotas. Parece que tem alguém em casa.

Lucia pegou o telefone de novo, mas, ao se dar conta de que eles teriam ouvido sua voz se estivesse realmente conversando com alguém, botou o aparelho de volta no lugar. Havia uma saída de emergência bem atrás dela, e Lucia pensou em usá-la. Ela realmente pensou em usá-la.

— Lulu!

Sua gravata estava frouxa, e a camisa para fora da cintura apertada. Suas bochechas vermelhas lembravam hambúrgueres crus salpicados de gordura, e mesmo a vinte metros de distância ela sabia que seu bafo estaria cheirando como uma lata de lixo transbordando cerveja.

Atrás dele vinham Charlie, Rob e Harry.

— Walter.

— Lulu! — repetiu ele. — Estava esperando por mim!

— Como foi a audiência? — perguntou Lucia.

Ela estava falando com Harry, que seguia seus companheiros de bebedeira pelo escritório. Harry hesitou um pouco e acabou perdendo a chance de responder.

— Uma perda de tempo — disse Walter. — Malditos magistrados.

— Por que está dizendo isso? O que aconteceu?

— Duas fanchonas e uma bicha, foi isso o que aconteceu. Mas o que vamos fazer? — Walter se aproximou e se sentou de lado num canto da mesa. Pressionada, sua carteira estava quase escapando sob o tecido brilhante do bolso de trás. — E por falar em fanchonas — disse Walter, sorrindo para a audiência que levava a tiracolo —, o que está fazendo aqui, Lulu? Percebeu que já começou o fim de semana, não percebeu? Sabe que o Cole não está aqui para você tentar impressioná-lo.

— Seu zíper está aberto, Walter. Notou que seu zíper está aberto?

Walter deu um risinho e nem olhou para baixo.

— Por que está reparando no meu zíper, Lulu?

— Ei, Walter. — Era Harry. — Estou com sede. Pega essa porcaria de papelada e vamos embora, certo?

— O *pub* não vai sair do lugar, Harry. Não me apresse. Estou batendo um papo com a Lulu aqui — disse Walter.

Virando-se para Lucia, ele deslizou pelo canto da mesa e deu a volta. Agora sua perna estava a poucos centímetros da mão com que Lucia segurava o mouse. Ela tentou não se incomodar, mas não resistiu. Cruzou os braços e se recostou na cadeira.

— Quem diria — prosseguiu Walter. — Meu zíper está aberto. A Lulu aqui está me despindo com os olhos. — Charlie deu uma risada. Rob também. — Será que você poderia me fazer um favor? Esticar o braço e fechar o zíper para proteger o rapaz aí dentro?

— Eu não me preocuparia com isso, Walter. Se isso aí cair, duvido que alguém perceba.

Charlie riu de novo. Rob também. Harry apenas sorriu.

Walter se aproximou mais um pouco, e sua perna encostou na de Lucia, fazendo pressão. Ela podia sentir a sola do sapato dele na sua canela e a panturrilha encostando no seu joelho. Agora também sentia o cheiro da cerveja. E sentia o cheiro azedo do suor.

— Precisa de um banho, Walter. E precisa tirar sua perna de perto da minha — avisou Lucia.

— Você disse dois minutos. Vamos embora, Walter, vamos — pediu um de seus companheiros.

— Vocês ouviram. Agora ela me quer totalmente nu. Ela quer me ver pelado. — Walter lançou um olhar provocador

Ruptura

para Lucia. — Eu posso tomar um banho, Lulu. Mas só se você me trouxer o sabonete.

— Tira a perna daí, Walter.

— Como você prefere? Para cima? — E ele mexeu a perna para cima. — Ou para baixo?

— Tira a perna daí. Tira essa merda de perna daí.

— Vamos, Walter. Vamos sair daqui.

— Harry tem razão, Walter. É hora da saideira. Com certeza é hora da saideira.

Walter pressionou mais ainda sua perna contra a de Lucia e se curvou na direção dela.

— Que tal um beijinho de boa-noite? — perguntou, fazendo um biquinho e fechando os olhos. Mas logo os abriu de novo. — Nada de língua. Não desta vez.

Lucia procurou por Harry. Ele estava assistindo a tudo por cima dos ombros dos amigos, as mãos apoiadas numa cadeira, os olhos fixos em Walter. Ela se levantou.

— Preciso de um café — disse.

Ela arrumou o cabelo e deu a volta na mesa pelo lado mais difícil, passando por Charlie, Rob e Harry, porém sem olhar para eles. Ouviu as gargalhadas de Walter e os risinhos disfarçados de Rob e Charlie, torcendo para que nenhum deles percebesse que estava tremendo.

O₅ MENINOS SÃO UNS IDIOTAS. Todos eles são uns idiotas. Eu sei que não devo dizer isso e que não devo falar mal dos mortos. Mas aquele Donovan, Donovan Stanley, era o mais idiota de todos.

Ele não era o mais alto. Nem o mais forte. Mas era o mais rápido. Quer dizer, com a boca. Ele era o mais rápido. E o mais cruel. Ele dizia uma coisa inacreditável e logo em seguida dizia outra, e enquanto isso você ainda estava se perguntando se tinha ouvido direito, se ele realmente tinha dito aquela primeira coisa. Dá para entender?

Era bonitinho. Geralmente não gosto de cabelo preto, mas gostava do cabelo dele. Combinava com os olhos. Eram azuis, iguais aos do meu irmão mais novo, se bem que os do meu irmão estão mudando, estão ficando castanhos. Samantha acha que eu gostava dele, mas nunca gostei. Na época, eu estava saindo com o Scott, Scott Davis, então nunca contaria a ninguém, mesmo se realmente gostasse dele. O que não era o caso. De qualquer maneira, ele não tinha interesse por garotas. Não, meu Deus, ele não era gay. Só não tinha interesse por garotas como, você sabe, namoradas. Ele transava com elas, conheço algumas que transaram com ele. Talvez ele transasse com elas uma ou duas vezes, mas nunca passava disso. Nunca transei com ele. Espero que não ache que eu transaria, porque eu nunca faria isso.

Ele tinha quinze anos, a mesma idade que eu. Imagina só, levar um tiro aos quinze anos. Morrer aos quinze anos. E a menina, a Sarah, ela tinha o quê, onze anos? Eu não a conhecia. Também não conhecia o menino negro. Só conhecia o Donovan, e nem tão bem assim. Ele era o mais velho dos três, mas ainda assim bem jovem, não é? Agia como se tivesse dezoito ou algo parecido. Dizia que dirigia o carro do primo, que ia ao *pub* com o primo, mas não sei se era verdade. Imagina morrer antes de ter idade para aprender a dirigir. Imagina morrer antes de poder entrar num *pub*.

Agora, acho que alguns garotos vão gostar de saber que ele morreu. Eu não devia dizer esse tipo de coisa, né, mas acho que é isso mesmo. Donovan e uns outros atormentavam os mais novos e qualquer um que cruzasse o caminho deles. Uma vez eles bateram até num garoto do último ano. O nome dele era Jason, Jason Bailey. Os dois estavam jogando futebol, e o Donovan fez uma falta nele, deu uma entrada violenta nas pernas dele, e aí o Jason chamou o Donovan de apelão, um escroto apelão. Sim, o Donovan era um apelão, estava sempre fazendo falta ou provocando ou alguma coisa do gênero. Mas ninguém podia chegar e chamá-lo de apelão. Nunca tinha acontecido. Parece que eles usaram capacetes. Donovan e os amigos dele. Sabe, capacetes de motocicleta.

Mas acho que ele nunca tinha feito nada com um professor. Não antes do Barbicha... do sr. Szajkowski. Não que eu saiba.

Meu Deus, que esquisito. Como eu chamo esse cara agora? Ele não é mais professor, certo? Nem Barbicha. Caramba, é tão esquisito. É estranho pensar nisso. Na coisa toda. Parece que estou num filme. Sabe como é, tipo quando você vê um filme com sono, e começam a acontecer coisas sem sentido, e você não sabe se estão acontecendo no filme ou na sua cabeça. Se bem que nesse caso eu sei que não é coisa da minha cabeça, nem um filme. Realmente aconteceu.

Donovan começou a encher o saco do Barbicha já no primeiro dia. Acho que vou chamar esse cara de Barbicha. Será que tem problema, chamar esse cara de Barbicha?, dizia.

Era a primeira aula de história do semestre, dois tempos de história, e nós já sabíamos que a sra. Evans tinha ido embora e que receberíamos um novo professor. Então o Barbicha entra na sala, e todo mundo fica quieto, porque nunca se sabe o que esperar na primeira aula, não é mesmo? Nunca se sabe como é o professor. Então o Barbicha entra, e todo mundo está em silêncio, e ele sorri e diz, Oi para todos, meu nome é sr. Szajkowski. E Donovan deu uma risada. Ele tinha um jeito de rir sem rir de verdade. Ele apertava os lábios e soltava um tipo de assobio e fazia um barulho com a língua ao mesmo tempo. Olha, mais ou menos assim. É, não era bem assim. Não consigo imitar. Mas o Donovan conseguia. E quando ele fazia aquilo, todo mundo sabia que ia dizer alguma coisa engraçada. Alguma coisa engraçada ou desagradável. Quase sempre os dois.

Só para avisar: agora eu vou dizer um palavrão. Não eu mesma; vou só contar o que o Donovan disse. Pode ser?

Chai-o-quê, senhor?, pergunta o Donovan. Chai*fod*ski? E no meio da palavra ele dá uma pequena tossida, destacando o "fod". Entendeu? Bem, na hora todo mundo entendeu, e todo mundo começou a rir baixinho.

Um dos amigos do Donovan, acho que o Nigel, dá uma tossidinha também, e de repente os risos viram gargalhadas. O Barbicha tenta resolver na base da conversa, mas àquela altura todo mundo sabe que aquele professor, aquele sujeito esfarrapado com sotaque afetado, não tem nenhuma chance contra o Donovan.

Szajkowski, repete o Barbicha, virando-se para escrever o nome no quadro. É polonês.

Polonês, repete o Gi. Gi é um amigo do Donovan. O nome dele é Gideon, mas se você o chamar de Gideon, ele espalha para todo mundo que você tem herpes. Polonês, repete. Isso significa que você é um desses encanadores, um desses caras que estão roubando nossos empregos? Meu pai acha que todos vocês imigrantes deviam ser recolhidos e presos num campo de concentração.

Qual é seu nome?, pergunta o Barbicha. Vou levar um tempo para guardar o nome de todos, mas acho que posso começar com o seu.

Horace. Meu nome é Horace.

Horace, repete o Barbicha, procurando o nome na lista. Horace de quê?

Horace Morris.

Horace Morris. Bem, não estou encontrando. Tem certeza de que é esse o nome?

Sim, senhor, certeza absoluta. Horace Morris.

Muito bem, então. Escuta, Horace. Eu sou inglês. Assim como você. Meu pai era inglês. Meu avô era polaco.

Então Donovan se intromete. Dá para perceber que ele estava se segurando.

Seu pai era o quê, senhor?

Polaco. O mesmo que polonês.

Polonês.

Sim, da Polônia.

Então é daí que vem. Chai*fod*ski. Vem da Polônia. Chai*fod*ski.

Você não está pronunciando direito, insiste o Barbicha. É Szajkowski.

Chai*fod*ski.

Szajkowski.

Chai*fod*ski.

E é tudo muito engraçado, porque sempre que o Donovan chega na parte do "fod", ele fala bem alto, como se realmente estivesse tentando acertar. O Barbicha desiste. Desiste e fica parado ali, ao lado do quadro. Ainda está com a pasta na mão e nem chegou a se sentar.

Chai*fod*ski, continua o Donovan. Chai*fod*ski.

E os outros se juntam a ele, sabe, como se estivessem treinando a pronúncia. Então o Donovan para de dizer a última parte, o "ski", e fica apenas no *fod, fod, fod*. E quem não está rindo está repetindo, e enquanto isso o Barbicha está lá de pé, assistindo a tudo.

Senti pena dele na hora. Eu estava rindo. Poderia dizer que estava rindo só porque todo mundo estava rindo, mas na verdade eu estava rindo porque era engraçado. Era muito engraçado. Ao mesmo tempo, sentia pena dele. O Donovan geralmente me deixa em paz. Mas a maioria das pessoas, mesmo seus amigos mais próximos, talvez com exceção do Gi, todo mundo acaba virando vítima, todo mundo tem que aguentar a gozação. Então às vezes passo por isso, e sei como é. Eles não batem nas garotas, mas provocam, enchem o saco. No meu caso, quase sempre é o cabelo. Meu cabelo é loiro, o que é normal, só que eles conseguem fazer qualquer coisa parecer ruim, conseguem ridicularizar qualquer coisa, para que pareça ruim. Aliás, o problema não é o que eles dizem, e sim que são eles que estão dizendo. E se eles sacaneiam você, todo mundo passa a ignorar você, até seus amigos, até seus melhores amigos. E esses dias, esse semestre ou quanto tempo durar... porque para algumas pessoas não acaba nunca, continua acontecendo até que, meu Deus, sei lá, acho que até elas saírem da escola, ou até o Donovan... Bem. Durante esse tempo todo, você pode estar cercado de gente, de amigos, ou de pessoas que você achava que fossem suas amigas, e o sol pode estar brilhando, e você pode achar um milhão de libras na calçada, e ainda assim você se sente a pessoa mais miserável, mais sem sorte, mais solitária do mundo. A diferença é que você é policial. Acho que ninguém tenta humilhar você. Mas pode acreditar em mim. Ser humilhado é horrível.

Então eu senti pena dele. O que também é meio esquisito agora. Senti pena desse cara, desse sujeito que atirou num monte de pessoas, pessoas que não fizeram nada de errado, a não ser o Donovan. Pessoas que na maior parte ainda eram apenas crianças. Até a sra. Staples, ela era bacana, era legal. Ela também sofria um pouco com o sobrenome, lembrei agora, mas aceitava numa boa, encarava com bom humor.

Já o Barbicha, ele não achava graça. E mesmo que achasse não acho que teria ajudado. Em vez de achar graça, ele acabou fazendo a única coisa que nunca devia ter feito.

Mas isso foi depois. No início ele tentou seguir em frente. Disse que era o bastante, que podíamos parar por ali. E a maioria parou. Os alunos normais, pelo menos, porque Donovan e seus amigos continuaram, não tão alto, nem tão descaradamente, mas continuaram. O Barbicha tentou atrair o interesses deles, começando pelo Gi:

Sabe, é engraçado você dizer isso, esse seu comentário a respeito dos imigrantes.

Os imigrantes não são engraçados, senhor. Os imigrantes são um problema sério. São uma praga, responde ele, tossindo a toda hora para perturbar mais um pouco.

Não, não foi isso o que quis dizer. É engraçado... é curioso... porque vamos tocar nesse assunto...

O senhor não devia tocar em nós, diz Donovan. É ilegal.

O assunto, insiste o Barbicha. Vamos conversar sobre esse assunto, sobre imigração e sobre como no fundo somos todos imigrantes, todos descendemos de...

Está me chamando de paquistanês?, interrompe Gi.

E todo mundo ouve isso e pensa "caramba, você não pode falar assim". E todo mundo olha para a Liyoni, porque ela é do Sri Lanka, ou da Somália, ou de algum lugar parecido. Mas obviamente ela não diz nada, só fica olhando para a própria mesa.

Não, Horace Morris, não disse isso. E por favor não fale nesse tom.

Que tom, senhor?

Sabe muito bem que tom.

Não sei não, senhor. Sinceramente. Me explique, senhor. Me explique.

Não vou explicar e, se ouvir algo nesse tom mais uma vez, você vai ter de explicar seu comportamento ao diretor.

Gi cala a boca e se segura por um tempo, mas depois o Donovan faz o negócio da tossida de novo e num momento perfeito. Dessa vez é bem alto, e ele nem tenta disfarçar. Mais ou menos assim... Não vou imitar. Mas você consegue imaginar, não consegue?

Nessa hora o Barbicha resolve se sentar. Está com a testa franzida e com uma expressão na cara, sabe, essa expressão que os professores fazem, como se estivessem dizendo que quem está desperdiçando o tempo ali somos nós e não eles. Então ele está sentado lá, com a testa franzida, e não está adiantando nada, as tosses estão cada vez mais altas e todo mundo entra na onda. Eu também. Só uma vez. A Samantha, a garota ao meu lado, fez antes de mim, mas tapando a boca com a mão. Ninguém a ouviu além de mim. Depois eu fiz, e fiz direito, e a Samantha chamou minha atenção. Donovan também me viu e riu de mim. Na hora achei engraçado, mas depois... sei lá. Depois fiquei achando que seria melhor não ter feito nada.

Ele fica parado lá por um tempo. Ele fica parado e, por um ou dois minutos, parece que ele sabe o que está fazendo, ou acha que sabe o que está fazendo. Mas a coisa não para. As tossidas. Os alunos normais acabam parando, mas o Donovan, o Gi, o Scott, o Nigel e o resto, eles não param. Então o Barbicha finalmente se levanta e diz, Chega, já chega. E o tempo todo ele fica olhando para o Donovan. Acontece que o Donovan só faz cara de quem não sabe de nada. Vou explicar: o Donovan e o Gi estão num lado da sala, e o Scott e o Nigel estão no outro. Então, quando o Barbicha está de olho em dois deles, não consegue ver o que os outros dois estão fazendo. Ele até tenta vigiar os quatro, mas fica parecendo um menino assistindo a uma partida de tênis, sem conseguir acompanhar a bola.

Aí alguém joga alguma coisa nele. Não consigo ver o que é, mas dá para perceber que é molhado. É molhado e acerta o Barbicha bem na cara, um pouco acima da barba. E faz um barulho. Imagine uma pessoa jogando um punhado de lama na parede. É o mesmo som.

A reação do Barbicha só piora tudo. Parece que está perplexo. Acho que você também ficaria, se alguém jogasse alguma coisa em você e acertasse na sua cara e você nem soubesse de onde veio. Ele solta uma espécie de ganido. A voz dele não é muito grave mesmo, só que o ganido parece um grito de criança, de uma menininha. Eu ficaria envergonhada de fazer um barulho daquele tipo, dá para entender? Na verdade, não sei nem se eu conseguiria fazer aquele barulho. Não, foi mais alto. Espera aí. Não, foi mais alto. Viu só, eu não consigo fazer. E, além do ganido, o Barbicha tem um tipo de convulsão, como as crianças especiais quando não conseguem controlar os membros. Assim.

E nós caímos na gargalhada. Todo mundo. Você também riria, posso garantir. Não conseguiria se controlar.

Devia estar muito alto. Devia estar muito alto desde antes, mas agora a coisa já está acontecendo há um tempo. Acho que é por isso que a sra. Hobbs aparece na sala. Ela bate na porta e nem espera para abrir a porta.

Sr. Szajkowski, está tudo bem? Dá para ouvir o tumulto a duas salas daqui.

Não consigo imitar a voz dela.

A essa altura, o Barbicha está rosa que nem um chiclete. Não sei distinguir se ele está com raiva ou envergonhado ou possesso. Só sei que, mesmo com aquela barba toda, dá para ver a cor da pele no rosto dele. É nessa hora que ele resolve ir embora. O que, basicamente, é a pior coisa que poderia fazer. A sra. Hobbs está parada ali, com uma mão no batente e a outra segurando a porta, e ele simplesmente pega a maleta, pede licença e sai. Desse jeito. E dá para notar uma expressão na cara do Donovan. Não sei se ele já esperava que o Barbicha fosse embora. Enquanto todos nós ficamos parados, meio abobalhados, o Donovan acena em direção à porta.

Tchau, professor.

Bem na frente da sra. Hobbs.

— Ele não foi a vítima, Lucia. Ninguém vai aceitar que ele apareça como a vítima. — Philip lhe ofereceu um cigarro e estranhou quando ela fez que não. — Desde quando?

— Desde o ano-novo.

— Não vai me dizer que também anda correndo. Você está parecendo magra. Não aguento as pessoas que param de fumar e começam a correr. Faz mal à saúde. E prejudica a economia.

— Não se incomode comigo.

— Não, não posso. Seria como se eu estivesse provocando você.

— Sério, não tem problema. Eu não me incomodo. Prefiro que você fume se quiser.

Apesar da insistência de Lucia, Philip pôs o maço de cigarros de volta no bolso da camisa.

— Consegue entender o que estou tentando dizer? Esse homem matou três crianças. Crianças, Lucia. Matou a professora delas. Uma mãe. Até o *Guardian* chamou esse Szajkowski de monstro.

— Ele não era um monstro, Philip. O que ele fez foi monstruoso, mas ele não era um monstro. E desde quando você lê o *Guardian*?

— Não leio. Um dos nossos assistentes lê. Ou lia. Achei uma razão para demiti-lo.

— Então você lhe fez um favor. Provavelmente salvou sua alma.

Philip pegou os cigarros de novo.

— Só quero segurar. Não vou acender, prometo.

— Vá em frente — disse Lucia, fazendo um gesto com a mão.

Ela observou Philip abrir o maço, tirar um cigarro e acolhê-lo na mão, onde parecia fazer parte de seu corpo tanto quanto seus dedos.

— Então talvez ele não fosse um monstro. Talvez fosse só um maluco. Talvez o calor o tenha enlouquecido. Talvez seja o calor que esteja deixando você fora de si.

O fim de semana estava se mostrando tão sufocante quanto as previsões do homem do tempo diziam. O sol não era intenso, filtrado pelos gases e pela sujeira da cidade, mas a névoa funcionava como um cobertor sobre lençóis que por si só já eram grossos demais para aquele período. Não havia sinal de brisa no jardim da casa de Philip. Não havia brisa em lugar algum. Philip, contudo, tinha criado uma brisa própria. Ele e Lucia estavam sentados sob um guarda-sol, num terraço feito todo em pedra e sem plantas, em cadeiras de teca recém-lustrada, com um ventilador virado para cada um. Ao chegar, Lucia havia criticado seu anfitrião pela extravagância, mas agora ela saboreava sua engenhosidade. Pela primeira vez em várias semanas, ela não sentia uma vontade incontrolável de tomar banho, trocar de roupa e arrancar todos os cabelos da cabeça. Sentia-se confortável. Confortável e levemente embriagada.

— Fique para almoçar.

— Não posso. Preciso trabalhar.

— Você precisa tomar uma decisão, é o que quer dizer.

— É a mesma coisa — disse Lucia e, em seguida, esvaziou a taça de vinho.

— Tome mais uma taça pelo menos — insistiu Philip, esticando o braço para pegar a garrafa.

— Você por acaso tem café?

Philip fez menção de levar o cigarro à boca, mas se deu conta a tempo e fez uma cena reclamando com a própria mão.

— Quem consegue pensar em tomar café com um calor desse? Tome.

Ele tirou a garrafa do balde de gelo e a deixou respingar por um instante antes de passá-la por cima da mesa.

Lucia tapou a taça com a mão.

— É sério. Não quero mais. Ainda nem é meio-dia.

— Você devia acordar mais cedo. No meu tempo particular, já estamos no meio da tarde.

— Preciso ir. Sinto muito. Por ligar assim de repente. Por aparecer desse jeito.

— Lucia, minha querida, você perdeu toda a graça. Nada de cigarro, nem de álcool antes do meio-dia. Sinceramente, é isso que você anda aprendendo na polícia?

— Adorei sua casa. Adorei seu jardim — disse ela, levantando da cadeira.

— Lucia — disse Philip, colocando um cigarro na boca e procurando a caixa de fósforos em suas roupas. Depois de encontrá-la, deu de ombros como se reconhecendo seu erro, acendeu um palito e encheu os pulmões. — Lucia, senta aí mais um pouquinho.

Ele inclinou a cabeça para soltar a fumaça, mas o ventilador jogou tudo em cima de Lucia, como se ela estivesse sugando o ar de propósito. Ela se sentou e respirou fundo.

— Você queria minha opinião. Minha opinião profissional — lembrou Philip.

— Sim, e já a ouvi.

— Certo, mas me permita uma alegação final. Você não tem um caso, Lucia. A promotoria não vai embarcar nessa. Seu chefe não vai embarcar nessa. A dor que você provocaria não serviria para nada, a não ser para fazer você parecer uma tola — acrescentou Philip, espalhando a fumaça com as mãos. — O que sempre foi um segredo nosso.

— Está me dizendo para manter minha boca fechada?

— Nada disso. Nunca ousaria lhe dizer o que fazer. Só estou pensando alto.

— E o que você está pensando, Philip? — perguntou ela, cruzando os braços.

— Estou pensando, Lucia, se isso tudo tem mesmo a ver com o que você acha que tem a ver. Se na verdade não seria outra coisa.

— Que outra coisa? Com o que mais isso teria a ver?

— Não sei. Talvez você tenha tido um cachorro chamado Samuel quando era criança. Talvez sinta um tipo de ligação com esse monstro, digo, esse homem, só porque vocês leem os mesmos livros.

Lucia soltou os braços, os deixou cair sobre o colo e logo voltou a cruzá-los novamente.

— Isso é ridículo. Vou fazer isso, estou pensando em fazer isso, porque é o meu trabalho, e só. Esse é o meu trabalho.

— Seu trabalho, na verdade, é fazer o que aquele seu chefe manda você fazer.

— Não acredita no que está dizendo. Sei que não acredita nisso.

— Talvez não. Mas acredito realmente que você deve esquecer esse caso.

Lucia se levantou mais uma vez.

— E provavelmente vou. Preciso pensar um pouco, mas provavelmente é o que vou acabar fazendo. Obrigada. Pelo vinho e pelo conselho. Preciso ir.

Enquanto levava Lucia até a porta, Philip perguntou a respeito de David. Ela se surpreendeu com o tempo que tinha demorado.

— Ele está bem. Imagino que esteja bem. Na verdade, tenho certeza de que está.

Philip fez um som de reprovação e passou o braço em torno dos ombros da amiga.

— Mas há outra pessoa. Diga que há outra pessoa.

— Por que é necessário haver outra pessoa?

— Porque você é muito jovem para ficar sozinha.

— Deixei de ser jovem quando cheguei aos trinta.

— Então está muito velha para ficar sozinha.

— Você é velho. E sozinho.

— Como se atreve? Ainda não tenho nem sessenta. Além do mais, sou jovem por dentro. E só fico sozinho quando quero ficar sozinho.

Lucia parou e deu um beijo no rosto dele.

— Que vergonha, Philip. Aliciando esses rapazes jovens.

— Eles são advogados, querida. Como você mesma disse, de um modo tão encantador, eles vão todos acabar no inferno.

Ela só chegou ao hospital bem mais tarde, mas ainda antes do horário planejado. Saindo do parque Turnham Green, ela atravessou Londres de metrô, até seu apartamento, para pegar o carro. De lá dirigiu até a escola, encostou o carro e ficou parada, observando, por pelo menos uma hora. Na volta para casa, passou no McDonald's da Bow Road e pediu batatas fritas e um milk-shake para viagem. Parou no estacionamento e pensou em comer, mas não conseguiu. Mais tarde, no caminho para o hospital, o carro estava cheirando a óleo de fritura, o que a deixou enjoada e ao mesmo tempo com fome. Ela só tinha mascado um chiclete — um chiclete mole, sem gosto e quente que achou no bolso — enquanto seu estômago insistia em exigir um alimento mais apropriado.

Na porta da enfermaria de Elliot, desejou ter aceitado o convite de Philip para almoçar. Imaginou um salmão e salada e alguma coisa com morangos para a sobremesa. Talvez os dois ainda estivessem no terraço, depois de virar três garrafas de vinho, um pôr do sol incandescente tingindo suas memórias de sensações. Contudo, em algum momento, Philip voltaria a perguntar sobre David, e Lucia se veria obrigada a relembrar coisas de que ainda não tinha se desapegado o suficiente. Aquilo, somado ao vinho, transformaria a nostalgia em melancolia. E ao lembrar disso, se sentiu feliz por não ter ficado.

Em vez disso, desejou ter tomado o milk-shake de chocolate e, quem sabe, comido algumas batatas.

O vidro da enfermaria, encostado em seu rosto, estava frio. Ela conseguia ver Elliot em sua cama, sentado e de cabeça baixa. Havia uma mulher perto dele que também estava observando suas mãos. A mulher se parecia com Elliot. Não, não era exatamente isso. A mulher tinha o cabelo da mesma cor do de Elliot. Isso e a postura em comum deixavam os dois parecidos. A impressão era de que os dois rezavam. Talvez, pensou Lucia, estivessem fazendo justamente isso.

Ela não devia permanecer ali, disse a si mesma, mas não saiu do lugar. Ficou observando o menino e sua boca, ainda resolutamente fechada, como em sua visita anterior. Talvez a tivessem costurado quando trataram dos ferimentos.

Lucia percebeu que a mulher dizia alguma coisa. Ela conseguia ouvir a voz, mas não distinguir as palavras. De repente, outra pessoa apareceu em seu campo de visão — primeiro os ombros, depois a cabeça, do lado de cá da cama — e Lucia se afastou, tentando se esconder. Era melhor ir embora.

— Detetive May, certo?

Ela deu um passo para trás.

— Doutor... Doutor Stein.

— A senhora voltou. Não esperava vê-la de novo.

— Não, é que... sim, eu voltei.

— Este é o último dia dele aqui. Ele vai embora amanhã de manhã. — O médico passou ao lado dela. — A senhora primeiro — disse, abrindo a porta.

Assim que Lucia entrou na enfermaria, a família de Elliot se virou para ver quem era.

— Não, não quero atrapalhar — disse Lucia, hesitando, depois fazendo menção de ir adiante e finalmente sorrindo.

— Prefiro que a senhora atrapalhe meus pacientes no horário de visita. Por favor — insistiu o médico, gesticulando para que ela seguisse em frente.

Ele passou Lucia enquanto os dois atravessavam a enfermaria. Estava falante, animado e no controle da situação. Já os pais de Elliot, embora respondessem às perguntas do médico, não tiravam os olhos de Lucia.

Ela parou a uma distância considerável do leito de Elliot. Queria que a expressão de seu rosto demonstrasse arrependimento, gentileza e preocupação e que dissesse a eles que não tinha qualquer intenção de ser uma intrusa. No entanto, ela se deu conta de que, quanto mais tempo passava parada ali, com os lábios e dentes apertados, mais parecia insincera e inconveniente. Devia ter dito algo logo de cara, mas havia demorado demais. Agora seria obrigada a esperar que alguém perguntasse quem era, ou até o dr. Stein apresentá-la, o que, aparentemente, ele não pretendia fazer.

— Ótimo — dizia ele. — Está tudo ótimo. Os pontos estão cumprindo sua missão muito bem. Mas vou precisar trocar esse curativo, garotão. Pode doer um pouquinho, bem de leve.

Lucia limpou a garganta, e se preparou para finalmente dizer algo. Porém, antes que pudesse começar a falar, o médico retirou a bandagem da orelha de Elliot. Pela primeira vez, ela via o ferimento. O lóbulo de Elliot não existia mais. O menino, ao contrário de Lucia, não esboçou qualquer reação.

— Com licença. Quem é você?

A pergunta vinha da mãe de Elliot. Lucia olhou para ela e depois para o pai do garoto. Ao dar uma espiada em Elliot, percebeu que ele estava observando a cena, mas o menino rapidamente baixou o rosto.

Então o dr. Stein levantou a cabeça.

— Achei que vocês já se conhecessem.

— Não — disse Lucia. — Não nos conhecemos. Meu nome é Lucia. Lucia May. Trabalho na polícia. Na Scotland Yard.

— Na polícia? — reagiu a mãe de Elliot, virando-se para o marido.

— Tem alguma novidade? — perguntou o pai do menino.
— Você tem alguma novidade?
— Não. Sinto muito. Não é por isso que estou aqui.

O pai de Elliot esperou um esclarecimento do dr. Stein. Mas ele não tinha nada a dizer.

— Então o que está fazendo aqui?
— Trouxe uma coisa — respondeu Lucia, enfiando a mão na sacola plástica que levava a tiracolo. — Para o seu filho.
— O que é? O que você trouxe para ele? — perguntou o pai.
— É um livro, querido — disse a mãe.
— Isso eu estou vendo, Frances. Por que você trouxe um livro para o meu filho?

Ele se virou para o menino, mas Elliot não mostrava qualquer reação. Só seus olhos se moveram quando Lucia pôs o livro sobre a cama.

— É *O hobbit*. Provavelmente você já leu. É só... achei que poderia ajudar. — Por um instante, todos ficaram calados. Lucia arrumou a sacola e começou a dobrá-la. — Sinto muito. Não quis atrapalhar.

Ela fez um gesto silencioso para a mãe de Elliot, mas evitou o olhar do pai. Enfiou a sacola dobrada no bolso e se dirigiu à porta. Com o barulho do plástico, quase não conseguiu ouvir o som da voz frágil de Elliot.

— Obrigado.

Lucia se virou. O médico e os pais tinham os olhos fixos no menino. Elliot continuava cabisbaixo. Os dedos de sua mão direita estavam sobre o livro.

— De nada — disse Lucia. — Espero que goste. Depois quero que me conte se gostou ou não.

O pai de Elliot a alcançou no corredor. Ele a segurou pelo braço e a fez se virar.

— Quem é você? Por que veio aqui? — Nesse momento, uma enfermeira passou entre os dois. Lucia deu um passo para o lado, e o pai de Elliot fez o mesmo. — Aconteceu alguma coisa? Pode nos dar alguma informação?

Lucia fez que não.

— Este caso não é meu, sr. Samson. Queria dar o livro ao Elliot, só isso.

— O caso não é seu? Como assim, o caso não é seu? Por que você trouxe um livro para o meu filho se o caso não é seu? Aliás, por que trouxe um livro para o meu filho?

— Eu soube do que houve com ele. Eu... não sei responder. Achei que o livro poderia deixá-lo mais animado.

O pai de Elliot estava sorrindo, mas não era uma expressão de alegria.

— Deixá-lo mais animado? Sabe o que poderia deixá-lo mais animado? Pegar os garotos que fizeram isso com ele. Botá-los na prisão. Garantir que não tenham mais chance de fazer isso de novo. Isso talvez o deixasse mais animado.

— Entendo o que está dizendo, sr. Samson, entendo mesmo. Mas é difícil. Pelo que sei...

— Não me diga que não há testemunhas. Eu não quero ouvir que não há testemunhas.

— Por favor, sr. Samson. O caso não é meu. Por mais que eu queira, não posso ajudá-lo. Quem sabe, se o senhor conversar com o agente Price...

O pai de Elliot riu da sugestão.

— Price. Price é um estúpido. Ele é um idiota.

— Ele está tentando fazer seu trabalho.

— Conversa. Até onde vejo, ninguém aqui está fazendo seu trabalho. Nenhum de vocês. Você perde tempo comprando presentes, e o Price fica sentado, pensando em como tirar o próprio dedo do rabo.

— É melhor eu ir embora, sr. Samson. Acho que é melhor para todos que eu vá embora.

Lucia foi se afastando. Enquanto se virava, fechou os olhos e quase esbarrou em outra enfermeira. Ela pediu desculpas e seguiu em frente.

— Fique longe do meu filho. Você me ouviu? Todos vocês, seus malditos. Fiquem longe do meu filho!

Tentando manter a concentração no caminho, Lucia apressou o passo.

Eles cagaram na maleta dele.
Não me pergunte quando, nem como. Só sei que fizeram. Eu vi. Gostaria muito de não ter visto, mas eu estava sentado bem ao lado quando ele a encontrou.

Foi a única vez em que o vi dizer um palavrão. Normalmente, a sala dos professores parece as redondezas do estádio do Tottenham em dia de jogo. Temos uma caixinha do palavrão, que é ótima. O dinheiro devia ir para caridade, para uma casa de repouso ou um hospital, mas acho que eles nunca viram um centavo dele. Nós atacamos a caixa. Nós, os professores. Sabe, para um sorvete, um biscoito, esse tipo de coisa. Eu não devia contar isso para você, não é? Vou acabar botando nós todos na cadeia. Janet, a secretária do diretor, ela é a pior. Se tiver de prender alguém, prenda ela.

O Samuel era diferente. Eu nunca tinha ouvido um palavrão da boca dele, não até aquele dia. Não vou repetir o que ele disse, mas ninguém poderia culpá-lo. Só Deus sabe o que aquele garoto andava comendo. Nunca vi uma bosta daquela cor. Procuraria um médico na mesma hora se fizesse algo daquele tipo. E o tamanho! Ele devia estar acumulando por vários dias. Não vou falar do cheiro porque o cheiro você pode imaginar.

Na hora, ele deu um pulo, como se houvesse uma tarântula ou algo parecido na maleta. Ao pular, derrubou a mesa e o café, o café de todo mundo, uma sujeira para todo lado. Havia alguns de nós ali, espalhados pelas cadeiras, em volta dessa grande mesa de café, e estávamos rabiscando textos ou dando uma folheada no *Times* ou no *Sun*, ou fazendo qualquer outra coisa. Eu estava lendo um livro, um livro que me mandaram dos Estados Unidos. É sobre o mercado de ações, sobre ações e papéis de empresas. O título é *Como investir seu salário e ganhar muito dinheiro e se aposentar antes de sua vida acabar*. Alguma coisa nessa linha. Meu primo Frank mora em Minnesota. Foi ele que me mandou. Ele garante que conseguiu cem mil em dezesseis meses. Dólares, mas ainda assim é muito. E basicamente ele é um idiota, enquanto eu dou aula de economia, certo? Então pensei: se ele consegue, não pode ser muito difícil.

O café. O café voou para todos os lados. O pessoal começou a berrar, reclamando com o Samuel, dizendo meu Deus isso, que porcaria aquilo. Mas eu tinha visto a mesma coisa que ele e agora estava olhando para aquela bosta rolando pelo chão, para baixo da mesa. Estava olhando para a cara do Samuel e não conseguia deixar de olhar para a bosta. Os outros ainda não tinham visto, mas sentiam o fedor. A Vicky, Vicky Long, a professora de teatro, foi a primeira. Ela inclinou a cabeça, abriu bem as narinas e começou a procurar pela sala, como se estivesse usando uma arma. Uma cena bem teatral. Ela estava farejando num ritmo acelerado. E aí os outros passaram a fazer o mesmo. A farejar. Todo mundo. A essa altura, eu já tinha coberto a cabeça com a camisa, e os farejadores começaram a olhar para mim. E eu dizendo: não olhem para mim, não tenho nada a ver com isso. E foi nesse instante que o Samuel assumiu o comando.

Ele poderia ter usado um prato ou algo parecido. Enrolado o negócio num jornal. Caramba, tinha um exemplar do *Sun* jogado ali perto, e é praticamente só para isso que esse jornal serve, não é? Porém, por alguma razão, o Samuel não achou necessário. Ele apenas se abaixou e pegou a coisa, como se tivesse deixado cair uma caneta, como se estivesse apenas pegando sua caneta do chão. E então ele ergueu a coisa. E todo mundo pôde ver. Eles estavam vendo, mas aquilo não explicava a situação. Tudo que estavam vendo era o Samuel

Szajkowski, aquele baixinho esquisito de barba desgrenhada, no meio da sala, segurando um pedaço de bosta.

Aí eu disse, Estava na maleta dele. Ele achou isso na maleta dele.

Se eu não falasse nada, não sei o que os outros teriam feito. Metade deles sairia correndo da sala. Acontece que o Samuel não estava reparando em ninguém. Continuava apenas olhando para aquela coisa em sua mão. Não sei por quê, achei que ele fosse jogar aquilo em mim. Jogar para eu pegar. Não sei dizer por quê. Não, ele não fez isso, e nem pretendia fazer, mas quando alguém está perto de você, segurando um pedaço enorme de bosta, você não quer correr riscos, não é mesmo?

Nós ficamos assistindo à cena. Quer dizer, eu, Vicky e Chrissie Hobs. A Matilda e o George já tinham se virado. Não queriam ver nada daquilo. Nós também não queríamos, mas, como expliquei antes, a coisa meio que atrai sua atenção.

A Chrissie foi a primeira a reagir. Deixe-me ajudar. Vou arrumar algo para limpar isso.

E a Vicky disse, Não fique segurando, Samuel, bote isso no chão.

E eu repeti, Estava na maleta dele. Alguém botou isso na maleta dele.

Já Samuel não disse uma palavra.

Ele quase teve sorte. As pessoas que estavam ali eram todas boas pessoas, pessoas legais. Não diria que eram amigas do Samuel. Samuel não tinha amigos de verdade, com exceção da Maggie, embora com uma amiga dessas... Aquelas pessoas não eram amigas dele, mas elas teriam ajudado. A limpar o lugar. A entender o que havia acontecido. Elas teriam ajudado.

Ele quase teve sorte, mas então Terence apareceu.

Eu o chamo de Terence, me recuso a chamá-lo de TJ. Uso TJ quando estou falando com ele porque não quero criar confusão. Se é importante para ele, qual é o problema em deixá-lo usar seu apelidinho? Talvez não gostasse tanto dele se soubesse o significado que alguns garotos inventaram para a sigla. Tapado Jones, é o que dizem. Eu ouço e finjo que não ouvi. Tarado Júnior. É por isso que o chamam de TJ. Ele acha que é porque todos gostam dele. Também acha que eu gosto dele. Não gosto, mas o que posso fazer? Trabalho com ele. Preciso me dar bem com ele. Seria constrangedor para os outros se não fosse assim.

Já conheceu o Terence, não conheceu? Então tem uma boa ideia de como ele reagiu. Quando entrou na sala, Samuel continuava de pé no mesmo lugar, segurando aquele negócio. Chrissie estava na cozinha. Tinha achado uma sacola de plástico e uma bacia de limpeza e não sabia qual levar. Eu já havia me afastado, agora estava com os outros, do outro lado da mesa. Nos viramos para o Terence. Ele viu as expressões nos nossos rostos, e então todos nos voltamos para o Samuel.

Coitado.

Coitado? Do que estou falando? Ele é um assassino. Preciso sempre me lembrar disso. Ele era um assassino. Matou três crianças. Matou uma professora, uma mulher inocente. E eu sentindo pena do sujeito. Aquele maníaco psicopata desmiolado. E eu falando como se ele merecesse alguma compaixão.

Como é que é?

Bem, isso não me surpreende. Se ele não tivesse feito o que fez, talvez até merecesse. A piedade. Essas pessoas com quem você conversou e que demonstraram ter pena dele. Mas agora não dá mais.

Terence contou para todo mundo. Para os professores, claro, mas os professores ficariam sabendo de qualquer jeito. Terence também contou para os garotos. Ele é amigo de alguns deles, amigo demais, se quer saber o que penso. Ele quer fazer parte da turma, entende, ser um parceiro, e essa não é a função dele aqui, concorda? Ele levou um tempo para se situar, para entender o que estava acontecendo, porque todo mundo começou a falar ao mesmo tempo. Porém, mais tarde, achou a situação hilária. Era como se quisesse ele mesmo ter pensado naquilo. Então resolveu contar para seus amiguinhos, e os amiguinhos espalharam a história, e em seis ou sete minutos a escola toda já estava sabendo. Era o resultado com que Donovan tinha sonhado. Sim, ninguém podia provar que Donovan era o responsável, mas obviamente havia sido ele. Mesmo que Gideon tivesse executado o plano, a ideia só podia ser do Donovan.

Conversei com Samuel depois daquilo. Todo mundo sabia que as crianças não estavam sendo fáceis, mas às vezes temos que estabelecer um limite, não é mesmo? Eu não sei exatamente onde é, não sou capaz de apontar e dizer "aqui, olhe, esse é o limite". Mas cagar na maleta de uma pessoa... Não é uma coisa tolerável. O limite, bem, talvez o limite seja o horizonte.

Fale com o diretor, sugiro a ele. Conte o que tem acontecido.

Samuel só balança a cabeça.

Já fiz isso. Já tentei isso.

Ele quer passar por mim, mas eu seguro o braço dele.

Quando foi? O que contou para ele?

Samuel demonstra frustração.

Não muito. Nada específico. Disse que estava achando difícil. Já disse mais de uma vez.

E aí?

E não passamos disso.

Mas o que o diretor disse? Ele deve ter dito alguma coisa a você.

Ele disse que era complicado. Que ser professor é complicado.

Samuel, isso não é suficiente. Precisa contar a ele sobre... sobre isso aqui. Sobre tudo. Ele vai fazer alguma coisa. Ele vai ter de fazer. Agora, pelo menos, você tem uma prova, não é? Tento explicar de um jeito mais descontraído. Evidência número dois, meritíssimo.

Samuel parece estar pensando no assunto. Ele não acha graça, é óbvio, mas parece estar pensando no assunto. Então imagino que ele talvez vá ao diretor e converse com ele. Mas no fim ele não faz isso. No fim tive de obrigá-lo a tomar uma providência.

Estamos na sala dos professores, um dia, depois do almoço. Não consigo lembrar exatamente quando foi. Em novembro, talvez. Ou dezembro. Estamos eu, Samuel e George. Passado um tempo, George sai da sala, e ficamos só eu e Samuel. Cada um está na sua, lendo alguma coisa, quando o diretor aparece na porta.

Janet?, pergunta o diretor, entrando na sala e olhando para mim. Você viu a Janet?

Eu respondo que não, e ele fica resmungando, como se tivesse certeza de que eu a vi e não quero contar só como afronta. Então ele dá outro passo e tenta ver se há alguém na cozinha. Por um instante, fica de costa para nós, e minha reação é imediata. Dou um sinal para o Samuel. Faço um barulho. Vai lá, Samuel. Vai lá. E dou uma catucada nele.

Samuel se levanta e olha para mim. Está tentando se decidir, dá para notar, mas o tempo está acabando. O diretor já espiou a cozinha e está se virando e se dirigindo para a porta. Ele praticamente já foi embora.

Faço uma careta, e Samuel responde que não. Dou uma pigarreada, como se estivesse para dizer algo, e acho que o barulho dá um susto nele ou algo parecido. Ele diz, Diretor. Como se a palavra estivesse presa entre os dentes, e só precisasse de um empurrãozinho para sair. Diretor, repete.

O diretor para e se vira. Na mesma hora, eu me levanto, peço licença e passo por entre os dois na direção da cozinha, como se fosse pegar um café. Pelo menos espero que pareça isso. Porém, ou o diretor já se esqueceu da minha presença, ou não se importa. O mais provável é que não se importe. Eu podia ter sentado no braço de uma cadeira com um refrigerante e um balde de pipoca e ainda assim acho que ele não ligaria.

Diretor, diz Samuel mais uma vez.

Pois não, sr. Szajkowski, responde Travis.

Podemos conversar? É só por um instante.

Conversar?, pergunta Travis, vendo que horas são e olhando para a porta.

É que eu estou com um problema. Pensei que... Achei que talvez... Talvez o senhor pudesse ajudar.

Travis respira fundo. Não consigo enxergar de onde estou, mas posso visualizá-lo revirando os olhos.

Um problema? Mas é claro. Eu não poderia esperar outra coisa, diz Travis, o que faz Samuel hesitar, e por um momento não saber mais o que dizer. Então, sr. Szajkowski? Por favor, não gosto de suspense.

Eu... eu estou tendo um certo problema. Com os alunos.

Outro suspiro do diretor.

Problema. Que tipo de problema, sr. Szajkowski? E com quais alunos?

E Samuel, o tolo, acha que não deve citar nomes.

Isso não importa, não quero que...

Se não importa, sr. Szajkowski, por que acha necessário trazer ao meu conhecimento? Sou uma pessoa muito ocupada, como pode imaginar.

Por um instante Samuel não sabe o que dizer. Ele olha por cima do ombro do diretor e me vê. Eu faço um gesto para ele continuar. Duas vezes.

Eles defecaram na minha maleta.

Foram exatamente essas as palavras do Samuel. Ele simplesmente as disse.

Eles fizeram o quê?

Defecaram. Na minha maleta.

Quem defecou na sua maleta?

Não vi quem foi. Só encontrei a coisa. Ainda está comigo, na verdade.

Você a guardou?

Não, não, não. Não guardei. Christina Hobbs, ela levou e embrulhou.

Sr. Szajkowski. Agora o diretor está apertando a parte de cima do próprio nariz. Sr. Szajkowski. Talvez o senhor possa me fazer a gentileza de começar do modo mais costumeiro, pelo início. O comentário pega Samuel de surpresa. Pelo início, se não se importar. Pelo início.

Samuel atende o pedido. Ele conta a Travis sobre as tossidas e os palavrões e que algumas turmas se tornaram incontroláveis. Conta que já foi empurrado, destratado, cercado e cuspido. Conta a Travis que sua bicicleta foi depredada, o selim roubado, os pneus furados a faca. Conta a respeito das pichações que viu, dos bilhetes que encontrou em seu escaninho, das mensagens de celular que recebeu. Conta mais uma vez sobre o que os garotos deixaram em sua maleta. E em seguida ele deixa o corpo cair numa cadeira, como se estivesse fisicamente exausto, e o diretor fica parado ali, olhando para ele.

Sr. Szajkowski, quantos anos o senhor tem?

Samuel olha para cima.

Vinte e sete. Fiz vinte e sete semana passada.

Muito bem, meus parabéns. Teve festa? Bolo?

Me desculpe, mas acho que não estou...

Esqueça. O senhor tem vinte e sete anos. Uma idade razoável. Não se pode dizer que seja maduro, mas um adulto, sim. O senhor é adulto, sr. Szajkowski?

Sim. Sim, sou adulto.

Fico feliz em saber. E seus assediadores, quantos anos eles têm?

Na maioria, são do nono ano. Alguns do oitavo.

Então, quinze anos. Talvez dezesseis. Possivelmente alguns tenham quatorze.

Isso mesmo. Sim, é isso mesmo.

Está notando uma discrepância nisso, sr. Szajkowski? Não percebe algo fora do lugar?

Sim, diretor, percebo. Mas eles defecaram...

Na sua maleta. Eu sei, sr. Szajkowski, o senhor já mencionou isso. E qual é o problema?

Noto que Samuel se arrependeu de ter sentado. O diretor já é alto e, naquela posição, ele ficava maior ainda diante do Samuel.

Qual é o problema?, repete Travis. O que quer que eu faça? Talvez eu deva chamar os culpados à minha sala e obrigá-los a pedir desculpas a você, obrigá-los a prometer que se comportarão direito no futuro. Talvez, sr. Szajkowski, queira que eu peça a eles que parem de perturbá-lo. Talvez ache que isso possa ajudar.

Não, diz Samuel. Claro que não. Não há necessidade de...

Ou talvez, sr. Szajkowski... Acho que essa é uma boa ideia. Talvez, sr. Szajkowski, possa levar em consideração sua função como empregado deste estabelecimento. O senhor é um professor, sr. Szajkowski. Já o lembrei desse fato antes, mas pode ser que o senhor tenha se esquecido. O senhor é um professor, o que significa que deve ensinar, liderar e manter a ordem. O senhor deve manter a ordem, sr. Szajkowski. Deve exigir disciplina. Não pode aceitar intimidação de um garoto de quinze anos que, daqui a um ano, talvez esteja na fila de algum benefício social ou roubando de outras pessoas. Não faça essa cara de surpresa, sr. Szajkowski. O senhor não menciona nomes, mas não é necessário. Acompanho tudo o que acontece nesta instituição. Sou onisciente. Donovan Stanley é um caso perdido. Ficará conosco somente por mais alguns meses. Durante esse tempo, não dedicarei tempo, atenção ou recursos a algo sórdido e irrelevante como a *merda* desse garoto.

E, com isso, ele vai embora. Não olha nem para Samuel, nem para mim.

Estou parado ali, segurando uma colher, simplesmente parado ali. Olho para Samuel. Observo. Sinto que devo dizer alguma coisa, mas não sei o quê. O que eu poderia dizer?

No fim das contas, não digo nada. Samuel não me dá essa oportunidade. Ele se levanta, pega uma sacola, enfia seus livros nela e atravessa a sala. Num piscar de olhos, passa pela porta e desaparece.

E ficou nisso, detetive. Ficou nisso e nada mudou. Pensei que Travis fosse fazer algo. Disse a mim mesmo que seu pequeno sermão era uma maneira de ajudar Samuel. Como um comandante tentando motivar um soldado. Mas ele não fez nada. Ele realmente seguiu suas palavras. Não fez nada, e nada mudou.

Na verdade, não foi exatamente assim. As coisas mudaram, sim. Mudaram para pior. Naquele momento, não pensava que fosse possível, mas era; definitivamente era. Já deve estar sabendo do jogo de futebol, não?

— É uma piada. É isso. Esse relatório só pode ser uma piada.
Ela não disse nada. Até então, não tinha aberto a boca.
— Vamos lá, Lucia — insistiu Cole. — Me acorde desse pesadelo. Me mostre o verdadeiro. Este aqui é hilário, material de comédia, eu quero o relatório verdadeiro, o que diz o que nós precisamos que diga.
Ela poderia ter atendido seu pedido. O chefe não sabia, mas ela poderia. Estava em sua casa, no computador, na lixeira da área de trabalho. Estava numa pilha de papéis ao lado de sua mesa, descartado, mas ainda inteiro. Estava no cartão de memória em seu bolso.
— Você sabe do que estou falando. Do relatório dizendo que foi uma tragédia, que Szajkowski era um desequilibrado, que as armas são uma ameaça à nossa sociedade.
Lucia se mexeu na cadeira. Suspirou. Se mexeu mais uma vez.
— Talvez alguma coisa sobre assistência social, sobre o que eles deveriam ou poderiam ter feito — prosseguiu Cole.
Ela ficou quieta. Fez força para ficar quieta.
— Um relatório que não custe minha reputação. E que não lhe custe seu emprego.
Havia uma mosca no ombro dele. Lucia notou que ele não estava percebendo, mas havia uma mosca ali.
— Vou lhe fazer um favor, Lucia — disse Cole, levantando o braço e mostrando a pasta. A mosca voou para longe, e a pasta foi atrás, lançada ao ar, para em seguida cair na lixeira.
— Você está adiantada. Essa é sua sorte. Deve se lembrar que

o prazo era até a hora do almoço. Não preciso dele até a hora do almoço.

— Já está aí — disse Lucia, finalmente.

— Meus lábios estão coçando, Lucia. Todo meu queixo está coçando. Fica formigando. É como se eu fosse um daqueles caras que conseguem prever o tempo, sabe, aqueles caras que sentem uma dor no joelho antes de chover, nos filmes. Só que comigo não é a chuva. É uma tempestade de merda. É isso que está vindo por aí: uma tempestade de merda.

— Pasta de dente — disse Lucia.

— Como é?

— Tente usar pasta de dente. Nas feridas. Li em algum lugar sobre isso.

— Que tipo de pasta de dente?

— Não sei. Não dizia.

— Existem de todos os tipos.

— Existem mesmo. Eu não tinha pensado nisso. Não dizia.

— Uso pasta de dente clareadora. Minha mulher compra pasta de dente clareadora.

— Eu não usaria essa. Ou talvez seja bom. Não dizia.

Cole ficou observando Lucia por um momento. Seus olhos não saíam de cima dela enquanto seus dedos se moviam por cima da mesa. Quando encontraram o que estavam procurando, Cole desviou o olhar somente pelo tempo necessário para pegar uma caneta e anotar a dica num pedaço de papel. Ele dobrou o papel e o enfiou no bolso da camisa.

— Tudo o que estou pedindo é que me deixe conversar com eles. Isso não nos compromete. Não precisa nos levar a lugar algum, se não quisermos — explicou Lucia.

— Lucia. Preciso fazer uma apresentação às três. Isso é em… seis horas. Cinco horas e meia. O superintendente vai estar lá. O comissário vai estar lá. Pode ser até que o secretário de Assuntos Internos apareça. Então acredite em mim: isso nos compromete.

— Então diga a eles que houve um atraso. Não conte nada. Enrole.

Cole riu. Ele riu e depois se contraiu e levou a mão ao queixo. O chefe via em Lucia a causa de seu sofrimento.

— Enrolar — repetiu. — Você quer que eu enrole o secretário de Assuntos Internos.

— Só o suficiente para eu poder conversar com a promotoria. Apresentar as evidências. Convencê-los de que temos um caso.

Cole riu de novo, mas desta vez não fez nenhum esforço para parecer simpático.

— Que evidências, detetive? Que caso?

— O senhor viu as transcrições. Leu o que aquelas pessoas disseram. Grant, o professor de economia. A secretária. A secretária do diretor. Os alunos. Sabe do que aconteceu na partida de futebol.

Cole puxou o nó da gravata, apesar de já estar frouxo. Ele se curvou para a frente, sobre os cotovelos, e com isso um feixe de luz do sol atravessou seus olhos.

— Feche essa maldita persiana — disse. Lucia foi até a janela e, assim que ela atendeu o pedido do chefe, a mesa mergulhou numa sombra. — Essa porcaria de sol. Essa porcaria de calor. Esse negócio na minha cara só aparece quando está quente. É incontrolável. Este país. Quando neva, acabamos congelados. Quando esquenta, somos cozinhados.

— Me deixe conversar com eles. Vamos ver o que eles dizem.

— Já sei o que eles vão dizer, detetive. Posso lhe contar o que vão dizer. Eles vão dizer que não existe um caso aqui. Vão dizer que não há evidências. Que não vão se enfiar num tribunal e arriscar suas reputações, suas carreiras, suas consciências, propondo uma denúncia contra uma escola.

— Não pode afirmar isso.

— Eu posso, detetive. Posso, sim. Há quanto tempo trabalha neste departamento? Um ano e meio? Estou aqui há dezoito anos. Então não me venha dizer do que eu tenho certeza ou não.

Lucia percebeu que tinha enfiado as mãos nos bolsos. Podia sentir o cartão de memória entre os dedos. Mas ela não o tirou de lá.

— A escola poderia ter evitado.

— A escola é a vítima, Lucia. A escola são as três crianças e uma professora mortas. A escola são os pais de luto estampados em todas as páginas do *Daily Mail*. A escola... isso é muito importante, talvez você queira anotar... a escola é o maldito governo.

— A escola é uma empregadora. Só isso. Pode ser responsabilizada. A escola pode ser responsabilizada.

— E quem é você, Lucia? Quem você acha que é para decidir quem pode ser responsabilizado?

— Esse é o meu trabalho, não é? Achei que esse fosse meu trabalho.

— Seu trabalho é juntar as peças. É deixá-las bem arrumadinhas. E não jogá-las para todos os lados só porque seus hormônios estão agitados e você precisa achar alguém em quem liberar sua raiva.

Lucia cruzou os braços, em seguida os descruzou de novo e pôs as mãos na cintura. Ela cravou os olhos em Cole. Cole a encarou.

— E então? — perguntou ele.

— Então? Então o quê?

— Você vai reescrever o relatório? Vai fazer esse favor ao departamento, a mim, a você mesma?

— Não. Não vou reescrever nada.

Cole olhou para a pasta jogada na lixeira e balançou a cabeça.

— Vou pedir mais uma vez, Lucia. Só vou pedir mais uma vez.

— A resposta é não — disse Lucia. — Não, senhor.

— Poderia abrir a porta, então?
— Quer que eu saia?
— Não mandei você sair. Só mandei abrir a porta.

Lucia atravessou a sala, segurou na maçaneta e olhou para Cole.

— Abra. — Ela obedeceu. — Walter! — berrou Cole. — Está por aí? Walter!

A porta escondia apenas metade do corpo dela. Todos do lado de fora se viraram em sua direção. Walter estava numa cadeira, com um dos pés sobre a mesa. Ele se ajeitou rapidamente ao ouvir a voz do chefe. Ao ver Lucia na porta, deu um sorriso.

— Walter! Venha cá. Levante essa bunda gorda da cadeira e venha aqui. Walter! Ele está vindo?

Enquanto Lucia confirmava, Walter já se aproximava. Ele deu uma piscada para ela ao passar. Deixou o braço para trás e seu cotovelo roçou no peito dela. Lucia se encolheu. Depois de fechar a porta, ficou encostada nela, com os braços cruzados.

— O que foi, chefe?
— O que há no quadro para você? No que está trabalhando?
— Nada de mais. Eu e Harry vamos...
— Não vão mais. Seja lá o que for, cancele.
— Sem problema. O que foi?

Walter começou a ajeitar a camisa, que tinha saído da calça. Atrás dele, Lucia o viu enfiar a mão abaixo da cintura e também as pernas das calças subirem, revelando seus tornozelos e um par de meias de pares trocados. Ela desviou o olhar, mas se deparou com o chefe. Seus olhos se moveram na hora e dessa vez se fixaram numa mancha no carpete a poucos centímetros de seus pés.

— Nossa amiga Lucia nos trouxe um problema. Ela trouxe um problema para este departamento.

— Ah, é?

— Preciso que alguém resolva esse problema. Preciso que você resolva esse problema. — Cole deu um chute que derrubou a lata de lixo. O relatório de Lucia caiu no chão. — Está aí. Pegue. Pegue o relatório, leia e reescreva. Se não conseguir deduzir sozinho o que precisa ser mudado, peça orientação a Lucia.

Walter se agachou para pegar a pasta e juntou as folhas que haviam se espalhado. Antes de se levantar, olhou para Lucia, sorrindo, observando suas pernas descobertas abaixo do joelho. Lucia se virou.

— Sem problema — repetiu Walter. — Quanto tempo tenho?

— Me devolva à uma hora. E, Walter, não se preocupe em tentar me impressionar. Não preciso de nada muito elaborado, entendeu? Você sabe do que preciso.

— Claro, claro, chefe.

— E você. — Cole se voltou para Lucia. — Você vai tirar o dia de folga. Tire a semana inteira de folga se quiser. Você estragou tudo. Teve sua chance e a desperdiçou. Agora, os dois, saiam daqui.

Ela resolveu ir à escola. Não tinha conseguido pensar em nenhum lugar aonde quisesses ir, por isso acabou indo para lá. Lembrava que era o dia da missa. Começaria às dez, segundo Travis. Estava quinze minutos atrasada.

O estacionamento estava lotado, assim como o pátio, e ela não conseguiu parar no único espaço livre que havia na rua do lado de fora. No final, acabou deixando o carro a duas quadras de distância. O ar-condicionado do Golf não funcionava, e quando ela botou o pé no asfalto percebeu que sua blusa estava grudada nas costas. Caminhou num passo lento. Ao chegar ao portão, se arrumou. Tentou soprar o rosto. Havia cartazes com indicações, e Lucia os seguiu, passando direto pela entrada principal e descendo pela lateral do prédio até o campo.

Um homem careca de óculos escuros a abordou. Ele perguntou quem ela era, e ela fez o mesmo.

— Segurança, senhora.

— Segurança de quem?

O homem apontou por cima do ombro na direção do palco. Lá em cima estavam o diretor, Christina Hobbs e um homem gordo de barba que parecia mais baixo do que na televisão.

— Dia corrido para ele.

— Como, senhora?

Lucia mostrou sua identificação, e ele a deixou passar.

Ela ficou parada ao lado de uma árvore. Outro idiota de terno a observou por algum tempo antes de baixar a cabeça e botar a mão no comunicador em seu ouvido. Lucia juntou as mãos diante de si.

Travis estava discursando. Estava agradecendo a todos pela presença, ao convidado de honra, às famílias das pessoas mortas por Szajkowski, até aos repórteres, que tinham sido reunidos numa área separada, longe dos participantes propriamente ditos. Lucia encontrava-se ao fundo e à esquerda das cadeiras. Não conseguia enxergar a primeira fileira, mas pela conduta de Travis supunha que lá estavam os pais de Sarah, os pais de Felix, o marido e os filhos de Veronica Staples. Os pais de Donovan? Provavelmente não.

Agora Travis estava rezando. Ocupada em examinar a plateia, as fileiras de crianças acompanhadas dos pais e das mães, ela não tinha ouvido o início da oração, nem reparado nas pessoas que baixavam suas cabeças. Ela também inclinou a cabeça, mas não fechou os olhos. Tentou bloquear as palavras. Não era a oração que ela não queria ouvir; era a voz que a proferia.

Assim que a oração acabou, algumas pessoas aplaudiram. Outras seguiram o exemplo, mas não muitas. Com o constrangimento, o aplauso morreu, e a plateia se levantou. Ninguém, porém, saiu do lugar. Só quando o diretor deixou o palco, os presentes começaram a de dispersar.

De início, Lucia não se moveu. As crianças se afastavam rapidamente, mas os adultos seguiam devagar, como se qualquer sinal de pressa pudesse ser interpretado como desrespeito. Levou algum tempo até o campo se esvaziar. Lucia ouviu os motores dos carros, as conversas sussurradas subindo de volume, a garotada libertada das amarras da compostura gritando dentro do prédio atrás dela. Ela se certificou de que não havia ninguém por perto que pudesse reconhecê-la antes de sair da sombra da árvore.

Por um instante, não conseguiu entender por que alguma coisa parecia errada. A sombra havia se espalhado para muito além do ponto em que se encontrava no início. Toda a área agora tinha uma única tonalidade, e lá em cima o céu não estava mais azul. Ela viu nuvens: nuvens de verdade, sem cor, porém não no padrão uniforme da névoa que sempre aparecia no fim do dia. O sol tinha sumido. Não estava encoberto, não era como uma luz atrás de um véu; tinha realmente sumido. Não havia nenhum canto do céu mais claro que o outro.

— Pode estar vindo uma tempestade.

Era o primeiro segurança. Ele estava ao seu lado, olhando para cima. Mas ainda usava os óculos escuros.

Lucia olhou na mesma direção que ele e balançou a cabeça.

— Acho que não. Ainda não.

Não, nada disso. Eu entendo. É o seu trabalho, detetive. Só está fazendo seu trabalho.

Sinto muito pela minha mulher.

É, eu sei, mas mesmo assim. Não ajudou em nada. Acho que ela se esquece de que não é a única que está sofrendo. Se esquece de que eu também amava Sarah. Sou o pai dela. Não interessa o que diz a certidão de nascimento. Sou o pai dela e sempre serei.

Seis anos. Eu e Susan, esse é o nome da mãe dela, estamos juntos há seis anos.

Sarah nunca o conheceu. Ele foi embora para outro país; ela só tinha um ou dois meses. Não era homem o bastante para trocar uma fralda, é o que Susan sempre diz. Mas ela nunca poderia ter ficado com ele. Não, não é isso que você está pensando. Foi um erro, só isso. O relacionamento dos dois, a gravidez de Susan... foi um erro. O melhor erro da vida dela, no fim das contas.

Meu Deus. Olhe só para mim. Estou pior que Susan. Meu Deus. Sim, me desculpe, obrigado. Eu não tenho um. Acho que eu devia ter o hábito de carregar um comigo, não é?

Tenho uma foto. Olha. Essa é ela. Tiramos em Littlehampton. É na praia, dá quase para ver. E esse sorvete, olha só. É maior do que ela. Estava chovendo, mas ela insistiu em tomar um sorvete. Foi no verão passado. Choveu de maio a setembro, não sei se você se lembra. Diferente deste ano. Totalmente diferente deste ano.

É uma coisa meio ridícula, mas sabe o que acho que pode ajudar? A chuva. Acho que um pouco de chuva ajudaria. Sabe como nos livros ou nos filmes sempre chove quando alguém está infeliz? Ou há uma tempestade quando algo terrível está prestes a acontecer. Existe um nome para isso, não existe? Quando eles usam o tempo desse jeito. Acho que, se chovesse e se ventasse e se o céu manifestasse alguma emoção, isso nos ajudaria. A mim e a Susan. Porque atualmente parece que o mundo não dá a mínima. Não tem qualquer compaixão. O sol está implacável. Rigoroso e duro. E o calor? O calor não mostra piedade. Você se senta e pensa no que aconteceu e tenta encontrar um sentido, mas a única coisa em que consegue pensar é no calor, no calor que está sentindo. Acho que ajudaria se chovesse. Seria como lágrimas.

É besteira, eu sei. É irracional. Vivo dizendo a mim mesmo para ser racional. Como o tempo. Ele não é uma coisa, não está vivo, não está contra nós. Só parece que está. É isso o que parece.

Você deve estar com pressa, e eu aqui falando sem parar, me perdoe.

Sim, eu agradeço. Sinceramente. Todo mundo tem sido muito gentil. Para a Susan, porém, tem sido duro. Ela não quer conversar com ninguém. Você viu como ela está. Está agindo assim com todo mundo. Amigos, família. A imprensa, só agora eles nos deixaram em paz. Eu disse que eles nos deixaram em paz, mas o que fizeram foi só sair da frente da nossa casa. Eles continuam por aí.

Isso mesmo. Então você os viu. E às vezes fica um furgão parado lá também. Acho que, se acontece algo em outro lugar, ele é chamado. Quando não precisam mais dele, então ele volta. Susan não tem saído. Ela se recusa a sair. Nem mesmo abre as cortinas do nosso quarto. É lá que passa a maior parte do tempo. Dentro do quarto. Ou no quarto da Sarah. Algumas vezes ela fica lá no quarto da Sarah.

Então sou eu que tenho de falar com as pessoas. Sabe como é? Cuidar das coisas. Não que eu me importe. Até prefiro ter alguma coisa para fazer. Todo mundo tem sido muito gentil.

O funeral será neste fim de semana. Foi difícil porque o horário batia. Com os dos outros. Muita gente queria estar presente a todos. Grande parte das crianças, e os professores também. Foi necessário ter um pouco de organização, mas agora cada um é num horário diferente. O da Sarah será o primeiro. O nome é Crematório Islington, mas na verdade fica em Finchley. O Felix, o menino que morreu, o mais novo, a despedida dele também será lá. O outro garoto, acho que o nome dele era Donovan, acho que ele será enterrado. Em algum lugar para o sul. Não sei nada da professora. Veronica, é isso? Não sei nada a respeito.

Você acredita em Deus, detetive? Não precisa responder, sinto muito, só perguntei porque eu mesmo ainda não me decidi. Tenho 47 anos e ainda não me decidi. Fomos obrigados a decidir, entende? Para a cerimônia. Eu não estava preparado para isso. Minha filha acabou de ser tirada de mim. Ela tinha onze anos e agora se foi. E eu tentando acertar as coisas para o funeral, e esse sujeito, o sujeito responsável pelo funeral, um sujeito até muito simpático... quer dizer, não é culpa dele, mas ele me pergunta, porque afinal é sua obrigação: há alguma exigência cultural ou religiosa de que devemos estar informados? E isso é como me perguntar se eu acredito em Deus. Sua filha acabou de ser assassinada; você acredita em Deus? Ou talvez não seja nada disso, mas foi assim que eu encarei. Não consegui responder na hora. Sou agnóstico. A palavra está certa? Sempre uso uma no lugar da outra. Susan foi criada como católica. Não íamos à igreja com a Sarah porque Susan queria que ela pudesse escolher. Por isso eu não podia responder. Disse a ele que precisava conversar a respeito com minha esposa.

Não vai haver temática religiosa. Foi isso que decidimos. Não vai haver menção a Deus.

A música. Ainda não resolvi a questão da música. Sarah amava os Beatles. Ela os adorava. Tinha um CD, devia ser uma coletânea. Talvez fossem dois CDs. Acho que a capa de um era azul, e a do outro era vermelha. E esses dois CDs eram praticamente tudo que se ouvia vindo do quarto dela. A porta podia estar fechada, mas dava para escutar através das paredes, através do piso. E todo mundo conhece todas as músicas, não é mesmo, então não fazia diferença não conseguir ouvir as letras. Você ouvia a melodia e a voz do Paul McCartney e de repente estava cantarolando junto. Dava para adivinhar o humor dela pela música que botava para tocar. Quanto estava triste, botava "Eleanor Rigby", uma vez após a outra, sem parar. Quando estava com raiva de nós, de mim e da Susan, botava "Yellow Submarine". Não sei por quê. Acho que porque ela pensava que nós não gostávamos dessa música. E eu não gosto. Não sei da Susan, mas eu não gosto mesmo. Se bem que eu gostaria de ouvi-la agora.

"Across the Universe". É isso que vai tocar no funeral. Acha que não é apropriada? "Across the Universe" e também "Penny Lane". "Penny Lane" era a favorita da Sarah.

Quer prestar atenção? Me desculpe.

Não, não estou sendo justo. Vou ficar falando o dia todo, se você deixar.

É muito gentil de sua parte, mas deve haver alguma coisa específica que queira saber de mim. Tenho certeza de que não veio aqui só para bater um papo.

Não, vá em frente. Estou sendo sincero, não me importo.

Bem, não sei o que posso contar. Ela estava só no sexto ano, não tinha passado tanto tempo lá.

Não, nenhum problema. Ela era muito esperta. Era muito esforçada.

Gostava, sim, acho que sim. Tanto quanto uma criança pode gostar de ir à escola.

Não, ela nunca falou dele. Deve ter dado aula para ela. Suponho que tenha dado aula para ela.

O diretor, sim, em várias ocasiões. Na verdade, falei com ele ontem mesmo. Algo a respeito de uma missa que estava planejando. Ele não tinha marcado a data, mas queria saber a minha opinião. Hipoteticamente, dá para entender? Achei que era uma boa ideia. Mas não sei. Quer dizer, não sei se nós vamos. Provavelmente não. Esse problema da Susan e tudo o mais. Mas eu disse ao diretor que apreciaria o gesto mesmo que nós não participássemos em pessoa. E que aquilo ajudaria os outros. Qual é aquela palavra que os americanos usam? Quando você chega num ponto em que já consegue deixar as coisas para trás, consegue seguir em frente.

Sim, é isso. Não acredito que conseguiremos chegar lá um dia, mas temos de pensar nas outras crianças, não é? As crianças que viram tudo acontecer. As que perderam os amigos.

Suponho que tenha ido à escola.

Então viu as homenagens. As flores, os bilhetes. As fitas também. É impressionante, não é? Quantas pessoas podem ser tocadas por uma única vida. Às vezes isso ajuda. Sinto remorso por isso, mas é verdade: saber que há outras pessoas sofrendo ajuda. De maneiras diferentes, por razões diferentes na maioria dos casos, mas ainda assim elas estão sofrendo. Sabe o que costumam dizer sobre a dor? Há verdade nesses antigos ditados, não acha? Com exceção daquele que fala de curar, que fala do tempo. Não consigo acreditar que exista qualquer verdade nesse ditado.

Sim, o diretor. Ele sempre pareceu um homem correto. Parece que diz as coisas certas, que incentiva as coisas certas. O que posso garantir é que não invejo o trabalho dele. Não deve ser fácil, nem em circunstâncias normais. De qualquer maneira, ele deve estar fazendo alguma coisa certo, porque hoje em dia a pressão é tão grande, não é? A escola sempre se sai bem nos resultados das avaliações. Está sempre entre as primeiras. Foi por isso que matriculamos a Sarah lá. Foi por isso que nos mudamos para cá.

Não, obrigado. Ainda tenho um. Estou bem.

É interessante você perguntar isso. Sobre a escola. Porque sabe o que um amigo meu disse? Ele me disse... bem, na verdade, foram os dois, ele e a mulher... eles disseram... Susan não estava presente e, agora que parei para pensar nisso, foi bom ela não estar... mas eles disseram para mim: você devia entrar com um processo. Contra a escola. Dá para acreditar? Eles disseram que eu devia processar a escola. Por tê-lo contratado. Por botarem nossas crianças sob a responsabilidade dele, foi isso que eles disseram. E eu disse: por aceitar uma pessoa pelo que ela aparentava ser; por não saber o que ninguém seria capaz de adivinhar.

Porque ninguém seria capaz de adivinhar, ou seria? Ninguém poderia ter previsto o que aconteceria depois. O que ele faria. Imagino que você saiba disso melhor do que eu. Você tem acesso à ficha dele, a essas listas que existem, a esses bancos de dados. Ele estava limpo, não estava? Não tinha antecedentes. O diretor me contou tudo isso. Ele me garantiu que não havia nada que pudesse ter feito. Disse que aquele homem queria se vingar de um dos garotos e que Sarah só estava no caminho. Ele disse que foi azar, foi uma tragédia, que o que houve foi uma monstruosidade, uma aberração. Disse que foi a incompreensível vontade de Deus.

Desde então não voltei a falar com eles. Com os amigos que mencionei. Estou encarando o que disseram como um efeito do choque. Quer dizer, é a reação imediata de todo mundo, não é? Procurar um culpado. Dizem que é uma característica inglesa, essa necessidade de atribuir responsabilidades, de procurar bodes expiatórios, mas não creio que sejamos só nós. É a natureza humana. Eu mesmo não posso negar que passo por isso. Não posso negar que me dobro. Sabe o que eu desejo? É claro que sabe o que eu desejo, mas, fora isso, sabe o que mais eu desejo? Desejo que ele não estivesse morto. Para poder conversar com ele. Por isso. Às vezes, por isso. Gostaria que ele estivesse vivo para poder lhe perguntar... não sei bem o que eu perguntaria. Acho que perguntaria por quê. Embora eu não saiba se ele conseguiria responder. Para mim, se ele fosse racional o bastante para conseguir responder, não teria feito o que fez para começo de conversa.

Outras vezes, outras vezes desejo que ele estivesse vivo, para que eu pudesse matá-lo.

Não quero isso de verdade. Não quero isso de verdade.

Às vezes acho que sim, mas não quero.

Acho que estou fazendo a mesma coisa que meus amigos. É difícil, não é? Quando não temos ninguém para culpar por algo terrível que aconteceu. Ou quando não temos ninguém vivo para culpar. Consegue entender? É sempre mais fácil lidar com a dor se você consegue transformar essa dor em raiva, se você consegue liberar essa dor, se consegue culpar alguém, ainda que essa pessoa não mereça ser culpada.

Consegue me entender?

Lucia tinha razão. Embora as nuvens estivessem inchadas, não havia nenhuma precipitação. O efeito, aliás, era como o de fechar as janelas num ambiente já quente e abafado. As nuvens só pairavam. A escuridão tinha tomado conta muito antes do anoitecer. Não havia sol, e mais tarde não havia estrelas. A noite foi tão quente quanto o dia.

Ela não dormiu. Geralmente, quando dizia que não tinha dormido, sabia que na verdade tinha, aos espasmos, por uma hora, talvez duas de cada vez. Mas naquela noite, na noite da missa na escola, ela não dormiu. Ficou deitada nos lençóis, que a incomodavam, coberta apenas pela pontinha de uma manta a qual se agarrava só porque precisava se agarrar a alguma coisa. Sua cabeça transpirava nos travesseiros, que davam a impressão de terem sido usados recentemente, mesmo do lado oposto. Lucia tentou se convencer de que ninguém em Londres estava dormindo, de que o país inteiro estava acordado e incomodado e tão exausto quanto ela. Tentou, mas a única coisa que conseguiu foi se convencer de que ela nunca mais voltaria a dormir, enquanto as outras pessoas, aquelas que acordariam de manhã dizendo que "não, não preguei os olhos a noite toda", estavam na verdade dormindo em pequenos períodos, de uma, talvez duas horas.

No departamento, no dia seguinte, ninguém tinha cara de quem não havia dormido. Seus colegas não pareciam mais cansados nem tinham a aparência pior do que a normal. Lucia, por sua vez, via sua imagem — refletida no monitor, na divisória de vidro da sala de Cole, no espelho do banheiro feminino

— como uma farsa, pintada com rímel e base sobre uma tela gasta e quebradiça. Ficava tomando café, apesar de saber que estava bebendo café demais. Estava com calor e irritada, e o café a deixava com mais calor e mais irritada.

E as nuvens não saíam do lugar.

Ela tentou não pensar em Szajkowski. Tentou não pensar na escola e em Travis. Limpou a mesa e arquivou a papelada. Esvaziou a caixa de entrada do computador e apagou documentos espalhados na área de trabalho. Mas então ela via Walter, ouvia sua gargalhada, sentia o cheiro de seu desodorante vagabundo, e aquela visão, aquele som, aquele fedor, eram mais do que o bastante para fazê-la lembrar. Ela mandou um e-mail para Cole. Queria se certificar de que o relatório — adulterado e transformado no relatório do Walter — não tinha sido registrado com seu nome. Assim que aquela possibilidade lhe passou pela cabeça, Lucia se engajou em impedir que acontecesse. Sabia que não tinha importância, mas ainda assim se engajou na tarefa. Botou a culpa de tudo no café e, em seguida, tomou outro gole.

Cole não respondia, e logo Lucia se cansou de esperar. Pela primeira vez desde seu ingresso na polícia, lamentou não haver nenhuma papelada que requeresse sua atenção. Ela ansiava por qualquer trabalho idiota, mas não havia nenhum. Ao lhe passar o caso Szajkowski, Cole a tinha liberado de responsabilidade por qualquer outra tarefa. Agora, com a decisão do chefe de tomar o caso de volta, ela estava sem nada para fazer.

Ela tentou parecer ocupada. Era difícil parecer ocupada e ao mesmo tempo vigiar Walter, ouvir suas conversas, ficar numa posição que lhe permitisse dar uma espiada na sala de Cole, passar por sua porta e enrolar ali sem chamar atenção. O que ela mais queria era entrar naquela sala. O que ela mais queria era perguntar ao chefe, e receber uma resposta, sobre o que tinha acontecido com o caso, sobre a opinião do superintendente, do comissário, do secretário de Assuntos Internos. O que ela mais queria, considerando seu papel no jogo, era voltar 24 horas, ou 48, e reescrever o relatório, escrever um melhor. Apresentá-lo de novo, apresentá-lo de outra maneira. Apresentá-lo mais tarde, de forma que Cole não tivesse tempo para tomar qualquer atitude, a não ser aceitá-lo.

Ela pegou os arquivos de novo e começou a examiná-los. Leu as declarações e, quanto mais as lia, mais se sentia amparada, certa, injustiçada. Pegou um marcador amarelo na gaveta e roubou um verde da mesa de Harry. Enquanto lia, destacava os trechos: amarelo para a promotoria, verde para a defesa. Marcou amarelo, amarelo, nada por um tempo, depois amarelo de novo, mais amarelo. Parou para tomar café. De vez em quando, tirava a tampa da caneta verde com a boca e marcava uma frase, um parágrafo, não por realmente achar o certo a fazer, mas para garantir a si mesma que estava sendo imparcial.

No almoço, comprou um sanduíche, do qual só comeu metade. Tomou água para tirar o café do corpo, mas, assim que voltou ao departamento, tratou de encher a caneca novamente.

O marcador amarelo já estava falhando. Pensou em esfregar os papéis na cara de Cole e dizer: "Viu, está vendo agora? Eu estava certa e você, errado." Mas a caneta não acabou. Não que ela não tenha se esforçado. Passou a sublinhar os trechos duas vezes e rabiscar uns asteriscos exóticos nas margens. Ainda assim, o marcador não secava. Sempre que era obrigada a usar a caneta verde, deixava a amarela destampada. Sabia que estava violando suas próprias regras, mas o jogo já tinha acabado havia muito tempo.

Então ela chegou ao fim de um depoimento e percebeu que só tinha usado a caneta verde. Começou a ler o material de novo, com a caneta amarela preparada, mas tudo o que encontrou foi outro pedaço que provavelmente deveria ter sido destacado em verde. Ocorreu a mesma coisa no depoimento seguinte e depois num terceiro. E, embora a caneta amarela tivesse ficado o tempo todo destampada sobre a mesa, foi a verde que acabou primeiro. Lucia disse um palavrão. Xingou Harry por comprar marcadores baratos, concluiu que desde o início a verde já devia estar acabando, decidiu anular o jogo. Reuniu os depoimentos numa pilha desorganizada e os jogou numa gaveta. Tentou achar Cole. Tentou achar Walter.

— Está me procurando, meu amor?

Ele estava atrás dela, pairando sobre seu ombro, e Lucia não havia notado.

— Vai sonhando — disse, para depois acrescentar, já se arrependendo do que ia fazer. — Walter, espere um pouco. O que está acontecendo? Sabe o que está acontecendo com o caso?

Ela tinha se esforçado para falar num tom sério e profissional. Mas sua voz havia saído baixa e suplicante. Ela percebeu, e Walter também. Seu sorriso foi crescendo em etapas: primeiro o canto esquerdo, em seguida o direito, depois a levantada do lábio superior. Sua boca se abriu e a língua apareceu. Ela se mexeu e se curvou para cima, acariciando o esmalte amarelado dos seus dentes.

— Deixa para lá — disse Lucia. — Esquece, deixa para lá.

Ela fez menção de girar a cadeira de volta para a frente, mas Walter botou a mão no encosto e a segurou antes que pudesse executar o movimento.

— Lulu, Lulu. Não fique envergonhada. Posso contar tudo o que você quiser saber.

— Eu disse para esquecer, Walter. Esquece que falei nesse assunto.

— Conto tudo o que você quiser saber — disse Walter. — Mas antes você precisa me responder uma pergunta. — Ele já havia soltado a cadeira. Lucia poderia se virar, mas ficou parada. Cruzou os braços e franziu a testa. — Me diz então. Qual é o lance com as barbas?

— Do que está falando?

— Das barbas. Qual é o lance com elas? É porque faz cócegas, não é? Você gosta de sentir cócegas. Lá embaixo.

— Não tenho tempo para isso, Walter.

— Posso deixar a minha crescer. Se você quiser. Se uma barba deixar você excitada.

Lucia olhou para cima e se virou. Ela clicou na caixa de entrada e não encontrou nenhuma mensagem nova. Então escolheu uma pasta e abriu um e-mail qualquer. Fingiu estar lendo com atenção.

— É a única coisa que me vem à cabeça. — Agora Walter falava para a sala. Lucia fechou o e-mail e abriu outro. Sem ler de quem era, clicou em "Responder" e começou a digitar. — A barba. Não consigo pensar em outra razão para você ter essa queda pelo Szajkowski.

— Não tenho queda nenhuma por ele, Walter. Não seja ridículo — respondeu ela, olhando para a tela.

— Então o que é, Lulu? Se você não tem uma queda por ele, por que está toda incomodada? Por que está tão aflita para defender esse cara? Para ir atrás da escola em vez dele? — Ele segurou firme na cadeira e a fez virar. — Vamos lá, admita. É a barba, não é? Ei, Charlie! Está com sorte, meu garoto. A Lulu aqui tem uma queda por pelos faciais.

Charlie riu. Passou a língua num dedo e depois o usou para arrumar o bigode.

— Walter, estou ocupada. Solta minha cadeira.

— Não parece ocupada, Lulu. Não tem parecido ocupada o dia inteiro. — Ele segurou mais firme e se aproximou. — Percebi você me olhando. Vi o desejo em seus olhos.

— Walter, solta a cadeira.

Lucia deu um puxão na mesma hora em que Walter tirou as mãos da cadeira. Por isso, acabou rodando e batendo com o joelho na mesa. Ela precisou apertar os lábios para segurar o grito que já ia escapando de sua boca.

— Walter. Venha cá — disse Cole, que observava tudo da porta de sua sala.

Walter fez um gesto para pedir um segundo.

— Você daria um tiro em mim, Lulu? Só porque temos nossas brincadeiras? Você daria um tiro em mim e depois diria que eu mereci? Que eu provoquei? — perguntou ele. Lucia estava com as mãos no joelho e não respondeu. — É a mesma coisa, não é? Responda, Lulu. Você atiraria em mim?

Tentando ignorar a dor, ela se levantou.

— Não, Walter. Não atiraria em você. Isso seria admitir que você me incomoda. — Ela deu um esbarrão nele ao passar. — Além do mais, uma bala seria rápido demais. Você não sentiria nada. Não, Walter. Faria algo mais doloroso.

O estacionamento ficava embaixo do prédio. Não no subsolo, mas no térreo. Era coberto e cheio de grandes pilastras de concreto. A iluminação era péssima. O sol ainda não tinha sumido, embora já estivesse levando o dia embora enquanto mergulhava no horizonte. Lucia olhou dentro da bolsa à procura das chaves, depois desistiu e começou a revirar com a mão. Balançou a bolsa e olhou de novo.

Estava saindo tarde só porque tinha esperado Cole ir embora primeiro. Depois havia esperado Walter. Acreditava que Cole poderia lhe contar alguma coisa, que Walter poderia deixar algo escapar. Nenhum dos dois tinha feito sua parte. Agora, em vez disso, seria obrigada a ler a notícia nos jornais. Ou ficaria sabendo no noticiário da noite. Apesar de ser seu caso, ela só ficaria sabendo a respeito da decisão no noticiário.

O Golf de Lucia estava no canto mais distante da escada, diante de uma fileira de viaturas vazias. Ela chegou lá antes de achar as chaves. A luminária na parede estava com defeito: zumbia, chiava e piscava. Lucia pôs a bolsa sob a luz. Disse um palavrão, se abaixou e virou todo o conteúdo da bolsa no chão. Na mesma hora achou as chaves do carro. Disse outro palavrão, pegou as chaves e enfiou tudo de volta na bolsa.

Apoiando a mão no joelho que não estava doendo, fez força para ficar de pé.

Walter a segurou pelo pescoço antes mesmo que ela pudesse perceber sua presença. A bolsa e as chaves caíram no chão, e ele a encostou na parede. Lucia viu seu rosto sob a luz, depois sua silhueta e seu rosto de novo. Pensou que aquela era a segunda vez, a segunda vez em que ela não havia notado sua aproximação. Podia sentir seu cheiro. O cheiro do seu cabelo, igual ao de um travesseiro de hotel dentro da fronha. E o hálito, azedo, precisando de água. Também sentia cheiro de laranja. Os dedos dele, encostados em sua boca, tinham cheiro de laranja, como se tivesse descascado uma enquanto esperava.

— Algo mais doloroso. Foi isso que você disse, não foi? Algo mais doloroso — sussurrava ele, e enquanto falava sua saliva se espalhava pelo ar.

Lucia se debateu. Ela tentou mexer um braço, mas estava preso. Tentou levantar uma perna, mas mal conseguia controlar os pés. Walter estava encostado nela, com as coxas prendendo suas pernas, os cotovelos por sobre seus ombros, seu peso a mantendo agachada.

— O que acha disso? — perguntou, enquanto se contorcia, com as mãos escorregando pelo pescoço dela. — O que acha da minha ideia de mais doloroso?

Ele a empurrou. Lucia resvalou na parede e depois bateu na lataria do carro. Ficou engasgada. Tentou se levantar, mas torceu o tornozelo. Tentou de novo, prestando atenção em Walter.

Ele estava com o zíper aberto e segurava o pênis com a mão.

— O que acha disso? — repetiu enquanto se aproximava. Sua cintura estava na altura dos olhos de Lucia. — Estava pensando em algo parecido com isso?

Lucia engasgou de novo. Ela tentou gritar, mas sua voz tinha sumido.

— Fique longe de mim. Fique longe de mim.

Ela levou uma mão até o pescoço. Pôs a outra bem à sua frente, com os dedos curvados, pronta para usar as unhas se necessário.

Walter parou a poucos centímetros da mão dela.

— Não fique excitada demais — disse. — Esse é o mais perto que vou deixar você chegar. Só quero mostrar o que está perdendo. O que está perdendo e do que está precisando.

Lucia tentou acertá-lo, mas Walter estava preparado.

— Opa! Calma, gatinha — disse aos risos e em seguida voltou a se aproximar. — Está vendo, Lulu? Está vendo o que estou tentando explicar? O que estou mostrando para você? Você precisa de um destes para fazer esse trabalho. Precisa de dois destes.

Então ele segurou o pênis e fez um movimento para a frente com o quadril.

Lucia se encolheu e recolheu o braço.

— Esse é o seu problema. É por isso que está nessa confusão em que se meteu. — Ele guardou o que estava segurando, se curvou um pouco e fechou o zíper. — Vou lhe dar um conselho, Lulu. Arrume um pau. Esqueça isso aí e arrume um pau. Porque se você continuar com o que tem vai acabar se metendo em confusão.

— É só isso? — perguntou ela, tentando recuperar o fôlego. Continuava caída no chão, agachada aos pés de Walter. — É tudo que você tem?

Walter deu um risinho.

— Pode não parecer muita coisa, querida. Mas é o suficiente para não me deixar chorar por causa de um maluco imigrante matador de crianças. E se você quiser... — Ele levou a mão ao zíper de novo. — Se quiser, posso mostrar o tamanho que nosso amigo aqui pode alcançar.

— Walter. Ei, Walter.

Os dois se viraram. Parecia a voz de Harry, mas Lucia só enxergava Walter, as pilastras e o carro.

— Tudo certo aí? Perdeu alguma coisa? — prosseguiu a voz.

— Só estou ajudando a Lucia a procurar as chaves. Ela as deixou cair. Não foi, querida?

Ele olhou para ela e lhe ofereceu a mão. Lucia a afastou com um tapa. Em vez de aceitar sua ajuda, ela esticou o braço e se apoiou no carro para se levantar.

— A Lucia está aí?

Harry estava mais próximo, a poucos carros de distância. Sem se virar para ele, Lucia fez um sinal positivo e mostrou as chaves. Tentou dizer que as tinha encontrado, mas as palavras não passaram da garganta.

— Bem, acho que já acabei o serviço por hoje. Lembre-se do que eu disse, Lulu. Lembre-se do que mostrei para você. — Walter saiu de trás do carro. Cumprimentou Harry e, ao passar por ele, pôs a mão em seu ombro. — Boa noite, senhoritas.

Lucia se atrapalhou com a maçaneta da porta. Enfiou a chave com tanta força que acabou arranhando a pintura. Enquanto tentava mais uma vez, Harry se aproximou.

— Lucia? Está tudo bem?

Ela continuava sem o encarar. Apenas pôs a mão sobre a boca e tossiu.

— Está tudo bem, Harry — respondeu, em pouco mais que um sussurro.

— Tem certeza? Quer dizer, você não parece muito...

— Está tudo bem. — Finalmente a chave entrou na tranca e Lucia pôde abrir a porta. — Boa noite, Harry.

Ela entrou no carro. Queria ficar sentada por um tempo, mas não se permitiu fazer aquilo. Girou a chave na ignição e prendeu o cinto de segurança. Sem chorar.

Lucia engatou a marcha a ré e soltou o freio de mão. Depois se virou um pouco no banco e começou a tirar o carro da vaga. Sem chorar.

Quando estava com o caminho livre, pisou no freio e engatou a primeira marcha. Soltou a embreagem e seguiu lentamente. Sem chorar.

Harry se afastou para deixar o carro passar. Ele acenou, mas Lucia olhava apenas para a frente. Ela passou pelas patrulhas, freou na cancela e chegou à rua. Sem chorar.

Cinquenta metros adiante, ela encostou o carro no meio-fio e desligou o motor. Fechou os olhos, segurou firme no volante e deixou a cabeça bater nele. Tossiu. Engoliu em seco. Ela não tinha chorado e não queria chorar.

Mas as lágrimas vieram de qualquer maneira. Apesar de sua resistência, Lucia chorou. E chorou.

QUAL É SEMPRE A EXPLICAÇÃO PARA ESSAS COISAS, detetive? Samuel dava aulas de história, certo? Então vamos analisar a história. Em toda a história, qual tem sido a motivação comum a qualquer ato de loucura, depravação ou desespero? O que, mais do que qualquer outra coisa, tem levado pessoas a roubar, mentir, enganar? E por vezes perder a cabeça. Matar.

O amor, detetive. É sempre o amor. Amor a Deus, amor ao dinheiro, amor ao poder, amor por uma mulher. Por um homem também, mas nós somos mulheres e sabemos que a história é escrita por homens, por isso invariavelmente é amor por uma mulher. Obviamente, existe o ódio, mas o ódio é apenas o outro lado do amor. O ódio é o que acontece quando o amor apodrece. O ódio vem com a traição.

Não posso dizer que o conhecia bem, mas conheço os sinais. Conheço Maggie. Ela é uma das minhas melhores amigas, dentro e fora da escola. E, por ela ser uma das minhas melhores amigas, posso dizer o que vou dizer sem más intenções. É para isso que servem os amigos, não acha? Para falar bem quando você merece e ser honesto nos outros casos. Para dar apoio e ser leal a você, mas não para mentir, não para dizer que você está certo quando não está.

Maggie estava errada. O que ela fez, o que ela tinha feito, era errado. Ela deveria ter contado. Nem deveria ter feito o que fez, para começar, se quer saber minha opinião, mas depois devia ter lhe contado. Não deveria ter permitido que ele descobrisse sozinho. Não deveria ter permitido que ele descobrisse do jeito que descobriu, na hora que descobriu, nas circunstâncias em que descobriu. Mas suponho que fosse parte do plano. Não estou afirmando que havia um plano, não um plano propriamente dito, porque ela estava enganando a si mesma tanto quanto ao Samuel. Mas, por baixo de tudo, havia um plano. Bem lá no fundo, ela sabia o que queria. Consegue entender?

Não. Está confusa, deixei você confusa. Em que parte você se perdeu?

Não, não, não. Depois disso. Depois de eles se separarem.

Está me dizendo que você não sabe? Não ficou sabendo? Ela não lhe contou, não foi? Não acredito que ela não contou. Se bem que acredito. É lógico que acredito.

Não vou começar pelo começo porque me parece claro que você já conhece o começo. Vou começar pelo fim.

Eles se separaram. Samuel e Maggie. Já sabe disso. Ela contou. Estava demorando, mas finalmente aconteceu. Ela provavelmente também lhe contou isso. Samuel tinha problemas, não é mesmo? Ele tinha problemas evidentes, mas muito antes de tudo isso acontecer já era fácil perceber que ele não estava conseguindo. O que, aliás, levou Maggie a se sentir atraída por ele. Maggie tem um instinto maternal. Não sei se ela já ficou com um homem sobre o qual não pudesse exercer esse instinto. Geralmente não passam de meninos. Não literalmente, claro, não foi isso o que eu quis dizer. Eles têm cabeça de criança. Precisam de proteção. Precisam de atenção. O que só mostra como Maggie é atenciosa. E explica por que ela é sempre tão generosa como amiga. É uma força que ela tem, mas também uma fraqueza.

Samuel não se acostumava, não se misturava e não tinha nenhum controle sobre os alunos. Não sei muito a respeito de sua vida particular, mas acho que é justamente porque nunca houve muito a saber. Para mim, a Maggie era a vida particular dele. Ela se tornou a vida particular dele. Antes de convidá-lo para sair, Maggie estava com medo de ele dizer não. Eu disse que era impossível, que era uma ideia ridícula. Disse que dava para ver que ele estava apaixonado por ela. Ele costumava observá-la. Eu olhava para ele, e ele a estava observando. Se fosse comigo, acharia meio sinistro. Ou talvez não. Talvez eu só esteja dizendo isso agora por causa do que ele fez. De qualquer maneira, não havia chance de ele recusar o convite. A única razão que poderia levá-lo a fazer isso seria o fato de ser tímido e ter medo de estar ao lado de uma mulher. Então a certa altura me ocorreu que ele poderia dizer não, por essa exata razão, mas era muito tarde para falar com Maggie. E acabou não sendo assim.

Você já sabe de tudo isso. Ela o chamou para sair e ele aceitou. Eles se viram por um tempo, alguns meses, mas Samuel tinha seus problemas e Maggie não podia ajudar, esse é o ponto central. Ela tentava e enquanto tentava se tornava mais... mais... que palavra eu posso usar? Não tenho certeza de que ela estava apaixonada por ele. Espero, pelo próprio bem dela, que não estivesse. Mas ela gostava dele. Mais do que isso, ela era ligada a ele. Ligada como... não sei, como um dono se torna ligado ao seu cachorro. Não, isso é horrível. É uma comparação horrível. Eu diria como uma enfermeira. Uma enfermeira em relação a um paciente, como no *Paciente inglês*. Sabe, o filme. O que estou tentando dizer é que, mesmo depois da separação, Maggie continuava envolvida. Emocionalmente. Ela teve o bom senso de terminar o relacionamento porque aquilo não estava levando a lugar algum, só servia para deixá-la louca. Eu disse a Maggie que ela estava desperdiçando sua vida. E então ela terminou com ele, mas não no sentido que mais importava.

Isso foi em... ai, meu Deus. Fevereiro. Talvez março. No fim de fevereiro. Mas na verdade era só o começo. O começo de uma fase totalmente diferente.

Eles se separaram, e Samuel não disse nada. Foi isso que Maggie me contou. Ele não disse nada. Literalmente. Tudo bem, talvez não tenha sido tão inesperado, mas ainda assim se esperam algumas palavras. Se não de arrependimento, de raiva, ou desespero, ou tristeza, quem sabe. De desespero. Samuel, porém, se encolheu. Como as aranhas fazem, do jeito que elas se envolvem nas próprias pernas sempre que se sentem ameaçadas. Desse jeito.

Quanto a Maggie, ela estava convencida de que era porque ele não se importava, nunca havia se importado, quando na verdade era justamente o contrário. Samuel estava apenas sendo ele mesmo: frio, reservado, solitário. No entanto, seu comportamento era tão exatamente igual ao que sempre tinha sido que estava na cara que não passava de fingimento. Para mim, pelo menos, estava na cara. Maggie, porém, não conseguia enxergar. E isso a machucava. Já ouviu dizer que o ser humano é setenta por cento água? Setenta, sessenta, alguma coisa por aí. A Maggie é setenta por cento emoção. Ela se deixa afetar com muita facilidade. Costuma dizer que não pode assistir ao jornal porque para ela é pior do que ver *Casablanca*. E ela sofre com a mesma facilidade. Depois do rompimento, Samuel passou a tratar Maggie como se fosse outra colega qualquer, como se fosse eu, a Matilda ou a Veronica. O que era praticamente como ignorar a existência dela. E Maggie não aguentava. Quer dizer, ela disfarçava quando estava na frente dele, disfarçava até bem, consideradas as circunstâncias. Mas ela também começou a se questionar, a questionar seu valor, a questionar sua aparência, o som de sua voz, o tamanho de seus quadris — ela se tornou obcecada pelo tamanho dos quadris. Nós temos nossas conversinhas. Geralmente almoçamos juntas, quando nenhuma de nós tem aula. Pois ao longo de semanas só falamos disso. Ela. Samuel. Samuel e ela. Eu não me importava. Talvez fosse ocasionalmente excessivo. Uma vez ou outra eu trocava de escala com George ou Vicky, para conseguir um descanso. Mas em geral eu não me importava.

No início, ela culpava a si mesma, como já contei. Depois de um tempo, começou a botar a culpa nele, o que eu considerava um progresso, algo mais próximo à realidade, mais preciso. Disse que ele tinha síndrome de Asperger. Só podia ser. Não conseguia se comprometer. Não podia se dedicar a nada mais emocionalmente exigente que um livro. E acho que ela não vai se importar de eu contar isso: a vida sexual deles era parada. Maggie contou que eles fizeram uma vez. E no dia seguinte ela não conseguia parar de chorar. Não foi nem trabalhar. Ficou em casa, tirou as roupas de cama, deitou na banheira, comeu um monte de balas e, à noite, conseguiu finalmente vomitar. Não sei o que Samuel fez. Provavelmente ele só agiu da mesma maneira de sempre. Provavelmente achou que tinha ido tudo bem. Afinal de contas, ele era homem.

Mas, enfim, vou contar por que ela fez isso. Maggie queria que Samuel demonstrasse alguma emoção, demonstrasse que sentia algo por ela. Lá no fundo, era isso o que queria. Ela me disse que já havia superado o assunto. Ela me disse, e acho que acreditei. Maggie tinha parado de falar a respeito dele. Ou, pelo menos, quando falava dele, também ria. Nossas conversas voltaram ao normal. Eu pude parar de mudar de caminho. Agora, quando eu mudava de caminho, era para encontrar Maggie. Acreditei sinceramente que ela o havia esquecido. Contudo, obviamente, ela não havia. Digo que Maggie obviamente não o havia esquecido porque qual seria outra explicação plausível para decidir ir para a cama com TJ?

Foi assim que Samuel descobriu. Devia ser maio, fim de abril, sim, fim de abril. Maggie tinha começado a sair com TJ havia cerca de uma semana. Não me pergunte como nasceu a coisa. Em resumo, Maggie andava solitária, e TJ andava suado, e os dois calharam de esbarrar um no outro quando ambos estavam com vontade de transar. Fim da história. Não, não foi bem assim. Deveria ter sido. Deveria ter sido só aquela vez.

Aliás, tente adivinhar onde foi que eles transaram. Eu não devia falar disso, mas tente adivinhar.

Sim, mas não foi apenas dentro da escola. Vou contar onde foi. Foi no vestiário masculino. Dá para acreditar? Sério, é nojento. Aquele lugar tem cheiro de adolescente. De lama e de toalhas empesteadas. Mas eu não devia ter contado isso. Me prometa que vai apagar essa parte. Eu devia ter pedido para você parar a fita, não devia?

Onde eu estava? Ah, lembrei. Maggie e TJ. Lembra do que eu falei sobre Maggie, sobre Maggie e homens que precisam de uma figura materna, que se comportam como crianças? Muito bem, TJ é outro exemplo perfeito. Além disso, havia esse aspecto oculto, essa necessidade de deixar Samuel com ciúme. Por isso, embora ela devesse ter terminado logo no início, não foi isso que aconteceu. Se ela tivesse me contado no começo, eu teria dito alguma coisa. Teria perguntado onde ela estava com a cabeça. TJ se resume, basicamente, a um corpo e um short. A cabeça só serve para enfeitar. Uma vez daria até para entender. Sabe, se ela realmente estivesse a fim e não houvesse compromisso e se ela tivesse uma garantia de que ninguém mais ficaria sabendo. Ele não é alguém para se investir. Não para uma pessoa como Maggie. Mas ela continuou investindo, e investe até hoje, apesar de agora ser apenas por ter se dado conta do que fez e não ter coragem de admitir. Não para si mesma. Especialmente para si mesma. Ela vai ficar com ele por mais um mês, não mais que isso. Só o tempo suficiente para evitar qualquer associação com o que aconteceu.

Samuel descobriu no mesmo dia que eu. Que todo mundo. Devia ser a morte para TJ não poder contar a Samuel. Esse é outro ponto. Você precisa se perguntar quais eram os motivos do TJ. Quer dizer, Maggie é uma das minhas melhores amigas e uma pessoa maravilhosa, mas não é nenhuma Audrey Hepburn. Ela poderia perder um pouco do peso acumulado nos quadris, talvez passar uma parte para cima. Mas quem sou eu para falar?

Eu faria a troca ao contrário se pudesse. Agora, que é algo para se pensar, é. É apenas isso que estou dizendo. Ela tinha pedido a TJ que ficasse quieto, implorado. E ele conseguiu por uma semana mais ou menos. Para o TJ, já foi um grande feito. Principalmente quando você leva em consideração o histórico entre ele e Samuel. Mas esse tipo de coisa é como fazer dieta, não é? Você passa fome pelo máximo que aguenta, e um dia alguém traz uma caixa de bombons, com todo tipo de recheio, centenas e milhares de bombons, e ainda falta uma hora para o almoço e você acabou de servir um copo de café e todo mundo está comendo. Então você cede à tentação, não é mesmo?

Ele deu um tapa na bunda dela.

Na sala dos professores, na frente de todos os que estavam presentes, ou seja, eu, Vicky, George, acho que Janet. Matilda também estava e, claro, Samuel. Talvez houvesse mais alguém. Todos estavam sentados ao redor da mesa, conversando, batendo papo, não consigo me lembrar qual era o assunto. Samuel não dizia nada, mas estava acompanhando a conversa. Por isso, quando Maggie se levantou e perguntou se alguém queria uma bebida, e TJ esticou o braço e bateu em sua bunda, Samuel viu tão bem quanto o resto de nós.

O barulho do tapa. É isso que reverbera na minha cabeça até hoje. Ele deu um tapa caprichado. Parecia que tinha batido diretamente na pele. Lembro do som e lembro da cara dela. Era como se ela tivesse entrado numa sala de aula e de repente percebido que estava pelada. Algo com que, aliás, todos nós já sonhamos. Nós, os professores. Uma vez fizemos uma pesquisa e todos nós dissemos que já tínhamos sonhado com isso. À exceção de Samuel e do diretor, que não participaram, e de George, que provavelmente sonhou com isso, mas nunca admitiria. E Janet, embora Janet tenha sonhado uma vez que estava pelada na frente do diretor, o que é a mesma coisa.

E a cara do TJ? Eu lembro da cara do TJ. Ele parecia um garoto que tinha acabado de soltar um peido no meio da reunião. O que às vezes acontece. Os meninos sabem que é impróprio, mas também acham muito engraçado. E, assim como um dos meninos faria, TJ botou a mão na boca, mas dava para enxergar seu sorriso. Todo mundo conseguia ver claramente que ele estava sorrindo. E ele olhou para Maggie, e Maggie o fuzilou com os olhos, e os dois se viraram para Samuel.

A cara do Samuel. Quer dizer, primeiro fiquei olhando para a Maggie, e provavelmente eu parecia tão chocada quanto ela. Mas depois me dei conta do que estava acontecendo, o que estava rolando, e assim como eles me virei para o Samuel. E, estranhamente, Samuel não desviou o olhar. Geralmente, quando alguém o encara, é exatamente isso que ele faz. Em vez disso, naquela hora, ele parecia congelado, como um computador, às vezes, quando você clica em muitas coisas ao mesmo tempo, quando você abusa da memória. Então: Samuel era a versão humana disso. Os olhos dele meio que ficaram piscando alternadamente, esquerdo, direito, esquerdo, direito, como se estivesse olhando para Maggie, depois TJ, Maggie, depois TJ, Maggie.

Maggie resolveu sair da sala e, assim que ela passou pela porta, TJ se levantou. Ele fez menção de ir atrás dela imediatamente, mas não resistiu a dar uma última olhada para Samuel. Eu não assisto a muitos faroestes, não gosto muito, mas meu marido gosta e lembro daqueles enquadramentos que eles sempre fazem, sabe, os *closes*. Samuel e TJ, se encarando, me lembrou um pouco disso. Por exemplo, no final do filme, antes do duelo final. O mocinho está lá, o bandido está lá, e o diretor deixa o espectador ver bem nos olhos dos dois. É meio brega, nos filmes, mas foi disso que lembrei na hora.

E depois daquilo, TJ passou a dar um tapa em Maggie sempre que ela e Samuel estavam na mesma sala. Chegou a um ponto em que Maggie não se levantava mais antes do TJ. Se bem que, mesmo assim, TJ disfarçava, dava uma volta ou mesmo pulava para conseguir tirar uma casquinha dela. Maggie gritava, mandava-o parar com aquilo. Mas, para TJ, era um jogo, ou seja uma competição, o que significava que ele tinha de vencer sempre. E vencia. Se você visse a cara do Samuel quando isso acontecia, perceberia que para ele cada vez era uma nova derrota. Ele não reagia, não explicitamente, mas é isso o que eu digo. TJ o estava provocando, e ele achava que Maggie também estava. Ele não aguentaria aquilo por muito tempo. O problema com Donovan, não estou dizendo que não teve seu papel. O que quero dizer é que toda a situação era difícil para Samuel, mas a coisa com as crianças foi só um estopim. Ele atirou no Donovan, porém a caminho do palco. Ele estava tentando acertar o TJ. TJ ou Maggie. Não faz diferença. Samuel estava apaixonado, foi traído e não conseguia mais aguentar. É a história mais batida do mundo.

— Para mim chega.
— Lucia.
— Já decidi.
— Lucia.
— É sério, Philip. Eu nunca devia ter me metido nessa.
— E aí nunca teríamos nos conhecido. O que significa que você nunca teria conhecido Nabokov. E que ainda estaria lendo romances policiais. Dramas de investigação. Histórias de detetive.
— Continuo lendo romances policiais.
— Não, não lê.
— Leio, sim. Leio Ian Rankin, Patricia Cornwell e Colin Dexter e até *O código Da Vinci*.
— Lucia!
— E eu gosto.
Philip a segurou pelo cotovelo e a levou mais para perto do meio-fio.
— Pelo menos fale baixo quando estiver dizendo esse tipo de coisa. — Ele gesticulou na direção do prédio pelo qual estavam passando. — As pessoas me conhecem aqui.
Lucia leu o letreiro.
— As pessoas conhecem você na Sotheby's?
— Bem, não exatamente. Sou advogado, não um magnata do petróleo. Mas os seguranças já me viram espiando, e prefiro que as suspeitas deles em relação a mim não se confirmem. — Ele apontou para a frente. — Por aqui.
Eles viraram na Bond Street, e Philip parou quase que imediatamente. Lucia deu mais dois passos antes de se

deter, ao perceber que sua companhia não estava mais ao seu lado.

— O que houve? O que está olhando?

— Aquele terno.

— Ah. — Lucia chegou mais perto. — É bonito.

— Não é esse. O azul, ali.

— Também é bonito.

— Não é bonito, Lucia. Repare no corte. Repare no tecido. Repare na costura do punho.

— Reparei. O que há de errado?

— Não há nada de errado. É primoroso. Descrever algo desse tipo como bonito é como dizer que o diamante Millennium Star é brilhante.

— É um terno, Philip. É uma roupa que se usa para trabalhar.

Philip balançou a cabeça, inconformado, e se afastou da vitrine.

— É isso que acontece — disse. — É isso que acontece quando você abandona a literatura e leva Don Brown para a mesinha de cabeceira. Seu vocabulário diminui, e seu paladar se retrai.

— Dan. Não é Don, é Dan.

Philip agitou um braço diante de si, como se a simples menção ao nome já deixasse o ar poluído.

— Tem alguma coisa que não me contou, Lucia?

— Não. Como assim? Do que está falando?

— O que aconteceu? Por que de repente você resolveu falar em pedir exoneração da polícia?

Lucia parou para não atrapalhar um homem japonês todo vestido de Burberry que tirava uma foto da esposa na entrada de uma loja da grife. Philip passou na frente e fez um sinal para Lucia o seguir.

— Você sabe o que aconteceu. Aconteceu o que aconteceu. É o suficiente.

— Você não concorda com seu chefe. Se isso fosse o suficiente, Lucia, metade dos trabalhadores estariam entregando seus avisos prévios neste momento — disse Philip. — É aqui pela esquerda, já estamos perto.

— Não tem ninguém para fazer esse tipo de coisa para você?

— Deus me livre. Nenhum dos meus funcionários tem a perna do tamanho da minha. Uma ida ao alfaiate é algo que tenho de enfrentar pessoalmente. Ainda que eu admita que gosto da parte de tirar as medidas da perna.

Lucia fez um barulho de reprovação, olhou para o alto e deu um sorriso forçado. Eles continuaram andando até Philip parar, de repente, de novo.

— O que foi agora? — Ela se virou para a loja pela qual estavam passando. Na vitrine, havia *lingerie*, roupas de dormir e outras peças inidentificáveis, predominantemente felpudas e na cor rosa. — Talvez eu prefira não saber.

— Vamos procurar um lugar para sentar — disse Philip.

— Sentar? E seu terno? Você não disse que precisava voltar para uma reunião?

— O terno pode esperar. A reunião pode esperar. Vem comigo.

Ele puxou Lucia pela mão, e os dois voltaram pelo mesmo caminho que tinham feito. Passaram pela Bond Street e por uma rua próxima cheia de galerias de arte e lojas de automóveis, até chegarem à Berkeley Square. Procuraram uma faixa de pedestre e depois de atravessar entraram no parque por um portão. A grama estava amarelada e seca. E repleta de pessoas que trabalhavam por perto, copos de café da Starbucks e sacolas para carregar sanduíches. A maioria dos bancos estava ocupada, mas Philip levou Lucia até um que ficava escondido num canto e que só havia sido semibombardeado pelos pássaros empoleirados na árvore acima.

— Sente-se — disse Philip. Lucia se sentou. — Agora fale.

Lucia permaneceu em silêncio.

Philip olhou com nojo para o cocô de passarinho no banco. Ele passou a mão na parte que parecia mais limpa e, depois de conferir a situação, se sentou ao lado de Lucia.

— Fale — insistiu.

Lucia podia sentir a perna de Philip junto à dela. Seu ombro ossudo também estava encostado no dela. Foi chegando para a direita até bater com as costelas no braço do banco. Mas, sempre atento à sujeira, Philip voltou a se aproximar. Lucia se lembrou de Walter, e precisou se segurar para não começar a tremer. Ela virou o rosto e se deparou com um homem num terno preto esfarrapado dividindo migalhas de pão com um pombo igualmente mal-ajambrado. Ele jogava um pedaço e comia um, depois comia um e jogava outro.

— Não é para mim, Philip. Achei que fosse, mas não é.

— O que não é para você? Que parte?

— Tudo. As pessoas. O trabalho. As escolhas.

Philip deu um sorriso impaciente.

— A vida é assim, Lucia. É assim em qualquer lugar, em relação a qualquer coisa. Não é só na polícia.

Lucia mexeu a cabeça, suspirou e olhou para cima. As nuvens lá em cima a irritavam. Ainda estava quente, um calor sufocante, e a tempestade que se anunciava era como um espirro que nunca passava da vontade. Era um suspense interminável, um suspense que nunca se concretizava.

— Não — respondeu ela. — É mais que isso. Eu estava errada. A respeito de Samuel. Da escola, do diretor. Acho que estava errada.

— Você não estava errada.

— Acho que talvez sim.

— Não estava — disse Philip, com uma convicção na voz que Lucia gostaria de ter, mas já não sentia.

— Como você pode saber, Philip? — Lucia se levantou e começou a andar em círculos. — Só sabe das coisas que eu contei.

— Isso mesmo.

— Então passou pela sua cabeça que eu posso ter deixado de falar alguma coisa? Que eu posso ter contado somente a respeito das evidências que confirmavam a tese que eu estava tentando sustentar?

— Preciso mesmo ficar lembrando toda hora, Lucia? Sou advogado. É óbvio que me passou pela cabeça.

— Pois bem. Então eu estava errada. Você não tem como saber que eu não estava.

Philip também se levantou. Passou a mão numa das pernas, tentando limpar uma manchinha que não existia.

— Você fez o que nós todos temos de fazer, Lucia. Em qualquer profissão. Quando estamos diante de um dilema, temos de avaliar as evidências e tomar uma decisão. Sei que você não estava errada porque confio no seu julgamento. Talvez não em relação a livros, mas em geral confio no seu julgamento.

Com um gesto, Lucia repeliu o comentário engraçadinho de Philip.

— Pois não devia confiar — disse ela, sem parar de andar.

— Lucia, conheço você. Só está se questionando agora porque é mais fácil pensar que estava errada do que tentar ignorar o fato de que estava certa.

— Você não me conhece, Philip. Você na verdade é amigo do David, não meu. Nos vimos duas vezes nos últimos seis meses.

— São duas vezes a mais do que vi David. E ele era só um colega. Virou meu amigo por acaso. Ele virou meu amigo porque nós viramos amigos.

Lucia continuava rechaçando Philip.

— Você não sabe o que eu estou pensando. Não gostaria de saber o que tenho pensado ou por que tenho feito o que tenho feito.

— Me conte. Me conte por que acha que tem feito o que tem feito — insistiu Philip. Lucia parou, mordeu os lábios e encarou o amigo. — Me conte — repetiu ele.

— Tudo bem. Eu conto, se você quiser. É porque eu sinto pena dele. Sinto pena do homem que matou três crianças.

Consigo me colocar no lugar dele e me imaginar fazendo a mesma coisa.

— Besteira — disse Philip, sem hesitar.

— Viu, eu disse — respondeu Lucia, voltando a andar em círculos.

— Você sente pena dele. Não posso dizer que sinto o mesmo, mas consigo entender. É só isso. Acaba aí. Você nunca conseguiria fazer o que ele fez. Nenhum de nós conseguiria. Talvez uma pessoa em cem milhões conseguisse fazer o mesmo. — Philip pôs a mão no ombro de Lucia e a deteve por um instante. — Lucia, me escute. Não é a piedade que está conduzindo seu julgamento sobre esse caso. Se a conheço bem, você tomou essa decisão apesar do que sente, e não por causa do que sente. Você estava certa, e seu chefe, errado. Moralmente. Você estava certa.

— Ele era um rejeitado, Philip. A mulher que ele amava lhe deu o fora e começou a dormir com o cara que ele mais odiava. Eis seu motivo. Não cheguei a falar nisso, cheguei?

— É uma condicionante. Nada mais que isso. E esse cara? Por que Szajkowski o odiava? Porque ele o perseguia, estou certo? E o caso com essa mulher? Quem pode afirmar que não foi concebido desde o início como parte da mesma perseguição?

Lucia voltou a andar: três passos para um lado e três passos para o outro.

— A irmã de Szajkowski. Ela me falou a respeito de Samuel, de como ele sabia ser cruel. Ela me disse que ele também intimidava as pessoas.

— Rivalidade entre irmãos — respondeu Philip. — Relato prejudicado, incomprovado e, portanto, inadmissível. Provavelmente também irrelevante porque todos os irmãos brigam com as irmãs. Por favor, Lucia. Dá para ficar parada por um instante?

Lucia parou e deixou que Philip segurasse suas mãos.

— Sarah Kingsley — disse ela. — A menina que morreu. Conversei com o pai dela. Ele disse algo sobre libertar a dor.

Sobre transformar a dor em raiva. Essa sou eu, Philip. É assim que eu me sinto.

— Ele era intimidado, Lucia. Ele estava sendo intimidado. A escola sabia e se recusava a tomar providências. Foi negligente. Como empregadora, como uma organização responsável pelo bem-estar de seus funcionários, a escola foi negligente. Esses são os fatos.

— Mas antes você não disse o contrário, Philip? Não disse que eu estava errada? Não disse para eu desistir?

— Disse para você desistir. Nunca disse que você estava errada.

— Então você devia estar se vangloriando agora. Dizendo que me avisou. Devia estar se deliciando com o fato de ter a razão.

— Isso é cruel, Lucia. É uma coisa cruel de dizer. Além disso, eu não estava certo. Estava sugerindo que você ignorasse sua consciência. Desde quando isso pode ser considerado correto?

Lucia mordeu os lábios e virou o rosto. Sentia os olhos úmidos. Antes que pudesse usar a mão para secá-los, sentiu uma lágrima cair e escorrer pelo rosto na direção da boca. Ela passou o ombro na bochecha, depois se desvencilhou de Philip e voltou a se sentar no banco.

— O que eu faço? — perguntou. Ela falava olhando para os próprios pés. — O que eu devo fazer?

— Se quer saber se deve desistir da polícia, a resposta é não. Não agora. Não enquanto estiver se sentindo desse jeito. — Philip pôs a mão no braço do banco. — Mas se quer saber o que deve fazer a respeito de Szajkowski... Bem. — Ele suspirou antes de concluir. — Não sei, Lucia. Minha resposta sincera é: não sei.

Lucia sentiu vontade de rir. Acabou cedendo, mas a risada saiu na forma de um soluço. Ela apertou os olhos com as mãos como se quisesse forçar as lágrimas de volta para dentro.

Philip fez um barulho com a garganta.

— Lucia. Talvez este não seja o melhor momento, mas tenho uma pequena confissão a fazer.

— Uma o quê?

— Não fique brava.

— Com o quê? Por quê?

— Só não fique brava quando eu contar.

— O que você fez, Philip?

— Eu... — Philip tossiu. — Eu falei com David.

Lucia ficou de pé na mesma hora.

— Você fez o quê?

— Nem mencionei seu nome.

— Espero mesmo que não!

— Mas ele adivinhou.

— Ah, não, Philip!

Philip estendeu os braços, tentando se explicar.

— Essa não é minha área, Lucia. Eu lido com diretores-executivos. Com diretores financeiros, com contadores. Não sei nada sobre direito penal.

— Também não é exatamente a área do David.

— É quase. Ele veio da promotoria. Lida com litígios civis no escritório em que trabalha agora.

— Não é essa a questão, Philip. — Lucia balançava a cabeça. Podia sentir as lágrimas evaporando à medida que o calor tomava conta de seu rosto. — Sabe que não é essa a questão.

— Lucia, por favor. Achei que fosse ajudar. Achei que David talvez pudesse ajudar. Você veio me pedir assessoria jurídica, mas poderia ter pedido ao seu corretor, que daria na mesma.

Lucia lançou um olhar de reprovação a ele e depois virou a cara. Passado algum tempo, ela se permitiu encará-lo novamente.

— O que ele disse?

Philip fez uma cara de remorso e se encolheu.

— Ele disse o mesmo que eu.
— Disse o mesmo que você.
— Foi por isso que eu nem queria contar. Ele disse que não existem precedentes. Que o único caso que chegou perto ocorreu alguns anos atrás, quando um estudante processou uma escola. Disse que, mesmo que você conseguisse achar um promotor ambicioso o bastante para levar a denúncia adiante, o caso nunca iria a julgamento. Também me lembrou que é ano de eleições.
— Você está soando igualzinho ao Cole. Meu chefe. Podia ser ele falando agora.
— Eu não concordo com isso, Lucia. Só estou explicando como funciona.

Lucia se levantou. Limpou os olhos de novo e arrumou a blusa. Depois, observou ao redor, para tentar se localizar.
— Para que lado fica o metrô?
— Pegue um táxi. Eu pago.

Lucia recusou a oferta.
— Prefiro ir de metrô. Me desculpe, Philip. Você está ocupado, e eu estou desperdiçando seu tempo. Tudo que tenho feito é perder tempo.
— Não fale assim. Por favor, não fale assim. Eu só queria poder fazer mais.
— Você já fez o suficiente. — Lucia deu um beijo em seu rosto. — Obrigada. Você fez tudo o que podia.
— Lucia, espere. Tem outra coisa. Não é importante, mas eu prometi passar o recado.

Lucia esperou. Ela sabia o que estava por vir e sabia que devia ficar irritada. Mas não ficou.
— Não vou conversar com ele, Philip.
— Só uma ligação. Você não precisa ir...
— Não vou conversar com ele, Philip. — Ela se virou e começou a andar. Não sabia se Philip ainda podia ouvi-la, mas mesmo assim completou. — Não vou.

QUAL É SUA LEMBRANÇA MAIS ANTIGA?

Também não tenho certeza. Acho que é uma em que estou num barco, usando um suéter sem manga que eu adorava. Tinha uma estampa de flor.

Quer saber qual é minha lembrança mais antiga do Sam?

Ele está me beliscando. Acho que eu tinha quatro anos, talvez cinco. Então ele devia ter sete, talvez oito. Estou deitada de costas, e ele está com os dois joelhos em cima de mim. Uso meu único braço livre para bater nele, mas ele ignora os socos, ou nem sente mesmo, porque está concentrado no meu outro braço. Está me beliscando, aqui e ali, subindo. Ele está me beliscando e rindo. Lembro muito bem. É como se tivesse passado na televisão ontem à noite.

Ele me odiava. Eu odiava ele, mas ele me odiava primeiro. Ele se ressentia de mim. É isso que Annie diz. Diz que ele não me odiava, que na verdade ele se ressentia de mim. Mas procurei essa palavra no dicionário e basicamente significa que ele me odiava. Aliás, eu já sabia o que significa ressentir. Não sou idiota, só gosto de conferir as coisas. Tenho um dicionário, foi a Annie que me deu. E gosto de conferir o significado das palavras porque às vezes elas significam algo diferente do que você acha. Não é sempre, mas acontece o bastante para mudar o significado do que você quer dizer quando você não quer que aconteça isso. Está entendendo o que eu quero dizer?

Fico feliz, porque nem todo mundo entende. Algumas pessoas usam palavras sem se importar com o que realmente significam. Simplesmente dizem, e só pensam a respeito depois de falar.

Meu pai era bom com palavras. Agora está morto. Afogamento. Eu tinha dez anos. Mas nós tínhamos esses livros, livros cheios de passatempos: palavras cruzadas, caça-palavras e... Como é o nome daquele em que as letras estão misturadas e você precisa botá-las de volta na ordem? Parece com o final daquele programa, que tem as palavras que nunca consigo descobrir.

Isso. Anagramas. Então meu pai costumava se sentar toda noite com um livrinho desses e às vezes me deixava sentar com ele, desde que eu ficasse quieta e não me mexesse muito. E eu o ajudava. Ou pelo menos tentava. Eu conseguia fazer os caça-palavras, era boa neles, mas não gosto de palavras cruzadas, nunca gostei de palavras cruzadas. O Sam é que conseguia fazer as palavras cruzadas. Algumas vezes, quando papai empacava, pedia para o Sam, e o Sam dizia que era isso ou aquilo. Uma vez ou outra, ele não sabia, mas na maioria ele acertava. Sam acabou indo para a universidade. Papai dizia que ele iria, e ele foi mesmo. Mas não devia ter ido, é isso que Annie diz. Devia ter ficado comigo, é o que Annie diz. Annie diz que, se Sam tivesse ficado, teria sido melhor para todo mundo: para mim, para Sam, para ela, para as crianças. Mas eu prefiro Annie ao meu irmão. Eu fugiria se me obrigassem a viver com ele.

Annie? Annie é como se fosse minha mãe. Ela não é minha mãe, mas cuida de mim. Desde que me trouxeram para cá, Annie passa aqui e dá uma olhada em mim. Ela diz que eles pagam a passagem do ônibus. Para ela poder passar aqui. Às vezes ela também vai ao supermercado. É onde eu trabalho. Quando a Annie aparece, ganho um intervalo a mais, só que ela não aparece tanto assim.

Quer saber como minha mãe verdadeira morreu?

Tudo bem, não me importo em contar. Meu irmão matou ela. Não o Sam, meu outro irmão. Ele morreu também, morreu junto com ela. Ele não queria matar minha mãe, mas acabou matando. Ele matou ela com complicações. Eu tinha oito anos.

    Quer saber o que Sam fez quando ela morreu? Queimou todas as roupas dela. Os vestidos, as calças, os suéteres e as saias. Ele tirou tudo do armário e fez uma pilha enorme no jardim e botou fogo. Eu e meu pai pegamos ele. Na verdade, meu pai pegou ele, mas quando ele começou a gritar, fiquei sabendo também. Quando achei os dois, porém, meu pai já tinha parado de gritar e estava abraçando Sam. Sam chorava. Eu via que ele estava chorando, mas também batia. Batia no meu pai, nas costas e nos braços, e apesar disso meu pai só o abraçava. Fiquei observando. Depois de um tempo, o fogo se apagou, e Sam parou de bater no meu pai. Mas não parou de chorar. Ele e meu pai ficaram parados ali. Havia fumaça. Muita fumaça.

    Depois que papai morreu, nos levaram embora. Nos tiraram de casa. Achei que fôssemos voltar, mas depois que nos levaram acabou. Eu tinha um colar — era da minha mãe — que deixei na casa. E eles disseram que pegariam para mim, só que nunca aconteceu. Chorei por causa daquele colar. Chorei por causa daquele colar quase tanto quanto chorei por causa da minha mãe. O que acho que é uma besteira. É isso que Annie diria se um dia eu lhe contasse. Agora, quando eu choro, choro pela mamãe ou pelo papai, não pelo colar. Não choro mais tanto quanto eu costumava chorar. Tenho Annie; ela é como uma mãe. Também tenho colares, outros colares, embora nenhum seja tão bonito quanto o da minha mãe.

    Eu e Sam fomos para o mesmo lugar, mas dormíamos em quartos separados. Ele dormia com os garotos, e eu com as meninas. Então nós estávamos no mesmo lugar, mas nem parecia. Raramente conversávamos um com o outro. Acho que Sam não conversava com praticamente ninguém, não se pudesse evitar. Foi isso que o botou numa encrenca. Foi por isso que nos tiraram de lá. Era o Sam que eles queriam tirar de lá. Disseram que pelo próprio bem dele. Mas, como ele era meu irmão, tiraram nós dois de lá. Eu não queria ir. Eu disse para eles levarem o Sam e me deixarem ficar. Foi só porque ele era meu irmão. Só porque ele não conseguia se defender. E eles acabaram se livrando de nós dois.

Foi do mesmo jeito no outro lugar. Foi do mesmo jeito em todos os lugares. Sam ficava sentado, lia alguma coisa e sempre nos metia em confusão. Ele estragou tudo. Ele estragava as coisas. Eu fazia amigos, mas, por causa do Sam, nós sempre acabávamos indo embora. Uma vez eu disse para ele, Por que você sempre destrói as coisas, por que não pode ser normal? E ele respondeu que eu era simplória, que eu era retardada, que eu que não era normal. Bati nele, e ele me bateu de volta. Me bateu com mais força. Ele tinha um gênio ruim. Na maior parte do tempo, não demonstrava, mas comigo sim. Num dos lugares, nos deram umas bonecas. Como eram de borracha, você podia dobrar, torcer e tentar partir ao meio, mas era impossível quebrar. Eles nos disseram para usar as bonecas quando estivéssemos com raiva, quando estivéssemos nervosos. Mas Sam não usava a boneca dele. Ele usava a mim.

Quer saber o que ele fez uma vez? Ele bateu a minha cabeça na parede, numa quina. Foi no terceiro lugar aonde nos mandaram. Nós estávamos no meu quarto. Não me lembro por quê, mas estávamos discutindo. Ele estava me chamando de simplória de novo, dizendo que não conseguia entender por que eu gostava daquele lugar. Perguntei para ele o que havia de errado com o lugar; pelo menos era um lugar, pelo menos estávamos lá e não de mudança mais uma vez. E ele disse, Do que você está falando? Para de falar besteira. É melhor você nem falar se só consegue falar besteira. Eu respondi que não era besteira, que aquilo fazia muito sentido. Disse para ele que eu gostava de estar ali, que eu não gostava de ir para lá e para cá, e torci para que, pelo menos uma vez, ele não estragasse as coisas. Porque ele já estava envolvido em confusão, e nós já estávamos achando que seríamos expulsos de novo. Lembrei, esse era o motivo da discussão no meu quarto. Eu só estava conversando, para mim era só isso, mas Sam resolveu me bater. Aí claro que eu revidei, então ele me bateu de novo e de repente estávamos brigando, nos agarrando e rolando pelo chão, enroscados que nem nas lutas que passam na TV. Depois disso não me lembro mais de nada. Quando acordei, estava numa cama e um dos funcionários olhava para mim. Ele botava alguma coisa na minha cabeça, que doía. E então eu também percebi que íamos embora de novo em breve e isso doeu tanto quanto a cabeça.

Ficou uma cicatriz. Precisei levar pontos, por isso ficou uma cicatriz. Dá para ver se eu ajeitar o cabelo para o lado. Aqui. Não, espere um pouco, é desse lado. Aqui. Está vendo? Foi o Sam que fez isso.

Quando ele foi embora, fiquei feliz. Ele tinha dezesseis anos e queria completar os estudos. Disseram que pagariam os custos, mas que ele teria de se mudar de novo, para outro lugar onde não haveria vaga para mim. Era bom para ele e para mim. Ele se despediu, mas foi sem querer, só porque deu de cara comigo quando já estava saindo. Perguntei para ele se ia a algum lugar, e ele disse que sim. Aí eu disse, Até mais então, e ele respondeu, Até mais. E foi isso. Ele voltava nos verões, mas dois anos depois ele foi embora de novo, desta vez para a universidade. Eu não ligava. Estava melhor sem ele.

Quando fiz dezoito anos, me levaram para outro lugar. Era praticamente igual aos outros, com a diferença de que havia um quarto só para mim. A porta tinha fechadura, e eu podia ficar com a chave. No início, não gostei de lá, não conseguia dormir sozinha. Mas depois me acostumei. Fiquei lá por um bom tempo, e depois me trouxeram para cá porque é mais perto do supermercado Tesco, onde eu trabalho. Agora só preciso pegar um ônibus e de manhã geralmente consigo ir sentada. E tenho Annie.

Não me lembro. Acho que foi há uns seis meses. Ele apareceu para uma visita, como se fizesse aquilo sempre. Ele estava na porta e disse, Oi, Nancy, e eu respondi, Ah, é você? O que você quer? E ele disse que nada, que não queria nada, que só queria me ver. Ele estava sorrindo, e eu nunca gostei do sorriso dele. Mesmo assim, deixei ele entrar. Ele veio atrás de mim e se sentou bem aí onde você está sentada. Ficamos em silêncio por um tempo, até que ele perguntou se eu tinha chá, e eu respondi que não. Ele disse alguma coisa, depois disse que não importava, que ele não estava com sede mesmo. Perguntou como eu estava, e eu só balancei os ombros. Ele disse que o lugar era legal. Balancei os ombros e fiz um gesto com a cabeça, concordando. Ele perguntou se eu tinha ajuda de alguém. Balancei os ombros e respondi que tinha Annie. Ele disse, Annie, é? Que bom. Ela é legal? E eu balancei os ombros e mexi a cabeça de novo.

O que você quer?, perguntei.

Já disse. Só queria dizer oi.

Por quê?

Por quê? Por que você acha? Porque você é minha irmã.

Não, não sou.

Nessa hora pensei em Annie, lembrei que ela é como uma mãe para mim, apesar de ter outra cor de pele. Sam e eu temos a mesma cor, o mesmo sangue e o mesmo sobrenome, mas a verdade é que mal podemos ser chamados de irmãos.

É claro que é, disse Sam. O que está querendo dizer?

Você foi embora, lembrei. Você foi embora e nunca ligou e fingiu que eu não existia.

Você podia ter me ligado. Eles contariam onde eu estava.

Mas você foi embora. Foi você que foi embora.

Ele só balançou a cabeça. Ficou sentado aí, balançando a cabeça, até falar de novo.

Mas você está bem, certo? Está bem. E eu confirmei que sim. Ótimo. Ótimo.

Depois disso ele ficou quieto por um tempo. Eu também. Só o observava. Ele olhava para as próprias mãos.

Nancy.

O que foi?

Ele olhou para mim.

Eu queria dizer uma coisa. E eu esperei ele prosseguir. Eu queria dizer uma coisa sobre antigamente. Sobre quando éramos mais novos. E eu continuei esperando. Sobre a forma como eu agia algumas vezes. Sobre nós dois, o jeito que nós brigávamos...

O quê?, perguntei, e ele olhou para mim. Olhou para mim e depois voltou a se fixar nas próprias mãos. O quê?, repeti.

Disse aquilo porque eu já estava ficando nervosa. Ele tinha esse hábito. Sempre fazia aquilo. Começava a dizer alguma coisa, e aí, quando você começava a se interessar, ele parava antes de dizer o que ia dizer.

Deixa para lá. Não importa. Talvez não tenha mesmo importância. Não agora.

E eu pensando que estava tudo ótimo. Não fazia diferença. Porque eu já tinha caído naquela antes e me irritado com ele. E não ia cair de novo. Foi isso que pensei.

Não sei. Mas não devia ser nada importante, não acha? Senão ele teria falado. E ele não falou. O que quer que fosse, ele não me disse, e na verdade ele não disse praticamente mais nada naquele dia.

Ele foi embora logo depois. Eu tinha chá, sim, e poderia ter oferecido. Mas ele não teria ficado por muito tempo mesmo que eu tivesse feito isso.

Ah, meu Deus. Você quer um pouco de chá? Eu devia ter oferecido, não devia? Você já teria até terminado agora se eu tivesse oferecido assim que chegou. Então podemos fingir que estou lhe oferecendo uma segunda xícara. Você aceita outra xícara de chá?

Tem certeza? Não é incômodo. Não preciso de ajuda, nem nada assim.

Então da próxima vez. Da próxima vez vou preparar um chá para você. Prometo.

Mas então Sam se levantou e eu também. Ele disse que precisava ir, que seria melhor ele ir embora. Eu não insisti. Fiquei só olhando para ele, de uma certa distância. Ele foi até a porta. Continuei olhando e depois fui atrás. Ele disse, Então, tchau. Estava com a mão na maçaneta. Cruzei os braços. Ele deu tchau de novo, abriu a porta e foi embora. Fechei a porta logo depois. E essa foi a última vez que o encontrei, até ver a foto dele na TV.

Lucia estacionou numa vaga diferente. Não era necessário, pois sua vaga habitual estava vazia. Mas ela resolveu parar perto da entrada, na única parte do estacionamento que não era coberta pelo prédio. Ela estacionou, saiu do carro e caminhou até a escada antes de dar a volta, desativar o alarme e ligar o motor de novo. Deu a ré, acertou o carro e pisou com força no acelerador para sair. Com isso, os pneus da frente derraparam no asfalto e fizeram um barulho alto. Não havia ninguém por perto, mas ainda assim Lucia sentiu vergonha, se achando uma tola. Ela desacelerou tanto que o carro quase parou. Passou pela fileira de viaturas da polícia e jogou seu Golf bem para o canto. Com o braço esquerdo abraçando o banco do carona, entrou de ré na vaga que o departamento inteiro sabia que era dela.

Que se foda, disse a si mesma. Ele que se foda.

A escada estava escura, e Lucia hesitou, mas só por um instante. Depois subiu os degraus, devagar, provocando seus medos a se manifestarem e pedindo a Deus que a ajudasse caso isso acontecesse. Já no térreo, ela passou o cartão na catraca e cumprimentou os guardas na recepção. Eles devolveram o cumprimento. À sua frente estava a porta dupla que levava à parte do departamento que só policiais, presos e crianças em visitas escolares conheciam. Ela digitou um código no aparelho abaixo da maçaneta e empurrou a porta ao ouvir o barulho de liberação. Lucia entrou. Só havia um elevador lá dentro. Como naquele dia, por acaso, estava funcionando, ela o pegou.

Lucia foi a primeira do turno do dia a chegar. Ela havia se planejado para que fosse assim, embora não admitisse. Porém, ao passar pela mesa de Walter, viu que havia uma caneca ao lado do teclado e um casaco pendurado no encosto da cadeira. Ela parou, deu uma olhada em volta e só então se deu conta de que a caneca tinha sido esquecida pelo pessoal da limpeza, e de que o casaco já fazia parte da decoração do departamento. Continuou andando, com cuidado, apesar da aparente calma. Serviu um pouco do café deixado pelo turno da noite. Já em sua mesa, segurou a caneca com as duas mãos e bebeu um pouquinho. O café tinha gosto de queimado, mas ela não estava preocupada com isso. Deu outro gole e esperou o dia começar.

Cole foi o próximo a chegar, seguido por Charlie e Rob. O bom-dia de Cole foi seco; Charlie e Rob, quando a viram, só fizeram um gesto com a cabeça. Faltando um minuto para as nove, Walter apareceu, lendo a última página do *Mirror*. Ele acenou sem se dirigir a ninguém em particular, pôs o copo de isopor que segurava sobre a mesa, enfiou o jornal dobrado embaixo do braço e entrou no banheiro masculino. Harry chegou atrasado. Ele pediu desculpas e continuava ofegando e limpando a testa vários minutos depois de ter se sentado.

— Oi, Lucia — disse, assim que notou sua presença.
— Oi, Harry. Tudo bem?
— O que houve com você ontem?
— Problemas estomacais.

Então os telefones começaram a tocar, e o quadro, a ficar cheio de tarefas. Apesar de todas as possibilidades que Lucia tinha imaginado, parecia que o dia ia transcorrer como outro qualquer.

Até o telefone tocar de novo.
Como Lucia tinha atendido, o caso era dela. Era assim que funcionava. A não ser que houvesse um motivo evidente para consultar Cole, era assim que funcionava desde sempre.

— Charlie pode cuidar disso. Vou passar para o Charlie.

— Charlie está ocupado. Está com duas crianças desaparecidas.

Cole olhou para Charlie, que apenas deu de ombros.

— E você, Walter? Parece que você tem umas calorias sobrando que poderia aproveitar para gastar.

— Adoraria, chefe, principalmente porque nossa Lulu parece fazer muita questão de cuidar disso. Mas tenho audiência de novo, lembra? Essa merda vai se arrastar a semana inteira.

Cole respirou fundo. Ele olhou ao redor.

— Onde está Harry? E Rob? Onde está a porra do Rob?

— Vi os dois há uns vinte minutos — respondeu Walter, que agora ria. — Eles estavam de mãos dadas, entrando na cabine três do banheiro masculino. Harry estava visivelmente excitado.

Charlie deu uma risada. Cole soltou um palavrão. Ele fez um gesto para Walter.

— Tira essa porra de pé de cima da mesa.

Lucia já estava se afastando quando Cole a flagrou.

— E você? Onde pensa que vai?

Ela pegou o celular, as chaves e o caderninho. Mexeu no mouse para fechar o correio eletrônico.

— Não tem mais ninguém aqui, chefe. Quem mais o senhor está vendo aqui?

Cole levantou um dedo.

— Já vou logo avisando, Lucia.

— Avisando o quê?

— Sabe muito bem o quê. Não finja que não sabe o que é.

— O quê? — insistiu Lucia. — Pode ser qualquer pessoa. Como sabe que não é uma pessoa qualquer?

— Qual é o endereço? — perguntou Cole. Ela procurou a anotação no caderno. — Qual é o endereço, Lucia?

Ela fechou o caderno.

— Sycamore Drive. Foi na Sycamore Drive.

— Fica bem na esquina da escola. Não foi qualquer pessoa. É sério, Lucia, não quero que você...
— Preciso ir, chefe. O táxi está esperando.

Ela seguiu para a Sycamore Drive no banco traseiro de um carro da polícia. O ar-condicionado não chegava ali. Como os vidros também não abriam, aquilo significava que não havia como escapar do calor ou do cheiro insuportável de imitação de pinho. Lucia fez todo esforço possível para respirar pela boca. Um dos policiais que iam na frente, o que estava no banco do carona, conversava com ela sem se virar para trás. Sua voz era encoberta pela sirene, de forma que Lucia só tomava cuidado para balançar a cabeça de tempos em tempos, além de mexer os olhos para parecer que estava reagindo às palavras. Enquanto isso, ela observava a cidade, a quantidade de pessoas nas ruas, mesmo por volta das nove da manhã de um dia de trabalho. Todas aparentemente com pressa, impacientes por causa do calor, do movimento e do esforço descomunal necessário para completar uma tarefa simples, uma viagem, uma transação qualquer.

Um corpo. Um sobrenome. Era tudo o que tinha, mas já era o suficiente.

Eles passaram pela escola. Havia crianças no pátio gritando e se esgoelando, formando grupinhos em torno de celulares, sentadas nas escadas, compartilhando fones de ouvido. Aparentemente, algumas se distraíam com jogos, enquanto os amigos esticavam os pescoços por cima de seus ombros para admirar os gráficos animados. Um grupo num canto do pátio chutava uma bola. "Eles ainda fazem isso", pensou Lucia, o que serviu para dissipar parte de sua amargura na mesma hora. Ela tinha 32 anos. Apenas 32 anos, mas ainda assim se sentia ultrapassada, excluída de uma geração da qual, até pouco tempo antes, acreditava fazer parte. Tinha um iPod, mas não conseguia usá-lo. Sabia do Facebook, mas havia ouvido falar dele pela primeira vez num programa da Radio 4. As crianças com que travava contato se referiam a ela como uma "mulher", em frases como "por que aquela mulher está usando roupa de policial, mamãe?". Os pais, para piorar, a chamavam de senhora. Não esbarre na senhora, querido, tenha cuidado. Na primeira vez, achou engraçado. Na segunda, entrou em pânico. Quando tinha acontecido mesmo? Quando o mundo tinha decidido — sem sequer avisá-la — que a criança que ela ainda acreditava ser havia sido desalojada, desiludida, desconcebida? Quando seus contemporâneos tinham passado o futuro às mãos daquelas crianças capazes de esquecer tão rapidamente a violência, que estavam tão acostumadas ao ódio e à brutalidade, que conseguiam brincar e fazer piadas num lugar ainda manchado de sangue? E tudo isso enquanto um menino da idade delas, que elas conheciam e com quem já haviam se sentado e conversado e dado risadas, pelo menos algumas, sofria e chorava e se sujava de sangue.

Não. O sobrenome era bem comum. Talvez não fosse ele. Não podia ter certeza de que era ele. Certeza, não.

Eles viraram numa rua próxima. O motorista desligou a sirene, mas deixou as luzes funcionando. Enquanto um carro manobrava, aparentemente para sair da calçada bem na frente deles, o policial ao volante enfiou a mão na buzina e desviou bruscamente, embora não fosse de fato necessário. Lucia virou-se para observar a rua. Viu o rosto de uma mulher com uma expressão que variava entre o choque e a fúria. O policial à sua frente ligou a sirene de novo.

Finalmente chegaram. Foram os primeiros. O carro parou, assim como a sirene, mas Lucia ainda ouvia o som. Era uma ambulância, talvez a umas quatro quadras dali. Ela desceu do carro. Os policiais a seguiram. De quepe na mão, foram atrás de Lucia.

A porta da frente estava aberta. Lucia tocou a campainha, bateu na porta, tocou a campainha mais uma vez. Sem esperar muito por uma resposta, ela empurrou a porta.

— Sr. Samson? — chamou ela. Imediatamente ouviu soluços. Uma mulher, no andar de cima. — Sra. Samson? — Agora Lucia falava mais alto, quase gritando. Repetiu o nome. — É a polícia, sra. Samson. A ambulância já está chegando.

Ela se encaminhou para a escada. Não achava nada ali familiar, e embora não tivesse nenhuma razão para achar, aquilo lhe deu certa esperança. No corredor, havia um cabideiro tão cheio de casacos que parecia praticamente escorado na parede. Havia sapatos, alguns perfeitamente arrumados em fileira junto ao rodapé, outros espalhados com os cadarços ainda amarrados. Havia uma bicicleta de criança — pequena demais para ele, pensou, quase certamente pequena demais para ele. Ao passarem pela sala, Lucia viu sobre a mesa sobras de um café da manhã interrompido: torradas com manteiga, mas sem geleia; copos de suco pela metade com gotas escorrendo por causa do calor. Na televisão, a mulher do tempo sorria e chamou a atenção de Lucia, que no entanto não se deixou prender. Ela procurou uma estante. Se fosse a casa dele, esperaria encontrar estantes. Ficou aliviada ao verificar que na sala não havia nenhuma, mas então viu prateleiras no corredor, passando a escada, e mais algumas logo depois da porta da cozinha.

Ela subiu a escada com pressa. Ouvia seus pés raspando nos degraus de madeira, mas logo o som foi encoberto pelas pisadas duras das botas dos policiais que vinham atrás dela, pelos ruídos dos rádios, pela respiração que saía de suas bocas abertas bem no seu cangote. Ao chegar lá em cima, Lucia hesitou por um momento e pressentiu uma colisão entre os dois homens que a acompanhavam. Os soluços tinham parado. A porta à sua frente estava fechada e não havia nenhum sinal claro de movimentação no resto do andar. Ela perguntou pelos moradores mais uma vez.

— Aqui. Aqui dentro.

Era a voz de um homem. Uma voz contida, derrotada. Uma voz que Lucia reconheceu. Ela se apressou, tentando conter o nervosismo de seu coração.

Lucia alcançou a maçaneta do quarto. A porta estava aberta, mas escondia a maior parte do ambiente. Diante dela, caído ao lado de um guarda-roupas, estava o pai de Elliot. Tinha a cabeça baixa e as mãos manchadas de vermelho.

Lucia entrou. Enquanto avançava, não tirava os olhos do pai de Elliot. Sabia que devia virar a cabeça, redirecionar sua visão, mas seu corpo parecia não estar mais sob controle. Tinha a impressão de que até seus pés a levavam contra sua vontade. Ela sabia o que a esperava lá dentro e não queria ver. Queria se afastar, dar meia-volta e ir embora daquela casa. Queria voltar no tempo e dizer a Cole para entregar o caso a Charlie, até mesmo a Walter, porque assim, pelo menos, ela não teria de ver. Mas os policiais estavam bem atrás, pressionando, e seus pés continuaram se mexendo. Antes que pudesse esboçar resistência, já se encontrava no meio do quarto.

A mãe de Elliot estava segurando o corpo do filho. Havia sangue por toda parte: em manchas escuras no carpete bege; no cabelo de Elliot; no rosto e nos braços de sua mãe; nos lençóis da cama que ainda estavam enrolados nas pernas dele; pingando pelos pedaços de pano enroscados e amarrados aos pulsos dele. Com todo aquele sangue derramado, a cor havia sumido da pele de Elliot. Seus olhos estavam fechados, e sua cabeça pendia para trás. Os dedos de sua mão esquerda encostavam no chão. Atrás dos cabelos que cobriam seu rosto, a mãe de Elliot ainda soluçava, mas de modo silencioso. Seus ombros pulavam; suas mãos tremiam. Ela abraçava o filho como se quisesse forçar o calor de seu corpo a se espalhar pelo corpo dele.

Lucia deu outro passo e tentou se segurar com a mão, mas de repente já estava de joelhos no chão, sentindo o carpete molhado através do tecido de sua calça. Ela esticou o braço de novo: sua mão pairou no ar por um instante e caiu. Ela se virou para trás, procurando seus colegas. Eles estavam olhando para o garoto. Era tudo que podiam fazer. Era o máximo que qualquer um deles podia fazer.

Alguém contou isso para você, é?

Quem?

Tanto faz. Não importa para mim.

O que eles disseram?

Tanto faz. Eles podem dizer o que quiserem. E de qualquer maneira, estou feliz. Estou feliz por termos feito isso. Eu faria de novo se pudesse. Faria até melhor. E não teria qualquer problema por causa disso. Eles me agradeceriam. Me dariam parabéns. Diriam que fiz um favor a todos.

Por que você quer saber?

Por quê, qual é a importância?

Vou receber alguma coisa por isso?

Então por que eu diria?

Vai se foder. Me prender a troco de quê?

Obstrução? E que porra eu estou obstruindo? É você que está me obstruindo. De qualquer jeito, você não pode me prender. Sou muito novo. Não pode fazer nada contra mim.

Dá um tempo. Eles só mandam pessoas para esses lugares se elas tiverem matado alguém, se tiverem transado com alguma vadia e ela tiver chamado a transa de estupro. Talvez você conseguisse uma ordem de afastamento contra mim. Sabe que sempre quis conseguir uma dessas?

Mas que se foda. Eu conto. Não faz mais diferença mesmo, faz? Como eu disse, vocês deviam me agradecer. Os professores, os pais, sua turma: vocês todos deviam me agradecer.

Nós sabíamos que ele era esquisito desde o começo. Eu e o Don. Era óbvio. Bastava olhar para ele. A barba. Quer dizer, caralho. O que se passava pela cabeça dele? Será que ele se olhava no espelho de manhã e pensava, "É isso aí, é esse o visual que eu vou usar a partir de agora. Quero que minha cara pareça uma bunda. As mulheres vão adorar"? E as roupas dele? Nunca tinha pensado que fosse possível usar tanto marrom. O terno era marrom, a camisa era marrom, a calça era marrom, as meias eram marrons. Tinha sapatos marrons e provavelmente cuecas marrons também. Ah, isso aí, cuecas marrons. Mas essa é outra história, não é?

Ele era imigrante. Foi isso que ele disse. E não tinha nenhuma vergonha disso. Ele até contava vantagem, sugerindo que era melhor do que nós. Os professores não deveriam fazer esse tipo de coisa, deveriam? Eles não deveriam ofender os alunos. Tipo quando eu disse meu nome. Ele me perguntou e eu respondi, só que ele não acreditou em mim. Disse que eu era um mentiroso. Me chamou de mentiroso bem na minha cara. Ameaçou me bater. Os professores também não deveriam fazer isso. Ou talvez ele tenha dito que ia me tocar, o que, se você pensar bem, é até pior. Era isso: ele estava nos ameaçando e nos insultando e agindo como se fosse algum tipo de figurão, apesar de ter a idade de um aluno do último ano.

Sabe o que ele fez? Foi engraçado. Era a primeira aula dele, certo? E adivinha só o que ele fez? Ele foi embora todo histérico. Dá para acreditar? Se bem que você é mulher, então provavelmente fica chorando o tempo todo. Igual à minha irmã. Ela está sempre choramingando, dizendo que o Gi fez isso, o Gi fez aquilo, blablablablá.

Está certo, está certo. Não precisa ficar nervosinha. Eu já ia chegar lá, tudo bem?

A partida de futebol.

Mas isso foi bem depois. Fizemos um monte de coisas geniais com ele antes. Tipo a bosta, aquela foi engraçada. E quando botamos fogo nele no campo de hóquei? Outra vez compramos uns ovos e quebramos as cascas só um pouquinho para eles abrirem. E depois...

Está bem, tanto faz. Você não sabe o que está perdendo. Nunca vai ficar sabendo dessas coisas.

A partida de futebol. Bem, nós temos esse jogo. Uma vez por ano. Geralmente é um pouco antes do Natal, mas dessa vez foi depois, por causa da neve e essas coisas. São os professores contra o primeiro time da escola. É ideia do Terence, ele que organiza. Terence. A maioria das pessoas chama de TJ. Ou Tarado Júnior. Nós só o chamamos de Terence, porque é o que ele mais odeia. Então, a ideia é do Terence, ele adora esse jogo. Devia ter visto a cara dele quando o Bickle adiou a partida. Era como se tivessem prometido um GI Joe para ele de Natal e depois dado uma Barbie Amiga das Bichas no lugar.

Eu e Don estávamos no time. No primeiro time. Don jogava na frente. Era o capitão. Eu jogo no meio-campo. Terence é o técnico. Ele se chama de técnico... não, está errado, ele se chama mesmo é de gerente. Mas ele é uma merda de técnico, se quer saber, e uma merda de gerente também, aliás. O que ele gosta de fazer é colocar o primeiro time para jogar contra o segundo time e aí tirar alguém do primeiro time, para ele poder entrar. Então ele fica cinco minutos na defesa enquanto o cara da defesa está fora de campo. Depois troca com alguém do meio-campo que sai para descansar, e depois troca com alguém do ataque. Na maioria das vezes, ele substitui os atacantes. Ele nunca entra no gol. Você não faz nada no gol, porque o segundo time é uma merda. Não existe nenhuma razão para jogarmos com eles. Normalmente ganhamos de uns 11 a 0. Nosso recorde é 24 a 0. Foi numa partida de sessenta minutos. Pode perguntar ao Terence se não acreditar em mim. Ele está sempre falando disso porque conseguiu marcar seis gols.

Mas voltando aos professores contra o primeiro time. O Terence adora esse jogo, mas na hora de montar um time, ele sempre começa a reclamar, dizer que é muito difícil, que não dá para fazer nada que preste com aquele monte de pernas de pau, que mal tem gente suficiente para juntar os onze. Basicamente, os únicos professores que dão para o gasto são o Grunt e o Jesus Roth. E o Bickle sempre fica de juiz, então é um a menos para Terence escolher. Não que o Bickle seja bom. Se jogasse, provavelmente teria um ataque. Resumindo, fora o Grunt e o Roth, são só Terence e Boardman, embora Boardman seja mais velho que o Bickle. E o Daniels. Ele dá aula de física, o que meio que já resume o drama, e... ah, sei lá, porra. A questão é que praticamente não tem ninguém.

Então o Terence estava ficando desesperado, entendeu? Ele já tinha chamado o porteiro e o cara que passa os DVDs. Chamamos esse cara de Sr. Apertabotão. Ainda assim, ele ainda precisava de um goleiro, entendeu? Alguém que pelo menos ficasse parado entre as duas traves.

Caramba! Deve ser por isso que você é detetive. Parece até aquele tal de Columbo. Ou aquela mulher, é, isso, aquela velhinha que sai por aí solucionando casos de assassinato. Só que ela era mais bonita.

Ninguém sabe como é que o Terence conseguiu convencer o cara. Talvez ele não tenha convencido. Talvez ele, sei lá, tenha feito alguma oferta que o cara não pudesse recusar. Tanto faz. O que eu me lembro é que estava todo mundo no campo. Estava chovendo e um frio da porra e todo mundo se perguntado o que estávamos fazendo ali. Aí o Don diz, Ah, que se fodam esses caras. Eu não vou ficar aqui com o saco congelando só para o Terence ter alguma coisa para fazer além de ficar em casa tocando uma punheta. E ele começou a sair do campo, e o resto do nosso time foi atrás. Tinha um pessoal perto da linha de fundo, com guarda-chuvas e essas coisas, e o resto da escola continuava dentro do prédio, num esquema confortável e quentinho, assistindo pelas janelas das salas. Todo mundo começou a apontar para nós e alguém resolveu vaiar. O Bickle estava dando uns pulos no círculo central. Ele parou, botou as mãos na cintura e depois ficou procurando o apito no bolso. Ele apitou e gritou e disse, Vocês aí, garotos, onde é que pensam que vão? E Don gritou de volta, Para a biblioteca, senhor. E completou num tom só um pouquinho mais baixo, Para onde acha que podemos ir? E todo mundo se virou para o Bickle, se perguntando o que ele ia fazer depois daquilo. Só que ele não precisou fazer nada porque bem nessa hora o Manchester United entrou correndo no campo.

Eles estavam de uniforme. Todos eles. Não só a camisa, não estou falando só da camisa. Estavam com o uniforme completo: meia preta, short branco, camiseta vermelha. E o Terence... ele estava com chuteiras verdes. Verdes. Que babaca.

Nós paramos para olhar aquilo. Quer dizer, nós usamos o uniforme da escola, um com listras azuis e brancas, no estilo do Wigan, ou, sei lá, do Brighton. O problema é que os nossos estão todos desbotados e rasgados e têm um fedor de legumes mesmo quando acabaram de sair da lavanderia. Faz um tempo que dizemos ao Terence que precisamos de um uniforme novo, e ele sempre vem com aquele papo de que vamos ganhar um quando merecermos. E lá estava ele desfilando num uniforme recém-saído de um navio da Índia ou de onde quer que seja fabricado. Dava quase para sentir o cheiro de *curry*.

Até teria me incomodado se aquele pessoal não estivesse parecendo tão ridículo.

Olha só isso, gritou o Don, apontando para o Terence e o Roth. São os irmãos Neville! Qual dos dois você é, Terence, o Gary ou o Phil?

O Terence deu uma conferida se o Bickle não estava olhando, sorriu para o Don e mostrou o dedo do meio. Depois se virou e apontou com o dedão para as próprias costas. Estava usando o número sete e tinha o nome Beckham estampado nos ombros. Isso já seria engraçado, sabe, mas aí o Roth se virou e vimos que ele também estava usando uma camisa do

Beckham. E o Boardman. E o Grunt. E o Sr. Apertabotão. Todos eles. Aí a coisa ficou surreal.

Eles não chegaram a um acordo. Só descobri isso depois. O Terence e o Boardman queriam usar a camisa do Beckham. Depois o Roth resolveu que também queria. Aí o Terence veio com uma de que era o capitão e, por isso, devia ser o Beckham, obviamente. E o Boardman respondeu que talvez, se ele ainda jogasse pelo Manchester, mas não jogava. E explicou que, se o Terence queria ser o capitão, tinha de ser o Gary Neville. No final, eles encomendaram dez camisas idênticas, e todos puderam fingir que estavam transando com a Posh Spice.

Mas não terminou ainda. O Barbicha. Ele não podia aparecer de Beckham, né? Ia jogar no gol, o que significava que tinha direito a uma fantasia exclusiva.

Ouvimos a gritaria antes mesmo de ver o cara. A essa altura, estávamos todos no campo de novo, porque era evidente que agora íamos jogar. Quer dizer, eles já estavam ridículos, mas queríamos que eles também ficassem com cara de idiotas. Então estava todo mundo pronto: nós, o pessoal do Terence, o Bickle. A única coisa que faltava era nosso Peter Schmeichel. E o Terence olhava para os lados com aquela cara de "em que buraco ele se enfiou?". E então ouvimos palmas vindas do lado do campo, no início bem baixinhas, concentradas num canto. Logo depois, abriu um espaço na torcida, e o Barbicha apareceu. Quando ele finalmente entrou em campo, até os professores estavam aplaudindo e gritando e assobiando, do jeito que peões assobiam quando veem uma mulher gostosa.

Sabe as mãos gigantes de espuma que aqueles americanos imbecis usam quando vão a uma partida de beisebol? Imagina o Barbicha usando duas daquelas. Na ponta dos braços esqueléticos, as luvas de goleiros pareciam aquelas mãos. E o calção? Era amarelo fluorescente e tão folgado que daria para enfiar dois dele em cada perna. Apesar de que só se via uma parte do calção. O resto estava encoberto pela camisa, que também era amarela, mas com umas manchas pretas. Era como se ele estivesse usando uma fantasia de abelha feita pela mãe, só que nas medidas erradas. Talvez ele tivesse dificuldade para andar com aquilo, o que explicaria estar cinquenta metros atrás dos outros. Ou talvez ele só quisesse fazer uma entrada bombástica. Talvez ele quisesse garantir que os olhos de todos estivessem fixos nele.

Eu e Don rimos um para o outro, mas não falamos nada. Não precisamos. Mas foi exatamente naquela hora que decidimos.

O Bickle apita, e Terence dá o pontapé inicial. Ele passa para Roth, e Roth devolve, e Terence chuta direto para o gol. Um chute de merda. A bola nem chega ao goleiro. Agora ela está conosco. Scott, que joga na defesa, passa para mim. Terence está bem atrás de mim, mas eu dou um giro, mais ou menos assim, imagine que a bola esteja aqui, isso, eu faço isso, e Terence fica lá parado. Aí eu dou um passe longo para o lado direito, o lado do Mick. Ele é bem rápido. Mick pega a bola e vai levando para a frente. Ele sai correndo pela lateral, passa pelo Sr. Apertabotão e faz um cruzamento. Don consegue acertar a cabeçada, mas a bola sai a poucos centímetros da trave direita. O Barbicha nem se mexe. Não faz ideia do que esteja acontecendo ali. Terence grita com ele, diz para ele prestar atenção na porra do gol, e só então o Barbicha olha para as traves e parece se dar conta de sua existência. Enquanto Terence e Boardman discutem quem vai bater o tiro de meta, Don chega perto do Barbicha. Uniforme bonito, sr. Chai*fods*ki, diz. Foi o senhor quem escolheu a cor? E o Barbicha olha para a roupa que está usando com uma cara de quem não sabe o que há de errado, o que há de errado com aquele amarelo fluorescente. Aproveitando a distração do Barbicha, Don passa esbarrando por ele e enfia as travas da chuteira em seus pés.

Ele solta um guincho. Estou falando sério, um guincho de verdade. Teve uma vez que fizemos uma excursão, para uma fazenda ou algo parecido, e o Scott levou uma catapulta e um saco cheio de pregos. Foi muito engraçado. As vacas quase não sentiam nada, mas os porcos... sério mesmo, foi hilariante.

Você sabe como é um guincho de um porco, não sabe? Você tem chance de ouvir o tempo todo.

Então o Barbicha berra e cai no chão, mas ninguém repara porque a bola já está em jogo de novo. Está com o Sr. Apertabotão. Ele passa no meio para o porteiro, que devolve, e aí o Sr. Apertabotão faz um cruzamento para o Terence. Terence chuta de novo, dessa vez do bico da área. Vai ser difícil. É isso que eu falo para ele, Isso é o melhor que pode fazer? E ele vem correndo na minha direção. Fico parado, e ele abaixa o tronco e me acerta com o ombro, assim. E parece que bati com o braço numa porta. E eu digo algo como, Que merda, Terence, seu filho da puta. E ele olha para mim e diz, Cuidado com a boca, garoto, ainda sou seu professor. E eu quero responder, mas agora o Bickle está nos observando. Eu disfarço e uso meu braço bom para pedir a bola.

A bola está com Micky de novo. Dessa vez ele a perde para o Sr. Apertabotão. A bola fica sem dono. Terence está mais perto, mas eu sou mais rápido. Domino a bola e vejo Terence logo atrás de mim. Ele está esperando que eu faça o giro de novo, aquele que acabei de mostrar, mas em vez disso eu...

Como é que é? Mas eu estou contando, não estou?

Não, você não disse isso. Disse que queria que eu contasse o que aconteceu na partida.

Bem, você devia ter dito isso então.

Não, não disse porra nenhuma. Meu Deus. Você é pior que a porra da minha mãe.

Tudo bem, tudo bem. Foi só no segundo tempo. Quer dizer, muitas coisas aconteceram até essa hora. Por exemplo, o Don acertou um voleio inacreditável, bem no...

Posso pelo menos dizer quanto estava o jogo? Você vai ter um ataque se eu contar quanto estava o jogo?

Quatro a zero. Estávamos ganhando de quatro no intervalo. Os professores estavam completamente destroçados. Terence continuava de pé, mas o resto deles não conseguia dar um passo para a frente. Já nós estávamos numa boa. Mickey fazia umas embaixadinhas, Don fumava um cigarro, e o resto conversava e zoava. Podíamos ter metido sete ou oito com facilidade. O que eu quero dizer é que já estava ganho. Estávamos na metade do jogo, mas na prática a vitória era nossa. Então, depois que Bickle soprou o apito e começamos a correr de volta para o campo, Don me deu o sinal. O jogo já tinha acabado, certo? Era hora de um pouco de diversão.

O Barbicha foi o último de novo. Ele estava de um jeito esquisito. Não tinha tocado na bola o jogo inteiro, exceto na hora de ir buscá-la no fundo das redes e entregá-la para o Terence. Mas ele tinha caído algumas vezes. Caído ou sido derrubado. Por isso, estava coberto de lama e mancando por causa do pisão que levou de Don. Também sentia uma dor nas costelas, provavelmente porque tinha sido nesse lugar que eu havia acertado uma pancada enquanto esperávamos um escanteio. Ah, eu não contei, né? Não acredito que não contei. Don baixou o calção dele. Na frente de todo o mundo. Estávamos todos esperando a cobrança de uma falta e Terence não parava de gritar para o Barbicha, Presta atenção, Sam, não perde essa bola, olha aí. Até parecia que o Barbicha ia tentar para valer. Estava com os joelhos flexionados, as mãos abertas na frente da cara e a língua enfiada entre os dentes. Mas, enquanto a bola viajava pelo ar e o Barbicha se preparava para dar um salto, Don se agachou atrás dele e deu um puxão no calção.

A bola entrou. O Barbicha caiu no chão e a bola entrou. Se alguém tivesse filmado nós estaríamos agradecendo pela grana das videocassetadas.

De qualquer maneira, o ponto importante é que, quando começou o segundo tempo, o Barbicha parecia totalmente desanimado, como se preferisse levar um chute no saco a voltar para o campo. Nós, ao contrário, estávamos a toda. Sei que você não quer ouvir a história toda, mas, resumidamente, demos o tiro de meta, tocamos a bola e, como uma coisa leva à outra, conseguimos um escanteio. Está feliz agora ou ainda foi muito detalhado?

Então foi assim. Micky foi cobrar o escanteio. Eu e Don estamos esperando na linha da pequena área. O Sr. Apertabotão está numa das traves, Grunt volta para marcar Scott, e Terence está dando cobertura para o baixinho. O porteiro está cuidado de mim e Don, e nós até facilitamos para ele, porque nem saímos do lugar. Por enquanto. O Barbicha está lá, parado em cima da linha. Nem olhava para a bola. Na verdade, ele está olhando para nós dois, como se soubesse o que vai acontecer. Mas ele não pode fazer nada, entende? Não há nada que ele possa fazer.

Micky bate o escanteio. A bola sai alta. O Sr. Apertabotão abandona a trave. Scott atrai Roth para um lado. Don se mexe. Eu me mexo. O porteiro não sabe para que lado ir. Agora a bola está caindo, e o Barbicha está acompanhando, mas também está de olho em nós dois. Eles nos vê chegando. Ele nos vê sorrindo. A bola encontra a cabeça de alguém, mas não faço ideia de quem, porque nem estou olhando. Ela quica na nossa frente. Na frente do Barbicha. É o suficiente para distraí-lo por um segundo. Ele agita os braços e erra a bola. Don dá um carrinho e eu também. A bola entra, eu acho, mas ainda estamos deslizando por cima da lama e da água; os dois com os pés esticados como se fôssemos o Bruce Lee tentando acertar a cabeça de um outro china. Acho que estaríamos deslizando até agora se não houvesse nada para nos parar.

Don acertou o joelho. Eu peguei o tornozelo. Não foi ao mesmo tempo, mas quase. Fez um barulho de pedra de gelo. Sabe quando você joga umas pedras de gelo num copo de refrigerante quente?

Eu me levantei. Don se levantou. O Barbicha continuou caído. Estava berrando igual um porco, de novo. Para dizer a verdade, parecia mais com um grito. Ele estava deitado e se contorcendo. Com uma das mãos ele segurava a perna e com a outra tapava os olhos. A torcida pulava e comemorava tanto que imaginei que a bola tivesse entrado. Mas parecia mesmo que eles estavam comemorando por nossa causa.

Grunt era o que estava mais perto. Não sei se ele viu mesmo, mas ele achava que tinha visto. Ele nos agarrou pela camisa, Vocês, seus moleques, que merda acham que estão fazendo aqui? E nós, O que foi? O que foi? Me solta, seu viado, me solta. Bickle soprou o apito. Ainda estava apitando quando chegou até nós.

O que está acontecendo aqui? Sr. Grant. Sr. Grant!

E Grunt nos balançava e soltava uma espécie de grunhido. Ele parecia preocupado com o Barbicha no chão, mas não parecia querer nos deixar ir.

Não sei o que houve, senhor. Não sei o que houve, disse Don.

E ele abria os braços, sabe, como os jogadores fazem na televisão quando estão prestes a tomar um cartão do juiz.

Eles fizeram de propósito, diz Grant. Seus maus elementos. Fizeram de propósito.

E nessa hora parece que o Bickle se deu conta do Barbicha pela primeira vez, mesmo com ele ainda gritando, provavelmente chorando, e fazendo mais barulho que a torcida.

Foi isso mesmo? Vocês fizeram de propósito?, perguntou o diretor.

Eu balanço a cabeça, e Don responde, Não, senhor, estávamos disputando a bola. Estava na metade do caminho.

Então Bickle olha para o Barbicha, olha para Grunt, olha para o Barbicha de novo.

Solte eles. Solte eles, sr. Grant.

Mas sr. Travis...

Eu disse para soltar os meninos.

Com isso ele se virou. Logo em seguida, porém, parou de novo e voltou.

E cuide do Szajkowski, por favor. Ele está fazendo um papel ridículo. Ele está transformando o jogo numa coisa ridícula, completou Bickle.

Nós saímos de perto com calma. Passamos por Terence e vimos que o desgraçado estava rindo. Ele sabia o que tínhamos feito, e aquilo lhe agradava. Para todos os efeitos, o Barbicha havia entregue o jogo. O que é uma mentira; eles perderiam até com o Gordon Banks no gol. Mas era isso que Terence pensava. Por isso estava sorrindo, e por isso deu até uma piscada para o Don.

Foi fácil assim. Eu mal conseguia acreditar. Don disse mais tarde, Foi moleza, Gi, o que eles poderiam ter feito?

E acho que ele estava certo. Mas ainda assim esperava uma punição. Uma advertência, um castigo ou até uma maldita suspensão. Falando sério: nós quebramos a perna dele. Mas não levamos nem um cartão amarelo. O Barbicha foi tirado de campo de maca, o porteiro ficou de goleiro, Don marcou mais dois gols e no fim vencemos por 9 a 0.

É isso. Fim. Posso ir embora agora?

esTaMos d olhO em vC. Vc ñ nos v, mAs nÓs vemOs VC

A persiana estava fechada até a metade, e as lâmpadas desligadas. Ela quase não percebeu que ele tremia. Ficou parada na porta por um tempo e só depois passou por ele e foi até a janela.

— Se importa? — perguntou.

Ele ergueu a cabeça e se virou para encará-la. Ela esperou, mas não houve resposta. Então puxou a cordinha, e as paletas da persiana ficaram na horizontal. A poeira se espalhou, fugindo da luz do dia. O pai de Elliot se encolheu.

— Sinto muito — disse Lucia, enquanto tentava arrumar a persiana para que a luz não ficasse tão intensa. — Está sentindo calor? Quer que eu abra uma janela?

Mais uma vez, ele não respondeu.

— E uma bebida? Quer que eu traga mais um pouco de água?

Dessa vez ele balbuciou uma resposta.

— Estou bem. Estou mesmo.

Lucia assentiu. Ela hesitou por um instante e depois começou a dar a volta na mesa, até entrar no campo de visão dele.

— Posso? — disse, puxando uma cadeira.

Em sua mão havia um saco plástico transparente, com um telefone celular dentro — um Motorola prateado de tela colorida. Lucia se sentou e pôs o celular na mesa. O pai de Elliot olhou para o aparelho e depois virou o rosto.

todOs oS ruiVos tEm chEirO de mIjo?

— Sinto muito — disse ela. Suas mãos estavam sobre a mesa à sua frente. Ela se afastou um pouco, deixando-as cair sobre seu colo. Depois as levantou novamente e dessa vez botou os cotovelos na mesa e ficou segurando o queixo com uma das mãos. Finalmente, ela cruzou os braços para baixo e ficou segurando a barriga. — Sinto muito — repetiu.

O Q aconteCeu com sUa CaRa? QtO tEmPo atÉ VC morrEr d câncEr??

— Desde quando?

— Não sei. Desde que ele começou lá. Não sei.

— Mas estas aqui são recentes. Foram enviadas recentemente.

— Talvez ele tenha apagado as outras. Eu não sei. Provavelmente ele apagou. Você não apagaria?

— Mas o senhor não percebeu?

— Achamos que ele estivesse fazendo amigos. Estávamos felizes. Achamos que... nem sei o que achamos.

— Ele não disse nada sobre isso?

— Não. Nada. De vez em quando chegava uma. Ele lia, depois ficava olhando para a tela por um tempo e aí enfiava o telefone de volta no bolso. Até chegar mais uma.

— E ele respondia?

— Sim. Não. Eu não sei. Eu achava que respondia.

— Não parece ter respondido. Pelo menos não estas aqui.

— Então não respondeu. Imagino que não.

— Parece que foram enviadas a partir de um site.

— Um site. Que site?

— São vários. Estamos dando uma olhada neles, mas não devemos descobrir nada. Não conseguiremos provar quem enviou as mensagens.

— Entendo.

— Sinto muito.

— Você já disse isso. Já disse isso.

c VC não limpaR essa cOisa da sua cAra vAmos ter Q aRRancar

A sala era pequena, mas ele tinha enfiado a cadeira embaixo da mesa, aumentando o espaço de circulação. Ao levantar um braço, acabou acertando a persiana sem querer. Ele cuspia enquanto falava.

— Eles perseguiam ele. Os desgraçados perseguiam ele.

Lucia ficou observando sem falar nada.

— Não era *bullying*. Era bem pior que *bullying*. Era uma maldita tortura mental. Era isso — prosseguiu.

Depois de esbarrar na persiana de novo, ele se virou e bateu nela de propósito, como se tivesse sido provocado. Alguma coisa caiu no chão: a sanefa. Ele disse um palavrão e a pegou. Ficou de pé, com aquilo na mão, olhando para Lucia. Havia saliva no canto de sua boca.

Lucia não fez nada. Apenas ficou olhando.

Ele largou a sanefa e enxugou o rosto com a manga da camisa. Depois se virou e pressionou a cabeça contra a persiana. Depois as mãos. O quarto ficou escuro. Lucia fechou os olhos.

c pdir aJuda a Alg vAmos qUeiMar sua kZa

Sutilmente, ela pôs o saco com evidências sobre a mesa. Passava a mão por cima do plástico, de um lado ao outro, fazendo o ar se acumular num dos cantos. Com o movimento, lembrou da sensação de bolhas causadas pelo sol. Ela botou o saco de lado.

Não havia mais ninguém ali, então ela olhou para o pai de Elliot. Ele estava segurando o celular à sua frente, com o cotovelo na mesa e o dedão se mexendo para rolar as mensagens na tela. A outra mão tapava sua boca. Ocasionalmente, ele murmurava alguma coisa, fechava os olhos e levava a mão até a testa antes de baixá-la de novo. Sabia o que encontraria ao pedir para olhar as mensagens mais uma vez. Assim como Lucia, ele provavelmente já tinha decorado todas, na ordem de envio, da sintaxe até a ortografia completamente estranha à sua geração. Olhando para a tela, porém, ele passaria exatamente pelo que seu filho havia passado. Poderia sofrer, e esse sofrimento por um momento ocuparia o lugar da dor que sentia.

aproVeit a viZitA ao Hospital. EsperO Q eles t deixem mElhor pra q a Gnt possa T ferrAr D novo

Lucia trouxe dois cafés.

— Tem cafeína aí dentro. É tudo o que eu posso garantir.

O pai de Elliot pegou o copo de papel. Ele murmurou um obrigado e recusou os pacotinhos amassados de açúcar que Lucia lhe oferecia.

Ela se sentou. Olhou para suas anotações, viu que horas eram e se virou para o pai de Elliot. Ele segurava o copo com as duas mãos. O café de Lucia estava tão quente que ela mal conseguia segurá-lo pelo tempo necessário para levá-lo à boca. Enquanto isso, o pai de Elliot mantinha-se agarrado ao seu, com os olhos fixos nos próprios dedos.

— Preciso fazer uma pergunta — disse Lucia.

O pai de Elliot finalmente pôs de lado o copo de café.

— Achei que fosse isso que estivesse fazendo.

— Uma pergunta sobre outra coisa. — Lucia fechou o caderno. — Uma pergunta que não necessariamente creio que possa responder.

Ele pareceu não dar muita importância. Tirou a tampa do copo, liberando todo o vapor da bebida, o que deixou ainda mais intenso o cheiro de café torrado na sala. Deixou a tampa virada sobre a mesa.

— Por que o mandou de volta para a escola? — perguntou Lucia. Agora ele a olhava com uma expressão dura. — Esqueça as mensagens de texto. Você não sabia a respeito delas. Mas depois do que aconteceu, depois do que eles fizeram com ele, como pôde mandá-lo de volta à escola?

Ele continuou a encarando por um tempo. Depois se voltou mais uma vez para o café, pôs a tampa no lugar e afastou o copo de perto de si.

— Você tem filhos, detetive?

Lucia fez que não.

— Irmãos com filhos? Irmãs? Tem amigos com filhos?

— Não, não tenho.

— Então você não pode entender. — Parecia que ele não diria mais nada. Lucia estava cabisbaixa. — Eu trabalho aqui. Aqui em Londres. Minha esposa não trabalha. Ganho bem, mas não é tanto assim. Imagino que mais que um detetive da polícia. Só que, diferentemente de você, tenho quatro bocas para alimentar.

— Quatro? — perguntou Lucia. Diante da reação do pai de Elliot, que se recolheu, ela percebeu a implicação do que havia acabado de dizer. — Não, sinto muito, eu não quis...

Ele olhou para a mesa e esfregou a testa.

— É só que... eu não sabia. Achei que fossem só vocês três — continuou Lucia.

— Temos uma filha — disse o pai de Elliot.

Lucia se lembrou da bicicleta, no corredor da casa da família, que lhe tinha parecido pequena demais para Elliot.

— Ela é mais nova, não é? Quantos anos tem?

— Nove.

— E qual é o nome dela?

— Sophie. O nome dela é Sophie.

Lucia assentiu. Ela gostava daquele nome, mas se controlou para não lhe dizer.

— Como já disse, eu trabalho aqui — disse o pai de Elliot. — Tenho de trabalhar aqui. Se pudéssemos ir embora de Londres, iríamos, mas não temos condições financeiras. E, como não podemos ir embora, precisamos aproveitar ao máximo o lugar onde estamos.

— Não estou entendendo.

— Moradia. Serviços. Escola, detetive. Não há uma variedade muito grande de opções, então precisamos nos virar com o que temos. — Ele se deteve um pouco e respirou fundo. — A escola é boa. Os resultados, as avaliações: comparada às alternativas, era a melhor que poderíamos conseguir para ele. Por isso compramos uma casa na área atendida pela escola. Pelo bem de Elliot. Pelo bem de Elliot e também de Sophie.

— De Sophie? Mas o senhor disse que ela tem nove anos. Não foi isso o que disse?

— Ela tem nove anos, mas vai crescer. Acontece isso com as crianças, detetive.

Havia um tom de deboche em sua voz, mas Lucia o ignorou. Ela começou a bater com a unha no copo de papel.

— Está mudando de categoria — prosseguiu o pai de Elliot, já menos agressivo. — Estou falando da escola. Você sabia disso? Eles estão falando em financiamento privado, mais autonomia. Está em algum programa do governo.

— Programa? Que tipo de programa?

— Um programa pioneiro, é como eles chamam. Uma parceria público-privada. A escola é uma das primeiras. Então ela é a melhor à nossa disposição, e vai ficar melhor ainda. E também vai ser mais seletiva. Vai poder escolher os alunos. Se nós tirássemos Elliot de lá, não haveria garantia de que conseguiríamos uma vaga para Sophie.

— Não entendi essa parte — disse Lucia.

— Eles são irmãos. Se o irmão já estuda lá, eles são obrigados a aceitar a irmã.

— Não foi isso que não entendi. Eu não entendi por que vocês teriam essa intenção. É uma boa escola do ponto de vista acadêmico. Tudo bem. Mas seu filho foi atacado. Foi espancado, cortado e até mordido. Por que você colocaria sua filha lá também?

O pai de Elliot passou o dedo no nariz. Lucia notou que seus olhos, já injetados e mergulhados numa espécie de sombra, agora cintilavam. Ele fechou os olhos com força e depois os abriu. Limpou a única lágrima que escorria pelo seu rosto.

— Achamos que... — começou a falar e parou. Ele limpou a garganta. — Pensamos que, depois do que aconteceu... estou falando do garoto que morreu, o garoto que aquele professor matou. Ele era um deles, não era? Eu sei, eu sei, ninguém viu nada. Mas todo mundo sabe disso, não sabe?

— Donovan. Donovan Stanley.

— No início nós não pretendíamos mandá-lo de volta. Mas depois do que aconteceu... Achamos que a coisa iria acabar.

— Acharam que ele estaria seguro.

Ele confirmou de maneira enfática.

— E quando fomos avaliar as opções, detetive... As outras escolas. Algumas delas... Não queríamos. Não podíamos. E ainda havia Sophie. Precisávamos pensar em Sophie.

ñ diga NaDa. FiQ d BiCo calAdo.

— Cortes. Contusões. Nada que ele não pudesse ter sofrido num jogo de futebol.

— E ele jogava futebol?

— Não, não jogava. Mas não é essa a questão.

— E qual é a questão?

— A questão é que não era nada sério.

— Então o senhor não fez nada.

— Não! Pelo amor de Deus. É claro que fizemos alguma coisa.

— O quê? O que foi que fizeram?

— Conversamos com Elliot, para começar. Conversamos com a escola.

— O que Elliot disse?

— Nada. Ele não queria contar nada. Na verdade, ele disse que levou um tombo.

— E a escola? Com quem vocês falaram na escola?

— Falamos com o diretor. Eu falei. Contei o que achávamos que estava acontecendo. Pedi que ele cuidasse de Elliot.

— E o que o diretor disse?
— Disse que eu não precisava me preocupar. Disse que, pela sua experiência, todas as crianças se envolvem em discussões na idade de Elliot. Todas as crianças têm suas briguinhas.
— Briguinhas.
— Isso mesmo. Mas ele também disse que ficaria atento às coisas. Disse que pediria a toda sua equipe para ficar atenta.
— E o que foi feito?
— Não sei. Não muita coisa, pelo visto. As coisas não melhoraram depois disso, mas também não pioraram. Ou pelo menos não parecia. Não sabíamos das mensagens de texto.
— E depois? O que houve depois?
— Depois?
— Depois que Elliot foi atacado.
— Acho que não estou entendendo.
— O que o diretor disse?
— Nada. Quer dizer, o que ele poderia dizer? O que ele poderia fazer? Não havia testemunhas, detetive. Lembra?

c mata. C VC voltar aki vai acabaR morto de QQ jeItO

Ele estava de pé. Nada o impedia de ir embora, mas ele permanecia ali. Suas mãos seguravam o encosto da cadeira com força. Lucia reparou na pele ao redor de suas unhas. Pedaços inteiros tinham sido arrancados com os dentes, deixando a carne exposta e sinais de sangue.
— Haverá muita publicidade — explicou Lucia. — Imprensa, repórteres. Eles vão cair em cima desse assunto. Vão cair em cima de você. — O pai de Elliot assentiu. — Por causa da escola principalmente. Por causa do que aconteceu lá.
— O professor. O tiroteio.
— Exatamente. Precisa alertar sua mulher. E sua filha também.
— Farei isso. Aliás, já fiz.

Lucia continuou esperando, mas o pai de Elliot não saía do lugar.

— A coisa vai se acalmar com o tempo. Se eles não conseguirem achar um aspecto interessante, uma ligação entre os casos, vão acabar procurando outro assunto — explicou ela.

— Entendo. Espero que procurem mesmo.

— Enquanto isso, se eu puder ajudar... Não sei exatamente como. Mas o senhor sabe como me encontrar.

— Obrigado. Obrigado.

Lucia se levantou.

— Sinto muito. Sinto muito mesmo, do fundo do coração.

O pai de Elliot limpou a garganta, apalpou os bolsos e deu uma conferida na mesa.

— Então é isso.

E foi embora.

O ambiente havia escurecido de novo, desta vez porque já estava sob a sombra do prédio em frente. A mancha escura entrava pelas frestas da persiana e se lançava sobre os móveis, o chão e as paredes no caminho.

esTaMos d olhO em vC. Vc ñ nos vê, mAs nÓs vemOs VC

Lucia estava sozinha. Segurava o celular à sua frente, com o dedão encostado no teclado. Estava repassando as mensagens.

todOs oS ruiVos tEm chEirO d mIjo?

Ela imaginou Elliot sentado com sua família, mas sendo arrancado dali pelas palavras que surgiam na tela e lançado num mar de solidão e medo.

o Q aconteCeu com sUa CaRa? QtO tEmPo atÉ VC morrEr d câncEr??

Lucia tentou pensar no que faria se estivesse no lugar dele. Ela queria pensar, mas acabou percebendo que, na realidade, já tinha pensado. Assim como Elliot, ela havia escolhido apostar na negação dos fatos, a confiar apenas em si mesma, a tentar lidar com o que os outros lhe infligiam sem qualquer tipo de ajuda.

c VC ñ limpaR essa cOisa da sua cAra vAmos ter Q aRRancar

E por quê? Porque a ajuda à disposição não ajudaria em nada. Elliot entendia bem a realidade em que se encontrava. Seus pais tinham boas intenções, mas não agiam. Seus amigos, se é que havia amigos, provavelmente tinham as mesmas boas intenções, mas não tinham força. E, naturalmente, havia a escola, assim como, para Lucia, havia a cadeia de comando. A exemplo de Lucia, Elliot tinha decidido que era melhor nem tentar.

c pdir aJuda a Alg vAmos qUeiMar sua kZa

Samuel Szajkowski tinha tentado. Tinha tentado mais de uma vez. O fato de ter tentado talvez fosse a única coisa que houvesse desacelerado a derrocada de sua alma.

aproVeite a viZitA ao Hospital. EsperO Q eles tE deixem mElhor para q a Gnt possa T ferrAr D novo

Elliot tinha sido deixado sozinho; ele tinha sido abandonado. Por que ele deveria pedir ajuda? Por que a ajuda não poderia vir sem um pedido? Afinal de contas, não era segredo. Aqueles que tinham poder para intervir sabiam. Por que o ônus ficava sempre com os mais fracos quando eram os mais fortes que dispunham de liberdade para agir? Por que os mais fracos eram obrigados a ser corajosos enquanto os mais fortes tinham autorização para se comportar como covardes?

ñ diga NaDa. FiQ d BiCo calAdo.

Aquilo não havia acabado. Ela não aceitaria a história de que aquilo havia acabado. Que se foda Cole. Que se fodam Travis e toda a maldita escola. Não havia acabado.

c mata. C VC voltar aki vai acabaR morto d QQ jeItO

O ambiente estava escuro, mas ainda não era muito tarde. Ainda havia tempo. Para o que Lucia tinha em mente, ainda havia tempo.

UM BLOG. Você sabe o que é um blog, né?

É, minha mãe não sabe, e ela deve ser tão velha quanto você. Ela não tem a menor ideia. Acha que estou sendo malcriado quando falo essa palavra. Diz que vai botar uma barra de sabão na minha boca. Eu tenho um, e escrevo nele quase todo dia. Costumo escrever mais sobre animais. Pássaros e outras coisas. Coisas que vejo. Mas não contei a ninguém na escola que faço isso. Também não uso meu nome verdadeiro. Meu Deus. Já pensou? Eu escrevo como Estrelinha-Real. É um pássaro. É idiotice, eu sei. Não conte para ninguém, por favor.

Enfim, era isso. Um blog. Supostamente escrito por ele. O Barb... quer dizer, o sr. Szajkowski. Eles chamavam de Barblog. Sabe, para dizer que era o blog do Barbicha.

No começo, as coisas que eles escreviam eram bem engraçadas. Era para ser um blog escrito por ele no hospital, depois de quebrar a perna. Então era preciso imaginá-lo deitado na cama com um notebook. O blog traria tudo que passasse pela sua cabeça e tudo que acontecesse ao seu redor. Por exemplo, no primeiro dia, falava da dor e de coisas assim, mas também de todos os chutes que ele deveria ter defendido no jogo. E se lamentava por não estar usando sua cueca mais bonita quando Donovan Stanley baixou seu calção. Ele pensava na namorada — você conhece, a sra. Mullan — e tinha medo que ela visse sua... hã... nós chamamos de freada de bicicleta. Não sei qual seria o termo médico para isso.

E esse era o primeiro dia. Tinha outras coisas, como quando TJ... sr. Jones... quando o sr. Jones fez uma visita e estava furioso porque o time dos professores perdeu e começou a botar a culpa no Barbicha e a bater em sua perna e a tentar tirar os equipamentos médicos da tomada.

O que não deixa de ser meio idiota porque ele não tinha equipamentos médicos. Pensando bem, ele provavelmente não passou mais do que algumas horas no hospital.

Mas não é essa a questão. O blog não era para ser levado a sério. Apesar de que esse cara que eu conheço, o Gareth, ele lia os textos e perguntava por que o Barbicha chamava a si mesmo de Barbicha e se ele sabia o significado do apelido. E perguntava como ele conseguia digitar se estava ligado por fios a um monte de equipamentos médicos. Havia ainda outro cara que eu conheço, o David, que ficava rindo do Gareth e dizendo que talvez ele estivesse ditando para alguém. E o Gareth acreditava. Uma coisa meio retardada.

De qualquer maneira, o que importa é que no início era engraçado ler o blog. A sra. Parsons pegou alguns de nós entrando na página durante a aula de informática. Na hora, ela perguntou o que estávamos olhando e disse que deveríamos pesquisar notícias em vez de ficar bisbilhotando a blogosfera. Ela gosta de chamar de blogosfera. Acha que soa mais *cool*. Aí ela passou no meio de nós, pegou o mouse e estava quase fechando a janela quando viu o que estávamos lendo e começou a ler também. O pessoal meio que se afastou, mas quando percebemos que ela estava lendo, nos espremamos em volta dela e voltamos a ler também. Aí a sra. Parsons chegou num pedaço sobre uma enfermeira que tentava fazer a barba do Barbicha, mas não conseguia descobrir onde era a cabeça, porque a cara dele era exatamente igual à bunda. Ela não aguentou e deu um risinho antes de tapar a boca. Mais alguém começou a rir, acho que foi o Owen, e só aí que a sra. Parsons se tocou de que estávamos ao redor dela. E ela veio com aquela conversa, Tudo bem, já é o bastante, voltem para as mesas, chega. E mandou todo mundo se sentar. Mas eu continuei observando. Assim que ela se sentou na frente do computador, desligou o projetor, para que ninguém pudesse ver o que havia em sua tela. Depois de digitar alguma coisa, ficou lá sentada, lendo, sorrindo, balançando a cabeça. Quando o sinal tocou, ela mal percebeu. Tudo que conseguiu dizer foi, Devagar, vamos saindo com calma. Mas sem deixar de olhar para a tela do computador. Eu acabei esquecendo meu uniforme de educação física na sala e, por isso, tive de voltar lá na hora do almoço. O problema era que a sra. Parsons não queria me deixar entrar. Ela abriu só uma frestinha na porta e me perguntou o que era. Eu expliquei, e ela disse, Agora não. E eu disse, Mas, sra. Parsons, tenho aula de educação física. E ela, Agora não! Apesar de não ter insistido, eu sabia o que estava acontecendo lá. Consegui ver. Todo mundo. O sr. Daniels, o sr. Boardman, a sra. Hobbs, o sr. Jones. Estavam todos lá dentro lendo, igualzinho a nós. E estavam rindo. Consegui ouvir o TJ... desculpe, o sr. Jones... consegui ouvir o TJ porque ele tem uma risada bem característica. É como se ele estivesse engasgado com um bolo de catarro.

A coisa acabou ficando feia. O blog. Quer dizer, as pessoas continuavam lendo, e eu também. Mas não achava mais engraçado. Virou um negócio de mau gosto, de muito mau gosto. Eu nem leria mais. Eu era praticamente obrigada porque todo mundo lia. Pareceria uma idiota com todo mundo falando sobre aquilo e eu sem poder dizer nada do tipo "é, eu vi" ou "e aquela história" ou "você leu aquela história?".

Não quero contar.

Por favor, senhora, eu realmente não quero.

Como devo chamar a senhora então?

Tudo bem, mas continuo não querendo contar.

E se eu mostrasse para você? Provavelmente ainda está no ar. Não acho que tenha conteúdo novo, mas até umas três semanas atrás com certeza continuava no ar, porque ouvi Tracey Beckeridge contar para Gabby Blake que Meg Evans quase tinha feito xixi nas calças lendo.

Ah, sim, está rolando o ano todo. O jogo de futebol foi em fevereiro, não foi? Então faz uns três ou quatro meses.

Quer que eu mostre mesmo? Sabe se aquele computador ali está funcionando? Nós não podemos usar os computadores sem permissão, então, se alguém disser alguma coisa, pode explicar que foi você quem autorizou?

Onde fica o botão?

Ah, aqui.

Esses computadores são muito lentos. Eles são meio jurássicos.

Meu Deus. Parece que o negócio vai decolar.

Meu pai comprou um computador de última geração. Ele diz que é o Lamborghini dos computadores. A iluminação é azul, parece uma nave especial ou algo parecido. Ele não me deixa usar.

Meu Deus, vamos lá.

Vamos, vamos, vamos, vamos…

Finalmente. Vamos lá.

Olha só. Aqui, viu? Está no histórico, o que significa que alguém andou visitando a página por esse computador. Provavelmente um professor. Aposto com você que foi um professor.

Pronto, aqui. Olha, o último texto é de 6 de junho. Foi tipo uma semana antes do tiroteio.

Se eu clicar aqui, depois aqui…

Meu Deus, é muuuuuito lento.

Pronto. Esse é o primeiro. Depois é só ir rolando. Quando o David lê em voz alta, faz uma voz, como se fosse um sotaque. É para parecer com polonês. Quer dizer, o Barbicha, ele não tem sotaque. Não tinha. Mas no blog tem. E o David faz mais ou menos assim:

Terceiro dia

Hoje voltei a pensar sobre jogo. nunca devia ter aceitado ficar no gol. sou centroavante. lá em casa, na polônia, corria atrás de gatos

para comer. sou muito rápido. como se diz? como raio. na polônia, na minha vila, eles me chamam de cão galgo. me chamam de outra coisa também, mas essa palavra não posso repetir.
Terence é responsável. é idiota. ele é, como se diz...

Quando o David o imita, diz até os palavrões. Mas eu não. Eu até diria, mas não vou dizer.

ele é, como se diz, alguma coisa. além disso, ele é homemgay. é verdade, não há dúvida. ele está sempre usando short e olhando no espelho. ele é como senhoritamulher. na polônia, ele poderia ser feliz. na polônia, ele seria mulher muito bonita para homem polonês. ele poderia cozinhar e limpar e fazer sexo lá embaixo dia todo.

Eu realmente não consigo imitar vozes. Consigo imitar passarinhos, mas nunca mostrei a ninguém. Mostrei para a minha mãe, só para ela. Mas não consigo imitar vozes. Deu para entender assim mesmo, não deu? Nem todos os textos são escritos desse jeito. Com o sotaque. Olha só esse aqui.

Décimo quarto dia

Fiz alguma coisa para dormir ontem à noite. Não consegui achar minha Coisa no começo, mas continuei pensando na Maggie e apareceu. Espero que um dia ela me deixe tocar o traseiro dela. É grande e redondo e provavelmente não tem muita celulite. Mesmo se tiver celulite eu não me importo. Eu passaria a mão nele, seguraria ele e esfregaria minha barba nele.

Acho que Donovan escrevia os textos com sotaque. São muito mais engraçados. Os outros são só idiotas. Imagino que tenham sido escritos pelo Gideon.

Pelo amor de Deus, não conta nada para ninguém, por favor. Não conta que eu chamei os meninos de idiotas. Meu Deus. Ele me mataria.

Olha, aqui tem mais um com sotaque.

Trigésimo sétimo dia

Meu coração não funciona! Por que minha Maggie não me visita neste lugar? Talvez tenha muita vergonha de mim. ela pensa que tenho doença. Não tenho doença, minha Maggie, minha única doença é saudade de você! eu também sou homemcarente. Já faz muito tempo que não boto as coisas para funcionar. hoje tentei botar as coisas para funcionar com enfermeira bonita, mas enfermeira bonita deu tapa na minha cara. Ela disse "Que feio, sr. Chai, não pode tocar enfermeiras bonitas!". Implorei, mas ela não deixou. Ela deu outro tapa em mim, mas não senti nada porque tenho barba felpuda para me proteger. Eu disse "Traz minha Maggie para mim!" Eu disse "Preciso botar as coisas para funcionar", e ela respondeu "Bota para funcionar sozinho". E por isso de novo tenho de aliviar a mim mesmo. Ah, minha Maggie. Por que você não me visita?!

Então é isso, dá para ter uma ideia, não dá? Como eu disse, vai ficando cada vez pior. Mais palavrões e… você sabe, outras coisas. Fica cada vez mais… mais… como se diz quando você lê alguma coisa e é fácil entender o que está acontecendo?

Isso mesmo. Explícito. Fica cada vez mais explícito. Vou deixar a página aberta, aí se você quiser pode conferir o que estou dizendo mais tarde, sozinha.

Ah, sim, ele deve ter ouvido. Deve ter ouvido as pessoas comentando. Quer dizer, todos os alunos, todos os professores... todo mundo leu. Depois do jogo, ele só ficou afastado por mais ou menos uma semana. Voltou para a escola de muletas. E durante a aula todos os alunos iam dando pistas. Fazendo comentários como "texto legal, senhor" ou "como foi lá no hospital, senhor" ou falando com sotaque polonês e repetindo coisas que tinham lido no blog. Ele devia saber. Se fosse eu, teria perguntado a um dos professores o que todo mundo andava comentando, porque todos os professores sabiam, isso é certo. O sr. Grant até tentou parar os meninos. Donovan e Gideon. Foi o que fiquei sabendo pela Tracey Bickeridge. Tracey me disse que Grant tentou proibir os dois de usarem o laboratório de informática, que parecia ser o lugar onde eles escreviam os textos e jogavam na internet. Mas Donovan e Gideon foram atrás do TJ... do sr. Jones... que foi atrás do Bickle... o sr. Travis... e o Bickle... quer dizer, o sr. Travis disse que Donovan e Gideon não podiam ser barrados do laboratório porque a habilidade com informática era fundamental para isso e aquilo, e os alunos não podiam ser desencorajados e, além disso, a escola não podia ir contra a liberdade de expressão. Não sei como a Tracey ficou sabendo disso, mas ela parece conseguir descobrir tudo, e o que ela diz acaba sendo a verdade em pelo menos metade dos casos.

Quer saber de outra coisa que a Tracey disse? Ela disse que sentia pena dele. Do Barb... quer dizer, do sr. Szajkowski. E eu nunca tinha pensado nisso até ela comentar. Mas também é por causa disso que passei a não gostar de ficar lendo o Barblog. Porque meio que dá para imaginar a sensação de ser ele. Ele é professor e tal e provavelmente nem se importa tanto, mas não deve ser legal acontecer esse tipo de coisa com você, né? Acho que foi por isso que Tracey disse aquilo. Ela é meio fofoqueira e às vezes se mete em confusão por causa disso. Pegam no pé dela. Ela tem sardas. Não são muito chamativas, não são iguais às de outras crianças, tipo as crianças ruivas, mas ela tem sardas. E no ano passado, pelo menos foi o que a Gabby Blake me disse, no ano passado estavam pegando tanto no pé da Tracey que durante uma semana ela disse para a mãe que ia para a escola, mas na verdade passava o dia inteiro sentada à beira do lago, lá no parque. E ela comprou um espelho, um espelho desses que as garotas usam para se maquiar, e também comprou um isqueiro. Ela sentou num banco, botou o espelho no colo e usou o isqueiro para tentar queimar as sardas. Foi o que a Gabby Blake me contou. E acho que é verdade porque, quando a Tracey voltou para a escola, tinha umas marcas ao redor do nariz. Ela disse que tinha sido arranhada pelo *cocker spaniel* do tio, mas não parecia que ela tinha sido arranhada. As marcas pareciam mais com bolhas depois que estouram, o que faria sentido se ela tivesse feito o que a Gabby disse que ela tinha feito, não acha? Até hoje dá para ver as marcas no rosto dela. Elas meio que brilham. Às vezes, dependendo da luz, dão até a impressão de que ela andou chorando.

Não, não muito, agora não. Quer dizer, pegaram no meu pé por muito tempo, praticamente meu primeiro ano inteiro, mas agora só acontece de vez em quando. E quase todo mundo passa por isso algumas vezes. É assim que funciona. Na verdade, tenho sorte, por causa de um outro garoto, o nome dele é Elliot. Ele está um ano atrás de mim, no sexto ano. Ele tem uma marca de nascença gigante no rosto e também é ruivo e não tem muitos amigos. Então é no pé dele que pegam na maior parte do tempo. É só eu ficar quieta que ninguém se lembra de mim. Além disso, eu tenho cinco amigos, o que ajuda um pouco. Para ser sincera, quatro e meio. Não, quatro. Na verdade, são quatro. O Vince Robbins quebrou meu PSP, então não é mais meu amigo.

Acho que quatro amigos não é tanta coisa assim. Você deve ter muito mais do que isso. A maioria das pessoas tem. Minha irmã, ela deve ter tipo uns cem amigos. Eles estão sempre na minha casa. É meio chato porque eles ocupam a sala toda e eu não tenho televisão no meu quarto. Também é meio constrangedor. Eles me mandam beijinhos e coisas assim. Fazem uma voz assim: Nickyyy... ei, Nickyyy. Eu tento ignorar ou então mando eles calarem a boca. E subo para o meu quarto.

Enfim, minha irmã tem um monte de amigos, e eu só tenho quatro. Mas não me importo. É melhor do que antigamente. E quatro são o bastante para mim. Quando paro para pensar, acho até que quatro já são muito. Acho que sou sortuda por ter quatro amigos. Sou sortuda se você for me comparar a outras crianças.

Na frente do portão da escola, havia um monte de jornalistas, vendo o tempo passar embaixo do sol. Eles podiam estar espalhados pelo lugar, mas, como caçadores à espera da mesma presa, preferiam ficar juntos. Lucia reconheceu algumas caras. E, sem dúvida, a maioria dos jornalistas a reconheceu. Ela veio pelo outro lado da rua, mas mesmo assim, quando chegou perto, aqueles que estavam sentados se levantaram. Lápis surgiam nas mãos, tampas de lentes eram retiradas. Depois da última tragada, os cigarros eram jogados no chão e esmagados pelas solas dos sapatos no asfalto quente.

— Detetive! — gritou alguém. — Ei, detetive.

— O que está acontecendo, detetive? Por favor, querida, nos dê alguma informação!

Ela gostaria de atender os pedidos. Apesar do "querida", gostaria mesmo. Mas seguiu em frente. Já estava quase no portão quando outra voz a chamou.

— Detetive! O que está acontecendo, detetive? O menino Samson, o tiroteio. Uma coincidência e tanto, não acha?

Dessa vez Lucia parou. Parou sem pensar antes.

— Vamos lá, detetive. — Era a mesma voz. — Pode nos contar. Prometemos guardar segredo.

Houve risadas, mas também uma certa agitação. A distância entre Lucia e os jornalistas estava diminuindo. Um homem — ela supôs que fosse o homem que havia falado antes — vinha já pelo meio da rua. Seu gravador estava ainda mais perto. Ele voltou a falar:

— Pode ser em *off*. Não precisamos citar seu nome.

Como se fosse um policial entregando a arma num filme, ele levantou o gravador bem alto e mostrou de um jeito bem exagerado que o estava desligando.

Lucia não disse nada. Ela se virou e, ignorando os pedidos que se multiplicavam atrás dela, além de um xingamento solitário, continuou a caminhar na direção do portão.

O pátio estava vazio, mas Lucia sabia que havia olhos por trás de cada janela. Enquanto percorria o amplo espaço aberto, sentiu a atenção que vinha do prédio se intensificando. Os raios de sol passavam pela cobertura de nuvens que tinha se instalado sobre a cidade. Porém, quando Lucia se aproximou da entrada, o dia pareceu menos claro do que antes. Ainda quente, ainda sufocante, mas também mais sombrio, embora o prédio naquele dia não projetasse sua sombra de maneira aparente. Lucia subiu os degraus. As portas envidraçadas refletiam sua imagem. O prédio aparentava estar dizendo que não havia ninguém em casa. Ninguém que quisesse falar com ela. Lucia puxou uma das portas e entrou.

Imediatamente, a sensação foi dissipada. Um grupo de estudantes passou correndo pelo hall. Eram todas meninas, uma turminha, e riam. Ou elas não a viram, ou a ignoraram. Vindas de salas de aula distantes, ela escutava vozes de crianças e, num volume mais alto, vozes de professores. Ouviu outros ruídos característicos de uma escola em horário de aula: cadeiras sendo arrastadas, livros caindo no chão, portas batendo.

Do corredor surgiu uma professora, Matilda Moore, a jovem professora de química que havia começado na escola na mesma época que Samuel Szajkowski. Um barulho seco de saltos acompanhava sua caminhada pelo piso de tábuas de madeira. Ela sorriu ao se aproximar.

— Detetive May, acertei? — perguntou. — Posso ajudar? Está procurando alguém?

— Estou aqui para falar com o diretor.

— Então vou ver se ele está disponível. Ele está esperando a senhora?

— Não. Ele não está esperando. Mas não se incomode. Sei onde encontrá-lo.

Enquanto a professora parecia não saber como reagir, Lucia apenas fez um gesto com a cabeça e seguiu seu caminho. Ao subir a pequena escada que levava à área administrativa do prédio, sentiu o olhar de Matilda a acompanhando e logo depois os passos indicando que havia ido embora. Lucia se aproximou da porta da sala do diretor e bateu.

— Entre.

Ela seguiu as instruções.

— Detetive. Que surpresa.

O diretor levantou os olhos da mesa. Janet, a secretária, estava de pé atrás dele, segurando uma pilha de papéis contra o corpo. Ela sorriu e pareceu surpresa quando Lucia não retribuiu o cumprimento. A secretária pediu licença e passou apressadamente em direção à porta que ligava sua sala à do diretor. A porta fez um barulho alto ao fechar.

— Detetive — repetiu Travis. — Devo admitir que não esperava receber uma visita sua.

— Não, imagino que não — disse Lucia, sem sair do lado da porta.

O diretor esperou algum movimento. Ele se reclinou na cadeira e pigarreou.

— A que devo o prazer da visita?

— Está encerrada — disse Lucia. — A investigação.

— Sim. Eu sei. Conversei com seu superior.

— Não precisa se preocupar — prosseguiu Lucia. — Não aparecerá nada que possa lhe causar qualquer tipo de problema.

Travis tinha os cotovelos apoiados nos braços da cadeira. Ele segurava uma caneta com aparência de cara à sua frente, presa pelas pontas dos dedos indicadores.

— Se pretende me causar algum desconforto, detetive, vai ter que ser um pouco menos vaga.

Lucia sentiu seus pulmões trabalharem mais rápido com a injeção de adrenalina. Forçou seu coração a manter o ritmo normal.

— Causar desconforto? — repetiu ela. — Não, não é essa a minha intenção, sr. Travis. Eu esperaria que, diante dos fatos recentes, o senhor já estivesse bastante desconfortável.

Travis pôs a caneta sobre a mesa.

— Imagino que a senhora não deseje tomar uma xícara de chá, detetive May. Haveria algum sentido em perguntar se a senhora deseja se sentar?

Lucia fez que não.

— Não. Claro que não. Muito bem. Vamos direto ao assunto, então? Suponho que esteja se referindo ao menino Samson. Suponho que tenha algum tipo de insatisfação que deseja expressar.

— É isso mesmo. Mas também pensei que não seria necessário enunciar o que já devia estar tão claro para o senhor quanto está para mim.

— O quê? — perguntou Travis. — Me conte. Por que não enuncia para mim?

Lucia respirou fundo.

— O senhor é responsável, sr. Travis. É culpado. Deveria ser responsabilizado pela morte do garoto, assim como deveria ser responsabilizado pelo sangue derramado em seu auditório.

Por um momento, o diretor permaneceu imóvel. Não havia emoção perceptível em seu rosto. Até que deu uma risada: uma única explosão de deboche.

— Acha isso divertido, sr. Travis? Outro menino está morto. Outra família perdeu um filho. E o senhor acha divertido.

A expressão do diretor se tornou mais séria.

— Como ousa dizer isso? — questionou, ficando de pé. — Vou repetir: como ousa dizer isso? Se acho algo engraçado nessa situação, detetive, é o absurdo, a impertinência de suas alegações.

— Não sou um de seus alunos, sr. Travis.

— O que quer dizer com isso, detetive?

— Quero dizer o seguinte: não fale comigo como se eu fosse um deles.

O diretor deu outra risada.

— Falarei da maneira que eu quiser, minha jovem. Que direito tem de exigir qualquer coisa diferente? Que direito a senhora tem de entrar dessa maneira insolente no meu escritório e fazer acusações que sabe não ser capaz de fundamentar?

— De um ponto de vista jurídico parece que o senhor está certo. Não posso fundamentar as acusações, não o suficiente para satisfazer as pessoas que têm o poder para tomar providências em relação a elas. Mas vi e ouvi o suficiente para me convencer de que são verdadeiras.

O diretor reagiu com desdém.

— Não dê muita confiança ao que crianças e — ele apontou para a porta ao seu lado — secretárias lhe contam, detetive. Em ambos os casos, suas imaginações são notoriamente férteis.

Ouviu-se um barulho vindo de trás da porta, algo que havia caído ou sido derrubado, como se Janet tivesse tomado um susto com o que acabava de escutar e tivesse esbarrado num dos muitos enfeites que Lucia sabia que ficavam em cima de sua mesa.

— Cheguei às minhas próprias conclusões, sr. Travis.

— É mesmo? Que pena que seus superiores não parecem concordar com tais conclusões. Qual foi a reação deles quando a senhora apresentou suas teorias?

— O caso Szajkowski está encerrado, como o senhor já sabe. O caso Samson mal chegará a ser iniciado. É uma pena, como o senhor disse. Mais do que isso: é uma desgraça.

O diretor sorriu e assumiu uma expressão afetada.

— A senhora chama de desgraça. Eu chamo de bom senso, uma qualidade infelizmente rara entre os servidores públicos deste país. — Ele voltou a se sentar e se reclinou na cadeira. — Por que me escolheu, detetive? Por quê? Por que não as crianças que atormentaram o menino Samson? Por que não os pais dele? E Szajkowski: a senhora realmente me considera mais responsável do que o homem que acabou com a vida daquelas pobres crianças?

— Há muitas responsabilidades a serem atribuídas, sr. Travis. Mas o fato é que o senhor poderia ter agido para evitar o que aconteceu e não fez nada. Mais do que isso, o senhor tinha a obrigação de agir. O senhor sabia, e ainda sabe, a respeito do *bullying* que acontece dentro desta escola. O senhor sabe quem são as vítimas e quais são as crianças e professores responsáveis. — Lucia deu um passo na direção da mesa. — O senhor disse uma vez a Samuel Szajkowski que era onisciente. Não foi essa a palavra que usou? O senhor afirmou saber de tudo o que acontece dentro das paredes deste prédio. Mesmo que tenha sido uma bravata, sr. Travis, continua sendo a autoridade máxima desta instituição e, portanto, o responsável.

O diretor fingiu bocejar.

— Estou sendo maçante, sr. Travis?

— Sinceramente, querida, sim. Está sim. Considero seus argumentos moralísticos e ingênuos. Considero seu comportamento ofensivo e desrespeitoso. Considero sua própria presença uma distração que me impede de me dedicar a assuntos muito mais merecedores da minha atenção.

Foi a vez de Lucia rir. Ela não conseguiu evitar.

— Seu velhaco. Seu velhaco presunçoso.

— Ofensas pessoais. Sinceramente, detetive. Houve uma época em que eu esperaria muito mais da senhora.

— Então creio que nós dois fracassamos à nossa própria maneira. Nós dois ficamos aquém do que se poderia esperar.

Travis se levantou. Saiu de trás da mesa e se dirigiu à porta pela qual Lucia havia entrado. Depois de abri-la, a segurou.

— Obrigado pelo seu tempo, detetive. Sinto muito se parece ter sido perdido. Não creio que tenha pensado no que vai fazer agora que manifestou sua amargura.

Lucia passou pela porta.

— Por mais que isso me doa, sr. Travis, vou fazer a única coisa ao meu alcance. A mesma coisa que o senhor fez. Nada. A única vantagem é que agora talvez eu consiga dormir um pouco melhor.

O diretor sorriu.

— Querida, eu não contaria com isso. Não contaria com isso mesmo.

Isso é mentira.
Calma, meu amor, por favor.
Não vou me acalmar porra nenhuma. Como ela tem coragem? Como você tem coragem? Ele está morto. Meu filho está morto, assassinado pelo viado daquele professor doente, e você quer que eu fique sentado aqui enquanto você pisa na sepultura do Donnie?

Mentira. Não foi isso que você disse. Não era uma pergunta. Era uma afirmação. Você estava... qual é a porra da palavra... Insinuando. Era isso que estava fazendo. Se Donnie era mesmo um arranjador de confusão, por que a escola nunca disse nada? Minha mulher esteve na reunião de pais há pouco tempo. No mês passado.

Foi em fevereiro. Faz quatro meses.

Fevereiro, que seja. Que merda interessa quando foi? A questão é que eles nunca disseram uma palavra. Uma maldita palavra.

Barry, por favor, suas maneiras.

Cala a boca. Cala a boca só por um minuto. E você. Você me escute. Meu filho era um garoto direito. Ele tinha uma boca grande, isso eu admito. Também era um pouco abusado, às vezes abusado demais para seu próprio bem. Mas nunca se meteu em confusão. Nada de drogas, de bebidas, nada desse tipo. Ele era esperto o suficiente para saber o que aconteceria se eu o encontrasse com essas coisas. Talvez suas notas não fossem maravilhosas, mas ele era rápido. E era esperto. A única estupidez que fez na vida foi se juntar com aquele perdedor do amigo dele. Qual era o nome mesmo? Meu Deus. Qual era o nome?

Gideon. Gi. Gideon.

Gideon. Isso. Que perda de tempo. Você vem aqui perguntar se Donnie se metia em problemas, mas esse garoto, Gideon, é com ele que você tem que falar. Donnie sempre levava a culpa pelas merdas que esse Gideon fazia. Eu disse para ele tomar cuidado, porque aquele amigo fracassado ia acabar levando ele junto. E eu estava certo. Foi exatamente isso o que aconteceu. Gideon conquistou a fama de ser um idiota perdedor, e Donnie acabou entrando no mesmo barco.

Me ajuda, Karen. Eu estou certo, não estou? Diga a ela que estou certo.

Ele está certo.

É claro que estou certo. Por exemplo, no verão passado. Aquilo que aconteceu no verão passado com o garoto no ônibus.

Foi em novembro.

Não foi em novembro porra nenhuma. Foi no verão.

Foi em novembro, eu tenho certeza. Estava escuro do lado de fora, não lembra?

Foi no verão. Pode anotar aí. Foi no verão.

Não quero saber se está gravando. Estou falando para você anotar aí também. Está anotando outras coisas. Então anota isso aí.

Então era verão. Eu estava jantando. Tinha acabado de me sentar. Tinha sido um dia longo, e eu estava de mau humor porque só havia cerveja quente em casa.

Barry, eu avisei que era a geladeira. Não está funcionando direito há meses. E eu disse que ia lá na distribuidora pegar umas cervejas geladas para você, mas você disse...

Meu Deus do céu. Não dá para você ficar quieta um minuto? Isso não interessa muito agora, não acha? A geladeira está quebrada. A cerveja estava quente. E daí?

O que eu estava dizendo mesmo? Com todas essas suas malditas interrupções, acabei me perdendo.

Você estava jantando.

Eu estava jantando. Isso. Mal tinha começado. Estava sentado na mesa, e a desgraça da campainha toca. E logo depois começam as batidas na porta. Aliás, estavam mais para pancadas. Sabe como é? Com o punho fechado. Perguntei para a Karen quem podia ser. Ela não respondeu. Ficou olhando para mim com uma cara de idiota, do mesmo jeito que está me olhando agora, e nisso a campainha tocou de novo, dingdongdingdongdingdong. Quem quer que fosse, tinha deixado o dedo lá. E eu naquela, acho que vou atender. A Karen aqui já tinha jantado e bem que poderia aproveitar o exercício, mas fui eu que me levantei. Mal tinha saído da cozinha ainda e quem quer que fosse começou a espancar a porta de novo. Eu gritei algo assim, Estou indo. É melhor ter alguma coisa pegando fogo por aí, amigo. Estava já na entrada, vendo uma figura pelo vidro. Sabe, como uma sombra, qual é a palavra... uma silhueta. E dava para perceber que ele estava com a cara espremida no vidro. Então ele podia me ver chegando. Ainda assim, durante todo o tempo, ele continuava com o dedo enfiado na campainha. Àquela altura, eu nem queria mais saber o que estava pegando fogo. O que quer que fosse ia ficar queimando enquanto eu dava um jeito no palhaço.

Abri a porta. Eu já estava com o punho esquerdo fechado. Mas adivinha só. Não era "ele"; era uma mulher. O que acabou sendo a sorte dela, porque se fosse um homem, a conversa que aconteceu depois podia ter sido bem mais curta.

Quem é você?, perguntei.

Stanley. É o sr. Stanley, não é?

E quem quer saber? Que merda você acha que está fazendo aqui, batendo na minha porta desse jeito? Tem sorte de ser mulher, porque senão nós dois estaríamos tendo um outro tipo de conversa.

Eu só quero mesmo conversar, sr. Stanley. Com o senhor e o seu filho.

Donnie? O que tem o Donnie? Vou perguntar de novo: quem é você?

E ela disse o nome. Ela disse, mas vai ser bem difícil eu conseguir repetir para você. Era algum nome de preto. Alguma coisa africana. Ela era dessa turma. Uma negra.

Barry. Não devia falar desse jeito.

E você quer que eu fale como? A pele dela é negra, não é? Pelo que eu sei, isso faz dela uma negra.

Eles são afro-americanos. Você deve chamá-los de afro-americanos.

Americanos? O que os americanos têm a ver com essa merda de história? Presta atenção. A questão é que não sei o nome dela. O sotaque, tudo bem, eu conseguia entender o que ela dizia. Mas o nome eu não sei dizer. Tudo bem?

Então vamos lá.

Ela me disse o nome dela e eu perguntei, E aí?

E aí que seu filho agrediu meu filho.

Agrediu? Que conversa é essa de agrediu?

Ele agrediu meu filho. No ônibus. No ônibus escolar. Ele e os amigos dele. Seguraram meu filho, deram socos nele e deram chutes nele e... e...

E o quê?

Ela começou a chorar. Esse é o problema com as mulheres. Você está conversando, e no meio da história elas começam a chorar. Não sei se são os hormônios ou o excesso de novela ou que porcaria pode ser.

Eu perguntei de novo, E o quê?

E aí ela vem para cima de mim. Responde cuspindo. Grita como se fosse uma selvagem.

Eles urinaram nele. Ele tem doze anos, e eles urinaram nele. Bateram nele e jogaram ele no chão e depois urinaram nele. Seu filho fez isso. O desgraçado do seu filho!

Isso já é demais para mim.

Espera um pouco. Espera só um pouco aí. Você está falando do meu filho. Está acusando meu filho.

Ninguém aqui está acusando ninguém. Estou apenas contando o que aconteceu. Estou dizendo como foi.

Nessa hora eu me viro. A Karen já está bisbilhotando, e o Donnie também deve estar espiando. Mas mesmo assim grito por ele.

Donnie! Donovan! Venha aqui fora. Agora!

Ninguém diz nada enquanto esperamos ele aparecer. Ouço a porta dele batendo. Mas eu sei que ele já estava na escada. O que ele fez foi o seguinte: voltou para o quarto e bateu a porta como se estivesse lá dentro o tempo todo. Como eu disse: o garoto é esperto. Então, quando ele chega na escada, se faz de desentendido.

O que foi? O que você quer?

Só venha aqui fora.

Assim que vê o Donnie, ela fica maluca. Tenta passar por mim. Ela estica os braços e pula e volta a cuspir e a gritar. Aí Karen começa a chorar.

Eu não estava chorando.

Karen começa a chorar, e enquanto isso Donnie está parado no meio da escada e eu segurando essa maluca ensandecida pelos ombros, tentando impedi-la de entrar na minha casa.

Que maluca é essa?, pergunta Donnie.

Eu nem respondo. Estou ocupado tentando segurar a maluca. Sim, ela é uma mulher, mas não é pequena. As mulheres dessa turma tendem a ser maiores, não é?

Depois de um tempo ela se acalma. Eu disse, Se acalma, mas na verdade ela só parou de gritar. Está bufando e limpando a boca com a parte de trás da mão e está bufando. Dá para ver na cara dela aquele olhar, como se estivesse torcendo para o Donnie se aproximar só mais um pouquinho.

Ele não faz isso. Continua bem longe. Eu já disse, ele não é bobo.

Você. O que você fez com ele?, pergunta a mulher.

Quem é essa pessoa, pai? O que ela está dizendo?

Ela disse que você bateu no filho dela. No ônibus. Disse que você mijou nele.

Fico esperando o Donnie começar a rir ou alguma coisa assim. Porque a história é simplesmente ridícula. Mas ele não ri. Ele não ri e não diz nada. Fica de cabeça baixa.

Donnie.

E a mulher maluca já começa:

Viu! Viu! Foi ele, ele está admitindo!

Não! Não fui eu. Eu juro, pai, que não fui eu.

Eu fico só olhando para ele.

É verdade, pai, você tem que acreditar em mim. Quer dizer, eu estava lá. Eu vi o que aconteceu. Eu vi o que eles fizeram com ele, mas não fiz nada.

Ele está mentindo!, diz a mulher.

Cala a boca, respondo. Você, cala a boca. Mas, então, Donnie, quem fez isso? O que você viu?

E o Donnie fica mudo. Não abre a boca. A coisa fica mais ou menos óbvia, entende? Foi um dos amigos dele. E ninguém precisa de um... como é que se chama mesmo? Ninguém precisa de um qualquercoisalogista para entender o que houve.

Donnie, digo de novo. O que você viu?

Não posso falar. Você sabe que eu não posso.

Foi ele! Meu filho disse que foi ele!, começa a mulher de novo.

Não fui eu. Juro que não fui eu!

Ele viu você. Ele viu você!

Pode ser que ele tenha me visto, mas não fui eu. Tinha muita gente lá, um monte de gente. Talvez ele tenha se confundido. De repente ele só achou que fosse eu.

Ele não se confundiu! Se ele disse que foi você, então...

Você está atrás do garoto errado, explico. Está me ouvindo? Está atrás do garoto errado. Converse com a escola. Conte para a escola o que aconteceu. Deixe eles resolverem.

Eu já conversei com a escola. Conversei com o diretor. Ele disse que não podia fazer nada. O que significa que eles não vão fazer nada. Por isso estou falando com você agora. Falei com meu filho e agora estou falando com você!

E aí Karen resolve falar.

As câmeras. Eles não têm câmeras? Nos ônibus?

Isso mesmo. Fale com a empresa de ônibus. Peça para ver as imagens das câmeras.

Eles botaram lenços de papel na frente das câmeras!, diz a mulher, voltando a gritar. Foi seu filho! Ele botou papel na frente das câmeras!

E ela começa a tentar passar por mim de novo, quer alcançar o Donnie, e nessa hora eu já perdi a paciência. Então eu faço o que devia ter feito desde o início. Seguro o braço da mulher e empurro ela para longe. Falo para ela sumir. Bato a porta na cara dela. Volto para casa e acabo meu jantar.

E esse é o fim da história. É o fim da história. Nunca mais vi ou ouvi falar daquela mulher. O que é meio que uma prova, não é? Quer dizer, se ela estava tão certa de que tinha sido o Donnie, não teria simplesmente voltado para casa, não do jeito que estava agindo. Vou dizer o que deve ter acontecido: ela foi embora e conversou com o filho e o filho começou daquele jeito... hã... é... talvez eu tenha confundido, talvez não tenha sido o Donovan. Mas eu recebo desculpas? O Donnie recebe desculpas? Porra nenhuma.

Então pode ficar aí fazendo as insinuações que quiser. Já ouvi essa história. Já conheço toda essa história, e não tem uma única palavra de verdade nela.

E quer saber de uma coisa? Nem sei por que me dou ao trabalho. Você é igualzinha ao resto, dá para ver na sua cara. Não importa o que eu digo. Estou gastando minha saliva à toa. Acredite no que quiser acreditar. Que diferença vai fazer agora?

Essa história acabou. Acabou aqui.

Vai, me dá esse negócio.
Como é que se para esse negócio?
Onde é que está o maldito bot...

Peço desculpas pelo meu marido, detetive.
Não se preocupe. Ele não gostaria de me ver falando com você, mas não vai voltar agora, não tão cedo. Ele vai voltar quando estiver com fome. Minha mãe costumava dizer que os homens são iguais aos cachorros. Eles latem e às vezes até mordem, mas desde que você lhes dê comida, nunca vão ficar muito tempo longe de casa.
Espero que não fique com uma má impressão. Ele só está irritado, é só isso. Ele fica com raiva... é isso que ele faz quando está sofrendo por dentro. Às vezes acho que é o único jeito que ele tem de se expressar. Ele é um homem emotivo. E está com saudade do filho. Não é certo um filho morrer antes do pai, não é mesmo? Ouvi alguém dizer isso uma vez, acho que foi no noticiário da TV, ou talvez na novela, e ficou na minha cabeça. Mas nunca achei que fosse... quer dizer, que nós fôssemos... que...
Não se preocupe comigo. Estou bem. Não estou nem chorando, já notou?
Vou contar uma coisa que não contei a mais ninguém: eu não chorei. Nenhuma vez. Nenhuma vez desde que Donnie morreu. Não sei por quê. É claro que dói, não me entenda mal. Eu sei que elas vão vir. As lágrimas. Foi parecido quando meu pai morreu. Eu tinha só sete anos, mas me lembro. Me lembro de não chorar e de tentar não chorar e de me preocupar com o que as pessoas estavam pensando de mim, se elas achariam que eu não amava meu pai, se elas me culpariam de alguma maneira pela morte dele. Depois comecei a achar que eu era mesmo a culpada, que meu pai estaria vivo se eu o tivesse amado mais.

Foi só depois do enterro. Uma duas ou três semanas depois. Tinha ido fazer compras com minha mãe e estávamos chegando em casa. Mamãe abriu a porta com um monte de sacolas na mão. O que acontecia normalmente era que meu pai saía da cozinha ou do jardim ou do andar de cima ou de onde quer que estivesse e pegava as sacolas das mãos da mamãe e levava para dentro. E o tempo todo ele reclamava que as sacolas estavam pesadas e que minha mãe devia ter gastado muito dinheiro. Mas dessa vez ele não apareceu. Mamãe abriu a porta e só havia a casa vazia esperando. E ela estava ofegando e se enrolando com as sacolas e de repente aquilo me pareceu a coisa mais triste do mundo. Meu pai não estar ali para carregar as sacolas. Então eu chorei. Chorei e não conseguia parar de chorar. Minha mãe me abraçou. Deixou as sacolas na entrada, com a carne descongelando e a manteiga derretendo, e me abraçou.

Por isso acredito que vá acontecer algo assim. Com exceção da minha mãe, que não está mais aqui. E Donnie também não. E mesmo quando Barry está em casa, nem sempre está no momento certo, se é que me entende. Mas vou ficar bem. Vou sobreviver.

Estou desviando do assunto. Não quero desperdiçar seu tempo. O que eu queria explicar é que Barry não estava errado no que disse. Sobre Donnie. Um monte de gente diz coisas que nunca consegue provar. E Gideon com certeza era uma má influência. Não há dúvida quanto a isso. É só que... Quer dizer, a verdade é que...

A verdade é que não era fácil para o Donnie. O pai dele tinha certas expectativas, certas regras. E Barry não está sempre por perto, como já disse. Ele trabalha e tem os amigos dele. E o tempo dos homens é limitado, não é mesmo? Principalmente o de alguns homens. Alguns tipos de homem. Trocar fralda, contar histórias, jogar futebol no parque — isso simplesmente não acontecia entre eles. Consegue entender o que estou tentando dizer? Então não era fácil para o Donnie.

Porque eu também trabalho. Fico fora a maior parte do dia. E nós nunca demos um irmão a ele. Nunca demos uma irmã ao Donnie. Eu gostaria de ter. Adoraria ter uma menininha, até duas menininhas, duas irmãzinhas para o Donnie proteger. Mas Barry não queria, e nós não tivemos. Isso significa que Donnie passava a maior parte do tempo sozinho. O que nem sempre é muito bom para um menino, né? Os meninos precisam se ocupar, até os mais inteligentes. E Donnie era inteligente, bem do jeito que o Barry disse. Mas sabe o que eu acho? Acho que ele tinha vergonha. É isso o que eu acho. Tinha vergonha de ser tão inteligente. Ele escondia a inteligência. Ou ele escondia ou deixava transparecer de maneiras que... Bem. De maneiras que não devem ser encorajadas.

Esse era o outro problema de nós não estarmos por perto. Um menino precisa de disciplina, né? Não que Barry não lhe desse disciplina. Mas a disciplina não se limita às coisas ruins, não acha? Não é só gritar e, bem, o resto. São muitas outras coisas também. Coisas como... sei lá. Como orientação. Acho que a palavra é orientação. Eu tentava algumas vezes, mas o certo é isso vir do pai, concorda? Não estou dizendo que seja culpa do Barry. A culpa é minha, eu sei que a culpa é minha. Porque me lembro do Barry quando Donnie era mais novo, quando tínhamos problemas com as escolas e precisávamos transferi-lo. Três vezes fomos obrigados a fazer isso, e eu me lembro como Barry reagia. Desde então, e porque tudo parecia estar correndo bem nessa escola, eu nem sempre contava as coisas ao Barry. Sabe, tipo quando o Donnie fazia alguma coisa que não devia fazer. Eu tinha medo de como Barry reagiria. E eu pensava: enquanto ele estiver bem na escola, já vai ser melhor do que antes.

Não sei direito o que estou tentando dizer. É complicado, acho que é isso. Estou tentando dizer que Donnie tinha seus problemas. O que o Barry disse... ele não está errado, mas havia outras coisas também. Havia um outro aspecto nessas coisas. E, como eu já disse, não é culpa do Barry, não é culpa do Donnie. Se for culpa de alguém, é minha. O problema é que não consigo deixar de esperar um pouco de ajuda. Algumas vezes, pelo menos, de alguém. Porque é complicado ser mãe. É, eu tinha o Barry. Não estava sozinha como outras pessoas. De repente é um problema meu, mas preciso ser honesta e dizer que para mim era muito difícil. E agora, depois do que aconteceu, bem... Acho que não tem como ser mais difícil que isso.

O ENVELOPE ESTAVA NO TECLADO, enfiado entre duas fileiras de letras, de forma que chamou a atenção de Lucia assim que ela olhou para sua mesa.

A primeira pessoa em que pensou foi o diretor; devia ser algum tipo de reclamação formal. O envelope, porém, não parecia ser do tipo usado para comunicações oficiais. Não tinha janela de plástico, era branco e trazia apenas seu primeiro nome, todo impresso em maiúsculas num tamanho enorme. E as correspondências formais geralmente se limitavam a um ou dois parágrafos bem secos, numa única folha de papel A4, enquanto o envelope enviado a Lucia estava estufado.

Lucia olhou ao redor. Não havia ninguém prestando atenção nela. Walter estava na mesa dele, recostado na cadeira, com os pés para cima como sempre, o teclado no colo. Charlie falava ao telefone, Harry olhava com uma cara intrigada para o monitor, e Rob segurava uma caneca de café com uma mão enquanto explorava uma narina com a outra.

Lucia se sentou e deixou a bolsa escorregar do seu ombro. Como o monitor bloqueava a visão do resto da sala, ela se inclinou um pouco para o lado, verificando mais uma vez se havia alguém olhando. Todos continuavam em seus lugares, e Lucia voltou sua atenção para o envelope. Ela o pegou no teclado.

O envelope fez um barulho engraçado, como se fosse um daqueles pacotes de encomenda dos correios. A aba estava fechada com fita, como se a cola do envelope não tivesse sido suficiente, e Lucia percebeu com certo nojo que havia um fio de cabelo preto por baixo. Ela virou o envelope de novo e conferiu o que estava escrito. Apenas LUCIA e nada mais. Nem um sublinhado ou um ponto.

Não devia abrir aquilo. Sabia que não devia abrir aquilo. Mas agora abrir o envelope tinha se tornado algo praticamente inevitável. Ela não devia fazer aquilo, mas até que fizesse seu dia ficaria em suspenso. Provavelmente Walter ou um dos outros tinha deixado o envelope ali. E agora suas vidas também estavam em suspenso até que a armadilha preparada por eles funcionasse. Quanto mais cedo Lucia abrisse o envelope, mais cedo eles cairiam na gargalhada e mais cedo ela poderia repreendê-los, olhar para o teto, jogar tudo no lixo e voltar a fingir que aquele tipo de coisa não a atingia, não a incomodava, de maneira alguma a fazia se sentir menor ou mais vulnerável.

Ou talvez ela estivesse paranoica. Talvez o envelope contivesse algo seu que tivesse sido perdido ou esquecido ou emprestado a alguém ou que por qualquer outra razão precisasse ser devolvido. Ela não conseguia pensar o que poderia ser, mas isso por si só não descartava a possibilidade. Abriria o envelope e ao ver o que havia dentro se lembraria imediatamente o quê, por quê, quando e quem. Seria uma coisa tão trivial que ela acabaria jogando tudo, ainda dentro do envelope, na última gaveta da mesa. E depois passaria o resto do dia tentando ignorar a voz em sua cabeça a criticando por sua insegurança, covardia e perceptível sensação de alívio.

Lucia passou um dedo por baixo da aba e foi abrindo o envelope. Assim que descolou um pedaço, o conteúdo começou a saltar para fora, e Lucia soube na mesma hora que devia ter confiado em seu instinto inicial de não mexer naquilo.

Cabelo. O envelope estava cheio de cabelo. Na verdade, pelos curtos, pretos, enrolados, iguais ao fio solitário que quase havia escapado. Caiu em montinhos sobre a mesa, o teclado e até o colo de Lucia. Ficou preso entre seus dedos. Quando ela tentou afastar aquilo de si, o envelope caiu e o resto do seu conteúdo se espalhou pelo chão e desapareceu no meio do carpete escuro.

— Todos nós contribuímos.

Lucia tinha as mãos bem abertas diante do rosto. Ela soprou, quase cuspiu, nos pelos que ainda cobriam seus dedos. Ela olhou para a frente.

— Eu, Rob e Charlie. Não pedimos ao Harry porque não sabíamos se ele conseguiria. Coitado.

Lucia olhou para Harry, que, ao ouvir seu nome, havia levantado a cabeça.

— Sabe o que é, não sabe?

Walter agora estava apoiado com os dois cotovelos no arquivo de metal que ficava ao lado da mesa de Lucia. Rob e Charlie tinham se levantado e também se aproximavam trazendo junto seus sorrisos.

— Lulu. Está me escutando? Perguntei se sabe o que é isso.

Lucia balançou a cabeça. Não era uma resposta, mas apenas uma maneira de expressar sua incredulidade.

— Como eu disse, todos nós contribuímos. — Agora Walter fazia uma cara de provocação, já se exibindo para sua plateia. — Só achamos que, com tudo que anda acontecendo, você poderia estar sentindo falta dele. Do seu amigo. O Barbicha.

Rob e Charlie riam disfarçadamente. Lucia olhou de novo para as mãos, para a mesa e para o envelope no chão. Chegou a abrir a boca, mas resolveu fechá-la de novo. Olhou para Walter. Ele estava em silêncio, apenas rindo, à espera de uma reação.

— É melhor estar brincando — disse Lucia, finalmente. — É melhor estar brincando.

Rob e Charlie caíram na gargalhada e se cumprimentaram com um tapa no ar.

— Você não gostou? — perguntou Walter, fingindo estar surpreso. — Eu tinha certeza de que gostaria.

Lucia podia sentir a expressão contrariada em seu próprio rosto. Ela engoliu em seco, fechou os olhos e tentou se forçar a parecer menos enojada. Não adiantou. Como se tivessem sido moldados numa máscara de borracha, seus traços retornaram às posições originais: sua testa se franziu, suas narinas se abriram, seus dentes saltaram da boca, e seus lábios se retesaram.

— E aí, pessoal, o que está acontecendo? — perguntou Harry, agora ao lado de Charlie, com um sorriso cauteloso.

Lucia olhou para ele, mas foi Walter quem respondeu.

— Nada com que deva se preocupar, meu jovem Harry. Só estávamos dando à Lulu um presente que preparamos para ela. Ela não parece ter gostado muito.

Rob e Charlie deram outra gargalhada.

— Presente? Que tipo de presente? Ei, Lucia, está tudo bem?

Lucia escutou as palavras, mas não conseguia pensar em nenhum jeito de responder. Ela desviou o olhar de Harry para o envelope no chão e de volta para Harry. Ele se aproximou, seguindo os movimentos dos olhos de Lucia.

— O que é isso? O que há de errado? Meu Deus, Lucia, o que é isso? O que é isso?

Lucia não respondeu. Apenas olhou na direção de Walter. Harry se virou.

— Walter? Pelo amor de Deus. Qual é o seu problema?

— Calma, Harry — respondeu ele, rindo. — É só uma brincadeirinha. Só uma piada inofensiva.

— Piada? Você chama isso — Harry apontava para o envelope e para Lucia — de piada?

Ele deu um passo na direção de Walter, que fez uma cara séria.

— Tome cuidado, Harry. Não vá arrumar um problema para você.

— Harry — interveio Lucia. — Harry, por favor. Não tem importância.

— Lucia...

— Por favor — insistiu ela. — Por favor.

Parecendo inconformado, ele olhou uma última vez para Walter.

— Muito bem, Harry. Escute o que a Lulu diz. A mamãe sempre tem razão.

— Walter... — começou Lucia, mas um grito vindo do outro lado a interrompeu.

— Ela já chegou? Lucia! — Cole estava na porta de sua sala, com os dois braços abertos, esticando o corpo para enxergar o resto do departamento. — Onde é que você estava? Venha cá agora!

— Chefe, eu...

— Eu disse agora!

Cole se virou e sumiu atrás da divisória. Depois de olhar para Harry, Lucia começou a andar na direção da sala do chefe. Walter, porém, bloqueava sua passagem. Ela estava pronta para mandá-lo se mexer, sair da sua frente, até para empurrá-lo se chegasse a esse ponto, mas no fim não foi necessário. Walter deu meio passo para trás, fazendo uma reverência e apontando o caminho com o braço. Ela notou sua piscadinha para Charlie enquanto passava.

Já diante da sala de Cole, Lucia hesitou. Ao se virar para trás, viu que os outros a observavam. Ela entrou e fechou a porta.

— Chefe — disse. Cole estava virado para a janela, com uma das mãos na cintura e a outra massageando a pele reluzente de sua testa. — Chefe, o senhor me chamou?

— Entre. Sente-se.

Lucia não queria se sentar. Ela se dirigiu até a única cadeira no seu lado da mesa e ficou parada atrás dela. Ao segurar no metal frio do encosto, percebeu que as palmas de suas mãos estavam úmidas. Soltou a cadeira e tentou secar as mãos na calça.

— Está suspensa, Lucia. Está fora daqui. Pegue suas coisas e vá para casa.

Lucia permaneceu em silêncio. Calmamente, assentiu com um movimento de cabeça. Cole ainda estava de costas. Em vez de olhar para ele, ela examinou sua mesa. Havia um tubo de Colgate perto do telefone. Havia pilhas de papéis e pastas. E, em cima dessa bagunça toda e do resto de espaço livre na mesa, havia Post-its cor-de-rosa espalhados por todo lado. Alguns estavam em branco, mas a maioria tinha um pequeno lembrete, quase sempre cercado de pontos de interrogação. Lucia ficou pensando no que aconteceria aos índices de condenação na região nordeste de Londres se aqueles Post-its começassem a se descolar. Por outro lado, talvez mais casos chegassem aos tribunais em vez de ficarem empacados num ambiente dominado pela indecisão.

— É isso, Lucia. Você já sabe a razão. Acho que não preciso explicar.

Cole se virou. Lucia notou que ele não tinha se barbeado. Ou ele havia se atrasado de manhã, ou havia ficado nervoso demais para passar uma lâmina na pele embaixo do nariz e em torno da boca, ainda marcada pelas feridas.

— Não — disse Lucia. — Não precisa me explicar a razão. Mas poderia me dizer quem é a pessoa.

— Pessoa? Que pessoa?

— A pessoa em que Travis pode contar como um aliado tão prestativo de sua causa.

— Já lhe disse isso, Lucia: não seja ingênua — lembrou Cole, se ajeitando atrás da mesa.

— Vamos lá, chefe. O que eu poderia fazer se o senhor me dissesse o nome?

Cole suspirou e esfregou a testa mais uma vez.

— Então por que você quer saber, Lucia? Por que sempre quer saber de tudo?

Lucia quase deu uma risada. Quase lembrou ao chefe o que ela fazia ali, o que os dois faziam ali. Mas ela resistiu. Em vez disso, seguiu por outro caminho.

— O pai de Elliot Samson me contou que a escola estava mudando de categoria. Ele mencionou um programa do governo, com financiamento privado e mais autonomia. Disse que a escola era uma das primeiras.

— Não sei de nada a respeito disso.

— Imagino que haja muito dinheiro envolvido nesse tipo de coisa. Muitos interesses comerciais.

— É provável. É possível. Quem vai saber?

— Uma denúncia da promotoria não seria muito conveniente agora, não acha? Poderia assustar algumas pessoas que o governo não quer que se assustem.

Cole se sentou, pegou uma das folhas de papel sobre a mesa e leu alguma coisa embaixo do Post-it que estava colado em cima.

— Ou seria algo ainda mais direto que isso? — insistiu Lucia. — É alguém mais próximo? O superintendente. Seu chefe. Reparei que ele faz parte do conselho diretor da escola.

Cole levantou a cabeça e encarou Lucia.

— Tome cuidado, Lucia.

— Duvido que ele ficasse muito satisfeito em ser envolvido nisso tudo, não é mesmo? Acho que ele preferiria que nós deixássemos o sr. Travis e a escola em paz.

O chefe botou a papelada de volta na mesa.

— Para uma policial que acabou de ser suspensa por falar demais, detetive May, você tem uma dificuldade impressionante de calar a boca.

A raiva nos olhos de Lucia era perceptível. Ela engoliu a resposta que estava na ponta da sua língua. Em meio ao silêncio, Cole respirou fundo e voltou à papelada em sua mesa.

— E o que vai acontecer agora? — perguntou Lucia, finalmente.

— Haverá uma audiência. Você receberá uma advertência. Talvez seja rebaixada por um tempo. Será aconselhada a solicitar uma transferência.

— Uma transferência? Para onde? — Ela apertou os olhos. — E aconselhada por quem?

— Para qualquer lugar fora das investigações. Pelo comitê disciplinar. Provavelmente pelos seus colegas. Por mim.

— Por você — repetiu Lucia. — E se eu não quiser?

Cole deu um sorriso mal-humorado.

— Nesse caso, acredito que você será transferida de qualquer maneira.

— Não pode fazer isso.

— Eu posso e vou. Qual é o problema, Lucia? Sabe tão bem quanto eu que seria um favor para você.

— Um favor? Em que aspecto isso poderia ser considerado um favor?

Cole se reclinou na cadeira. Ele fez um gesto na direção da porta.

— Agora há pouco. Agora mesmo. O que estava acontecendo lá fora?

Lucia cruzou os braços.

— Por que não me diz o senhor?

— Cuidado com seu tom, detetive.

— Certo, senhor. Me desculpe, senhor. Mas eu gostaria de saber o que o senhor acredita ter visto.

Por um momento parecia que Cole não responderia. Ele tinha uma expressão irritada, e Lucia achou que seu rosto estava ficando vermelho.

— Vi confusão num lugar onde antes só havia tranquilidade — disse ele. — Vi tumulto e desentendimento num lugar onde os policiais deste departamento costumavam tratar seus colegas como seus amigos mais próximos. Foi isso o que eu vi, detetive.

— Antes. O senhor quer dizer antes da minha chegada.

— Isso, Lucia. Antes da sua chegada.

— E foi isso que o senhor viu? Foi tudo que o senhor viu?

Enquanto o chefe confirmava, Lucia se levantou.

— Pelo que sei, o senhor andou conversando com Travis. E os dois devem ter descoberto que tinham muitos assuntos para discutir. Devem ter se entrosado como antigos parceiros numa reunião de colegas de academia.
— Mas que merda está tentando insinuar com isso?
Lucia já estava a caminho da porta. Ela se virou para responder.
— Nada com que precise se preocupar, detetive-chefe. Só me parece que o senhor e Travis têm em comum uma determinada maneira de ver as coisas. — Já estava saindo quando se deteve de novo. — Se bem que, pensando bem, ver talvez não seja a palavra mais adequada.

Harry falou com Lucia enquanto ela ia apressada de sua mesa na direção da saída. Embora tenha olhado para ele, e meio que levantado a mão para responder, não reduziu o passo. Walter também disse algo, quando ela passava por sua mesa, mas Lucia o ignorou. Ao chegar à porta que dava para a escada, puxou-a com mais força do que pretendia. A maçaneta bateu com força na parede já toda quebrada, e o som de madeira, vidro e metal tremendo se espalhou por todo o prédio.
Lucia seguiu em frente.
Ao chegar à rua, mal notou o calor que fazia. Passou direto por uma banca de jornais, mas um segundo depois deu meia-volta e entrou. Ela comprou um maço de Marlboro e uma caixa de fósforos do homem bengali abaixado atrás do balcão e foi embora sem esperar o troco. Encontrou um banco coberto de pichações e de cocô de passarinho — como todos os bancos de Londres, aparentemente — e sujo num canto com algo que provavelmente era um pedaço de banana. Lucia se sentou assim mesmo. O banco ficava virado para a rua e quase na mesma hora um ônibus encostou. As portas se abriram, o motorista olhou para Lucia, Lucia olhou para o motorista, e

as portas se fecharam e o ônibus foi embora. Lucia pegou um cigarro e, na terceira tentativa, conseguiu acendê-lo.

Ela começou a fumar. Depois de passarem mais três ônibus, ainda estava fumando. Havia quatro ou cinco bitucas no chão, pelo menos duas ainda queimando. Depois de usá-lo para acender o cigarro seguinte, ela se livrou do que estava em sua mão. A primeira tragada lhe pareceu ainda mais insuportável do que a última do anterior. A coisa piorava gradualmente cada vez que enchia o pulmão. Lucia não estava sentindo nenhum prazer ou alívio com aquilo. Tentou uma segunda vez, fazendo o cigarro queimar mais um pouco, mas puxou com muita força e se engasgou. Ela tossiu e, curvada para a frente, vomitou. Estava enjoada, e o resultado daquilo agora se espalhava em volta dos seus pés e por cima das bitucas de cigarro no chão. Outro ônibus parou, mas nem chegou a abrir as portas. Lucia cuspiu. Ela se ajeitou no banco e limpou a boca na manga da camisa. Havia lágrimas em seus olhos. Embora tivessem sido trazidas pelo esforço ao vomitar, agora ela não conseguia mais contê-las. Lucia encostou o rosto no ombro, pigarreou e cuspiu de novo. Então se deu conta de que estava com o maço de cigarros na mão. Todo amassado, depois de ser apertado como reflexo das contrações de seus músculos da barriga. Ela largou o maço no banco, em cima da banana, e se levantou.

Lucia caminhou por algum tempo. Quando percebeu que estava indo na direção da escola, entrou na primeira à esquerda, depois novamente à esquerda e se viu diante do Finsbury Park. Era um dia de semana, antes da hora do almoço, e mal se podia sentir os raios de sol, mas mesmo assim a grama estava cheia de toalhas e pessoas e grelhas prontas para serem acesas. Lucia encontrou um espaço longe da multidão e se deitou. Sentia gosto de alcatrão e vômito na boca. Sentia algo estranho na garganta, como se tivesse acabado de acordar depois de dormir uma noite inteira de boca aberta. Queria água.

Porém, agora que havia parado de se mexer, a ideia de levantar outra vez e sair atrás de uma garrafa esbarrava na preguiça. Lembrou que estava em Londres, no verão: alguma hora iria chover. E quando chovesse ela ainda estaria deitada ali. Bastaria abrir a boca, virar a cabeça para o céu e deixar as gotas caírem no seu rosto e escorrerem para dentro.

No entanto, acabou não aguentando esperar. Lucia se levantou, aguardou uma tontura momentânea passar e começou a andar na direção do portão do parque. Entrou numa fila no Sainsbury para comprar água. Antes mesmo de sair da loja, já tinha tomado metade da garrafa, e imediatamente se arrependeu. A água estava tão gelada que fazia sua cabeça balançar e seu estômago doer. Percebeu que estava com fome. Não tinha comido nada desde a noite do dia anterior, e já eram quase... que horas? Ela perguntou a uma pessoa que passava. Quatro. Eram mais de quatro horas. Disse a si mesma que precisava ir para casa. Mas não queria ir para casa. Não para o seu apartamento, pelo menos. Em vez disso, continuou andando e encontrou um café conhecido, onde se sentou num lugar perto da janela. Ficou lá comendo um pedaço de bolo de chocolate e observando o prédio em frente.

Ela resolveu tomar chá. Três canecas, até que a iluminação do lado de fora foi ficando mais fraca, e o dono do café começou a varrer em volta dela. Lucia foi embora junto com ele. Mas ela enrolou um pouco. Ficou agachada na porta do café; andou de um lado para o outro no quarteirão; se encostou, com um dos pés levantados, na fachada do prédio de escritórios ao lado. E, durante todo esse tempo, não tirava os olhos do edifício em frente. As luzes do terceiro andar ainda não estavam acesas. As cortinas continuavam fechadas. Não havia ninguém na entrada ou que pudesse ser visto na escada. Lucia esperava, dava as costas, se virava de novo e dava outra olhada.

Era tarde quando ele finalmente chegou em casa. De início, ela não teve certeza, mas quando ele deixou as chaves caírem, disse um monte de palavrões e se abaixou para pegá-las, suas dúvidas acabaram. Antes de poder pensar melhor, Lucia já havia atravessado a rua. Ela parou entre dois carros, um pouco antes da calçada. Disse "oi", mas o som ficou preso em sua garganta. Ela repetiu, desta vez mais alto. E o homem à sua frente se virou e saiu das sombras na sua direção.

ISSO TUDO VAI ACABAR NO ESQUECIMENTO. Não vai? Ninguém vai lembrar. Ninguém se importa de verdade. Nem agora que está nos jornais. Por que as pessoas compram jornais? Pelo mesmo motivo que vão ao cinema ou leem um romance. Para se divertirem. É entretenimento. Elas leem as reportagens e engolem em seco e fazem um barulhinho de reprovação. Mas nada disso é real para elas. Nada é real de fato. Elas olham para as fotos, as fotos dele, e sentem um arrepio. Depois dizem, É só ver os olhos dele. Dá para saber, não dá? Está bem nos olhos dele. E aí elas fazem outro barulho de reprovação, viram a página e passam a ler uma matéria sobre caça a raposas ou aumento de impostos ou alguma celebridade que anda se drogando. Acontece que, se realmente encarassem essas coisas como realidade, elas não se divertiriam. Se elas realmente se importassem, não virariam a página. Não conseguiriam. Se o que sai nos jornais parecesse real, elas nem sequer comprariam jornais. Ficariam acordadas a noite toda como eu. Chorariam como eu. Entrariam em desespero como eu. Entrariam em desespero.

Até você. Por que veio aqui? Você não se importa. Talvez ache que se importa, mas não se importa. Está aqui por causa do seu trabalho. Acha que estaria aqui se não fosse pelo seu trabalho? E essas suas perguntas? Por que faz essas perguntas? Como o que eu contar poderá mudar as coisas? Não vai mudar nada. Felix está morto. Felix foi assassinado. Meu filho se foi, e logo eu serei a única pessoa no mundo que se lembrará que um dia ele esteve vivo. Ele morreu em vão, detetive. Ele morreu em vão, e essa é a parte mais difícil de aceitar.

Sabe pelo que Felix teve de passar para ficar vivo? Não sabe. E não posso culpá-la porque você não teria como saber. Nem Felix sabia. Ele não era sequer um bebê ainda e já estava mais próximo da morte do que eu estou de você aqui nesta sala. Crianças que poderiam se tornar suas amigas estavam morrendo. Seus parentes estavam morrendo: a tia dele, minha irmã; o tio dele, meu irmão; a avó e o avô dele. O pai dele, que nem sabia que era pai, também estava morrendo. O pai dele morreu sem razão, exatamente como o Felix. Todos morreram porque alguém disse para eles, Acredite neste Deus, Ele vai salvar vocês. Mas era o Deus errado. Outra pessoa, alguém que tinha uma arma e que tinha amigos que tinham armas, resolveram que aquele era o Deus errado. E o verdadeiro Deus, segundo eles, estava irritado. O verdadeiro Deus queria vingança. O verdadeiro Deus, no fim das contas, era o diabo.

Mas Felix sobreviveu. Eu sobrevivi. E graças a isso Felix sobreviveu. Viemos para a Inglaterra. Viemos para Londres. A melhor cidade do mundo. Nos disseram que, em Londres, só os velhos morrem. Só os doentes morrem e, normalmente, nem eles. Ninguém morre sem razão. Ninguém morre em nome de um Deus que não existe. Disseram que não havia armas. Que nem a polícia usava armas. Morrer vítima de um tiro em Londres? Rá, rá! A não ser que uma bala dê um jeito de chegar aqui vinda da África. Então nos sentimos seguros. Achamos que estávamos salvos. Achamos que vir para a Inglaterra nos salvaria.

Ele queria ser garçom. Num restaurante. Era a ambição dele. Eu achei engraçado quando me contou. Então ele me perguntou por que eu estava rindo. Parei de rir. Eu disse, Felix, você vai ser garçom. Vai ser garçom se essa for sua escolha. Também pode ser médico. Devia pensar em ser médico. Mas se decidir se tornar garçom, vou te amar do mesmo jeito. Ele me disse que ia pensar no assunto. Disse o seguinte, Mãe, os garçons ganham gorjeta. Os médicos não ganham gorjeta, ganham? E eu não pude discordar. Tive de responder, Não, Felix, os médicos não ganham gorjetas. E ele disse, Ontem eu estava olhando pela janela e vi um homem num restaurante dar dinheiro para uma garçonete. Ele dobrou o dinheiro e botou no bolso da camisa dela. Por isso, pensando bem, acho que prefiro ser garçom. Mas vou pensar melhor. Se você quiser que eu pense melhor, vou pensar. Foi o que ele disse.

Ele se esforçava. Tentava se esforçar, mas a imaginação sempre interferia. Ele sonhava. Costumava ouvir um professor e depois não saber quando havia parado de ouvir. Costumava ler uma página de um livro e parar numa palavra, e essa palavra o levava embora, para algum lugar que não era o fim da frase. Foi ele que me contou isso. Os professores ficavam irritados com ele e depois comigo também. Por isso fui conversar com Felix e ele me disse, Mãe, o que eu posso fazer? Eu quero aprender. Sei que é importante aprender. Mas tenho tantas coisas para pensar. Tento segurar um pouco, mas às vezes não consigo. Essa coisa me engole, como se ela estivesse com sede e eu fosse um copo d'água. O que eu posso fazer?

Eu não conseguia ficar brava com ele. Como ia ficar brava com ele? Eu acho, detetive, que ele não se tornaria garçom. Nem se tornaria médico. Ele escreveria histórias ou cantaria músicas ou pintaria quadros. Faria algo bonito. Ele já era bonito, e tudo que fazia era bonito. E os outros acabariam enxergando isso do mesmo jeito que eu. Eles acabariam enxergando.

Porque eles não enxergavam. Antes de ele morrer, eles não enxergavam. Felix não era popular. Em parte porque sonhava muito, eu acho, mas principalmente porque veio da África. Ele era britânico, inglês, um londrino, mas veio da África. Por isso os professores reclamavam de seu comportamento, e as crianças, as outras crianças, reclamavam da cor da sua pele. Até as crianças negras, detetive. Especialmente as crianças negras.

Diziam que Felix era preto demais. Chamavam-no de África como se a palavra em si fosse um insulto. Às vezes batiam nele. Batiam nele e riam e diziam, Se dói tanto, por que não fica machucado, por que nunca conseguimos ver um machucado?

Isso acontecia na escola, fora da escola, antes da escola, depois da escola. Felix não ligava. Dizia para mim, Mãe, não se preocupa. Não chora. Foi culpa minha, deve ter sido culpa minha. Não chora. E na época eu desejava que o pai dele estivesse vivo e estivesse aqui e estivesse conosco. Porque é para isso que servem os pais, não acha? Para proteger a família. Eu tentava, mas só falhava, falhava e falhava. Levava Felix para a escola, voltava com ele da escola, mas aí nós dois acabávamos correndo. Ia conversar com os outros pais, mas aí Felix via a mãe sendo tratada aos berros, levando cusparadas, virando motivo de risada. E assim ele aprendia justamente as coisas que eu não queria que aprendesse: o que as pessoas pensavam do lugar de onde viemos, quanto as pessoas achavam que nós valíamos. Eu ia conversar com a escola. E as pessoas com quem eu falava, os professores, o diretor, eles ouviam e pareciam preocupados e no fim me diziam, Os garotos brigam, sra. Abe, é assim que funciona neste país. Neste país. Como se fosse o país deles e não o meu ou o do meu filho. É assim que as coisas funcionam. Como se esse jeito de as coisas funcionarem fosse permanente, resolvido, imutável. Eu já tinha ouvido palavras daquele tipo antes, detetive. De onde vim, palavras daquele tipo eram como um remédio; elas tornavam mais fácil suportar a dor. Mas aqui não. Não na melhor cidade do mundo.

Por isso não espero que saia nada disso. Aprendi a não esperar nada. Você parece ser uma boa pessoa. Parece ser boa. Mas acho que também sabe como isso vai acabar. Já acabou. Não para mim, para mim nunca vai acabar, mas, para todas as outras pessoas, acabou assim que começou. Felix viveu e agora está morto, e o mundo já está esquecendo seu nome.

Me responda: vai se lembrar do nome dele? Daqui a um ano. Daqui a um mês. Daqui a uma semana. Vai se lembrar do nome dele?

Quando a mão tocou seu rosto, ela se contraiu.
— Lulu.
Virou a cabeça para o outro lado.
— Lulu. Acorda.
A mão estava em seu ombro agora, tentando fazê-la soltar o travesseiro.
— Lulu. Preciso sair.
Dessa vez o nome que ele usou surtiu efeito. Ela levantou a cabeça, só um pouquinho.
— Não me chame desse jeito.
Ela tentou abrir os olhos, mas as pálpebras resistiam. O travesseiro a puxou para baixo; o cobertor a manteve ali.
Barulho de passos, depois de chaves. Um som abafado de água corrente, mais passos, quase ao lado de Lucia. Ela se virou e obrigou os olhos a se abrirem. Tirou as mãos de baixo da coberta e com a ponta dos dedos coçou o nariz.
— Você ronca, Lulu. Você ainda ronca.
— Eu não ronco — disse Lucia, se sentando, mas mantendo as pernas embaixo do cobertor. — E não me chame desse jeito.
David encolheu os ombros e ficou arrumando as mangas do paletó.
— Que jeito? — Ele olhou para ela. — Cadê meu celular? Viu meu celular?
— Desse que acabou de me chamar. Não me chame assim.
— De Lulu? Sempre chamei você de Lulu.
— Eu sei. Mas outra pessoa me chama assim. Acho que ouviu você me chamando assim uma vez.

— Quem? Me ouviu quando? Cadê a porcaria do meu telefone?

O Nokia de Lucia estava em cima da mesinha. Ela esticou o braço para pegá-lo e depois digitou o número que sabia de cabeça.

— Uma pessoa de quem prefiro não lembrar — disse, levando o aparelho ao ouvido. Escutou o sinal de que estava chamando e, meio segundo depois, o eco da música *soul* que David havia escolhido como toque. O som vinha do bolso do paletó.

— Essa música — disse Lucia. — É a nossa música.

— Você sempre falou que não tínhamos uma música. Sempre falou que ter uma música era brega.

— Eu sei. E é mesmo. Mas não deixa de ser.

David sumiu na cozinha. Lucia o ouviu abrir a geladeira, pegar uma garrafa e tomar um gole. Em seguida ele reapareceu na sala.

— Preciso ir — disse, porém sem se afastar de perto da mesinha. Ele olhou para a porta da frente e depois encarou Lucia. — E então? Como é que vai ser?

— Como é que vai ser?

— É, agora eu dou um beijo em você ou o quê?

Com um movimento brusco, Lucia tirou as pernas de cima do sofá e se sentou direito.

— Como é que é? Não. Claro que não. Por que faria isso?

David passou a mão do meio da cabeça até a testa. Seu cabelo era curto desde que os dois tinham se conhecido, mas agora parecia mais ralo. Aquele corte não era bem uma questão de moda; era mais uma negação inconformada do avanço dos anos. Lucia não achou ruim. Por alguma razão, o corte o deixava com um ar mais vulnerável. Menos masculino.

— Sei lá — disse David. — Você dormiu aqui. Geralmente quando mulheres dormem aqui eu dou um beijo nelas. E aí ou eu saio, ou elas saem. É mais comum elas saírem.

— Eu não dormi *aqui*. Dormi no seu sofá. E que história é essa de "quando mulheres dormem aqui"? Quem anda dormindo aqui? Que mulheres são essas?

David sorriu.

— Qual é o problema, Lulu? Está com ciúme?

Lucia deu uma risada, mas por dentro ela não estava tão convencida da graça.

— Eu e você sabemos muito bem que as únicas mulheres que passam a noite no seu apartamento somos eu, a Barbarella ali — ela apontou para o pôster na parede — e sua mãe. Ah, e a Veronica. Como pude me esquecer da Veronica?

— Victoria — corrigiu David. — O nome dela era Victoria, e não Veronica.

— Victoria, Veronica, Verucca. Afinal, o que aconteceu com ela?

David se agitou e passou a mão na cabeça de novo.

— Ela foi embora. Foi fisgada.

— Por um pescador?

— Por outro escritório. Ela foi fisgada por outro escritório.

— Bem, provavelmente foi melhor para ela assim. Não era mesmo seu tipo. Muito peluda.

— Ela não era peluda.

— Eu a vi sem roupa, David. Ela era peluda. Ela era cabeluda.

David balançou a cabeça. Ele fez menção de ir embora, mas parou no meio do caminho.

— E você? Está saindo com alguém? Philip me disse que não estava saindo com ninguém.

— Philip está enganado — respondeu Lucia. — Estou saindo com uma pessoa.

— Não está saindo com ninguém.

— Estou saindo com uma pessoa. Estou, sim. O nome dele é...

— O nome dele é?

— O nome dele é Harry. Trabalha comigo. Nos conhecemos no trabalho.

— Harry — repetiu David.
— Harry.
David sorriu de novo.
— Muito bem.
— O que foi? — perguntou Lucia.
— Nada.
— O que foi? Nada o quê?
— Nada nada. É só que... bem, se está mesmo saindo com esse tal de Harry, o que está fazendo aqui? No meu sofá? Usando uma camiseta minha e pouco mais do que isso?

Seus olhos se fixaram abaixo da cintura dela. Lucia acompanhou o movimento e se deu conta de que suas coxas e o resto de suas pernas não estavam mais escondidas pelo cobertor. Ela o usou para bater em David.

— Você precisa ir, David.
— Hã? Ah, merda. Merdamerdamerda. — David se virou e saiu correndo de casa. Lucia podia ouvir os passos apressados vindos do corredor. Um instante depois, porém, ele reapareceu na porta. O sorriso tinha sumido. — Pelo amor de Deus, Lucia. Você não pode estar... Quer dizer, você não...

Dessa vez Lucia riu com vontade.

— Quanto tempo faz, David? Seis meses? Sete? Acho que nem essa camiseta me deixaria ficar tão comportada até de manhã.

David fechou os olhos. Respirou fundo. Abriu os olhos de novo.

— Que ótimo. Quer dizer, me desculpe, mas... que ótimo.

Lucia bateu com o dedo no pulso.

— Certo — disse David, desaparecendo de novo. Agora ele gritava do corredor. — E então, o que aconteceu, Lulu? Você aparece aqui em casa no meio da noite...

— Eram nove e meia, David.

— ...no meio da noite, depois de passar seis meses se recusando até mesmo a falar comigo. Come três garfadas da omelete que eu preparei para você, depois dorme no meu sofá. Se não está grávida, por que está aqui? — Mais uma vez ele apareceu na porta. — Está precisando de dinheiro? É isso?

— Não! Meu Deus, claro que não.

— Porque, sério, não tem nada de mais. Quer dizer, deve ser difícil manter o apartamento sozinha. Imagino que não ganhe muito bem.

— O apartamento está ótimo. O dinheiro também — disse Lucia, apesar de ter lhe ocorrido, enquanto falava, que aquela situação talvez não durasse muito mais tempo. — Eu só pensei que, sei lá, podíamos almoçar ou algo assim.

David estava arrumando a gravata, e aquilo o fez levantar a cabeça.

— Almoçar? — perguntou.

— Sim, almoçar. Só nós dois. — Na mesma hora ela percebeu como aquilo devia ter soado. — Quer dizer, eu e você. Não juntos, só sem companhias. Não nós dois como nós dois. — Ela fechou os olhos e levantou um braço. — Só almoçar. Você pode?

— Almoçar?

— Isso.

— Só nós dois?

Lucia suspirou antes de responder.

— Sim, eu e você.

— Claro, com certeza. Posso, sim. Que tal no Ciullo's? Fica na Charterhouse.

— Pode deixar que eu acho. À uma hora?

— Uma hora — confirmou David. Ele se virou, mas logo voltou. — Tem certeza de que não está grávida?

— Não estou, David. Juro de pés juntos.

— E quanto ao beijo, também tem certeza? Nem um estalinho no rosto?

— Nem isso.

O apartamento ainda estava igual. As paredes continuavam brancas, o carpete continuava verde. Os móveis eram os mesmos, arrumados nos mesmos lugares, encostados nas mesmas paredes, só um pouquinho mais arranhados do que antes. Até a Jane Fonda ainda morava lá, como resultado do acordo alcançado por Lucia e David no início da coabitação, e do qual ela se arrependeria por toda sua duração. Lucia garantiu o direito de vetar qualquer coisa nas outras paredes desde que a Barbarella pudesse manter seu lugar acima da lareira. David argumentava que, por estar emoldurada, se tratava de uma peça de arte. Lucia rebatia que ela usava roupas de látex e apertava os peitos, o que a transformava em pornografia.

Muitas outras coisas continuavam iguais, mas tudo tinha mudado. Por exemplo, o cheiro. O banheiro tinha cheiro de produto de limpeza, o que significava que tinha o mesmo cheiro dos banheiros do seu trabalho. A cozinha tinha cheiro de leite derramado que não havia sido totalmente enxugado. Na sala, uma nova televisão. Se fosse colocada de lado, podia servir até de mesa de jantar. E os alto-falantes? Parecia haver dezenas deles, espalhados aleatoriamente em diferentes alturas e ângulos. Nenhum era especialmente grande, mas todos se projetavam como câmeras de segurança num elevador. Nas prateleiras, o espaço deixado pelos livros de Lucia tinha sido preenchido com caixinhas plásticas de DVDs, CDs e jogos. Havia garrafas de bebida: vodca polonesa, burbom americano, alguma coisa amarela da Itália, tudo usado como decoração. E em vários cantos, cactos plantados. Lucia tinha chegado à conclusão, muito tempo antes, de que os cactos eram plantas tipicamente masculinas: baixa manutenção, alta repercussão.

A sensação, para Lucia, era como encontrar um antigo suéter, mas perceber, na hora de experimentar, que ele está um pouco apertado, cheira a mofo e a cor nunca combinou realmente com você. Enquanto se arrumava para ir embora, sentiu um alívio. Também se sentiu aliviada ao verificar que o encontro com David não havia provocado a recaída emocional que tanto temia. Ela o tinha amado, e por algum tempo o odiado, mas desde a última vez que tinham se encontrado — e quase de maneira inconsciente —, seus sentimentos aparentemente haviam estacionado num ponto entre os dois extremos. Ainda eram sentimentos voláteis e, por isso, traiçoeiros. Se, por exemplo, ele tivesse insistido em lhe dar um beijo antes de sair de casa, ela não o teria impedido. Um reflexo enganoso poderia até ter empurrado seus lábios mais para perto dos dele. Mas ela não o tinha beijado. Para David, ela não havia permitido. Parecia um avanço. Aquilo não podia ser chamado de vitória, ainda não, mas sem dúvida era um avanço.

Ela fechou a porta, pôs a bolsa no ombro, passou a chave na tranca e se dirigiu para a escada. E Lucia só se permitiu uma única olhada para trás.

— David.
— Lulu.
— Por favor, David. Para com isso.
— Parar com o quê? Ah.

Ele estava batendo com as unhas no copo. Imediatamente retraiu os dedos e tirou a mão de perto da bebida.

— Não é isso. Para... com isso. Para de rir desse jeito.
— De que jeito?
— Como se estivesse num encontro. Não está num encontro.
— Não é um almoço de negócios.
— É, sim. É exatamente isso — disse Lucia.

O sorriso de David ficou maior ainda.

— Como preferir, Lulu.
— E pare de me chamar de Lulu. — Ela olhou para o outro lado. — Assim não está facilitando as coisas.

O garçom chegou com a água que ela havia pedido. Ele se enrolou para pôr a garrafa na mesa, passando pelas taças de vinho, e depois entregou um cardápio para cada um. Lucia fechou o seu e o colocou de lado assim que o garçom se afastou.

— Preciso conversar com você — disse. — Acha que podemos conversar?

— Claro. É para isso que estamos aqui, não é? Para conversar.

Ele se aproximou e segurou a mão dela. Inicialmente, Lucia deixou que ele o fizesse, mas depois a puxou de volta.

— David...

— Lucia, me escuta. Eu estava errado. Cometi um erro e estou pagando por ele desde então. Por favor, me deixa consertar as coisas.

Lucia balançou a cabeça e enfiou as mãos embaixo da mesa.

— David, preciso que me escute.

Antes que pudesse prosseguir, no entanto, outro garçom apareceu ao lado deles com papel e caneta na mão. Lucia pegou o cardápio e fez um sinal para David pedir primeiro. Ele escolheu uma massa. Lucia estava procurando uma sopa, mas, quando finalmente a encontrou, mudou de ideia.

— Vocês têm bolo de chocolate? — perguntou.

— Temos uma deliciosa torta Valrhona servida com laranja caramelizada.

— E tem chocolate nela?

— Sim, madame.

— Então vou querer. Obrigada — disse Lucia, devolvendo o cardápio.

Quando o garçom se retirou, Lucia olhou para David, que estava com a cabeça ligeiramente abaixada e a mão na testa. Ela não conseguiu evitar um riso. Seu pedido, ao que parecia, tinha deixado David envergonhado. Era uma característica dele de que ela havia esquecido: os garçons o intimidavam. Um assassino, um estuprador, até um magistrado do Tribunal da Coroa: nenhum deles chegava perto de causar o mesmo efeito em David que um membro de segunda geração de uma família italiana segurando um bloquinho.

— David, preciso da sua ajuda. É por isso que estou aqui.

— Você já disse isso. Disse isso ontem à noite.

— É, eu sei. Mas me escuta. É só por isso que estou aqui.

Uma dúvida começou a transparecer no sorriso de David.

— Mas achei que... quer dizer, quando você falou em ajuda, achei que você estivesse falando de...

— Sexo.

— Não! Claro que não era sexo. — Um sorrisinho bobo reapareceu em seu rosto. — Não assim de cara, pelo menos.

Lucia revirou os olhos.

— Estou tentando falar sério, David. Estou tentando ter uma conversa séria com você.

— Eu também, Lucia. Quer dizer, o que você quer que eu pense? Não pode negar que tem me passado uns sinais meio contraditórios.

— Não é verdade. Sabe que isso não é verdade.

— Você me abraçou. Assim que me viu, você me abraçou.

— Isso foi um reflexo! Foi platônico.

— Ficou rindo das minhas piadas a noite toda. E elas nem eram tão engraçadas.

— Estava sendo educada, David. Suas piadas nunca são especialmente engraçadas.

— Você me deixou dar um beijo de boa-noite.

— Me deu um beijo de boa-noite? Quando me deu um beijo de boa-noite?

— Quando você estava deitada. No sofá.

— Deitada? Com os olhos fechados? Respirando profundamente? Isso se chama dormir, David. Isso se chama estar dormindo. Pode até ter me beijado, mas, acredite, não houve concordância da minha parte.

David se ajeitou na cadeira e, com isso, a toalha se mexeu. Ele passou a mão na mesa para ajeitá-la.

— Bem, não importa. A questão é que você passou a noite no meu apartamento. Usando apenas uma camiseta e uma calcinha.

A mesa onde estavam ficava num canto do restaurante, perto do bar e bem longe da entrada. Atrás de Lucia havia uma palmeira, próxima o bastante para que ela sentisse as pontas das folhas tocarem seu cabelo. Mas ela também sentia outra coisa: a atenção vinda de uma mesa ao lado. Quando voltou a falar, manteve a voz baixa.

— Precisa apagar essa imagem da sua cabeça. Porque foi um erro. Foi obviamente um erro. Eu devia ter deixado para aparecer de manhã. Ou nem devia ter aparecido — disse ela, fazendo menção de se levantar.

Antes que Lucia pudesse se desvencilhar da palmeira, contudo, David se esticou e pôs a mão em seu braço.

— Calma — disse. — Calma. Sente-se, Lucia, por favor.

O garçom chegou com a comida e passou a bloquear o único caminho que levava à saída. Ela hesitou e olhou para David.

— Por favor. Sente-se, por favor — insistiu ele.

Lucia se sentou, na beira da cadeira, e o garçom então serviu os pratos. A torta era marrom. Pelo que ela estava vendo, aquela era a única característica que tinha em comum com o bolo que tinha imaginado. Lucia empurrou o prato para o centro da mesa e ficou observando David atacar a massa.

— Escuta, David. Sinto muito se passei uma impressão errada. Me desculpa. Mas acho que você não pode esperar que eu... quer dizer, depois do que você...

David tossiu. Ele deu outra garfada na massa, depois pôs o talher no prato e levantou a cabeça.

— O que quer de mim, Lucia? Disse que precisa da minha ajuda. O que posso fazer por você?

Lucia esticou o braço por cima da mesa e pôs seus dedos embaixo dos dele. Ela sorriu.

— Obrigada. Sério.

— Eu ainda não fiz nada. Você nem me contou ainda o que quer.

— É mesmo — disse ela, recolhendo a mão. — Não contei ainda.
— Então me conte.
— Por enquanto, só preciso de informações.
— Informações? Que tipo de informações?
Lucia apoiou os cotovelos no lugar onde devia estar seu prato.
— Comece me contando o que você disse ao Philip. Depois disso... Bem, depois disso, nós vamos ver.

E̲le me mostrou a arma.
Tudo bem, ele não me mostrou exatamente, mas eu a vi. Isso aconteceu uma semana antes do tiroteio. Estávamos na sala dos professores, eu bem ao lado dele. Vi a arma quando ele abriu a maleta.

Estou dizendo *a* arma porque suponho que tenha sido uma única arma. É só uma dedução que essa foi a que ele usou. Para ser honesto, não parecia nem funcionar, mas isso meio que bate com o que as pessoas andam dizendo. Que era uma antiguidade. Uma peça de museu. Da guerra ou algo parecido. É o que as pessoas andam dizendo, não é?

Então era *a* arma, eu acho. Estava enfiada entre uma pasta e um monte de papéis, como se fosse uma garrafa térmica ou uma lancheira ou alguma coisa desse tipo. Como se fosse qualquer coisa, menos o que realmente era.

Então eu pergunto, tentando sorrir, Samuel. Isso aí não é o que eu estou pensando, é?

E ele diz, Como?

Eu aponto com a cabeça, Isso aí. Na maleta. Não é o que estou pensando, é?

Ah. Ah, está falando disso aqui?

Ele abre a maleta e pega a arma pela coronha. O dedo dele encosta no gatilho e, por um momento, o cano fica apontado bem na direção da minha cabeça.

Dou outra risada. É, acho que eu não daria um policial muito bom, não é mesmo? Uma pessoa aponta uma arma para a minha cabeça e tudo que consigo fazer é dar um riso de nervosismo. Mas, enfim, foi isso o que eu fiz. Depois eu digo, Samuel, eu preferia que você... quer dizer, se você puder não... E começo a rir de novo e não consigo nem terminar a frase.

E ele não entende de novo e só depois diz, Não, não, não, não se preocupe.

Ele vira o cano, agora para a parte de trás da maleta, para a aba aberta, só que mais adiante está sentado o Terence, Terence Jones, ou TJ para quem o conhece. Samuel está apontando a arma bem na direção dele. E TJ não vê nada porque está lendo o jornal e, de qualquer maneira, a arma ainda está escondida atrás da maleta. E Samuel continua com o dedo no gatilho, e eu posso ver que ele está prestes a apertar. Sabe, disparar. A arma. No TJ.

E o que eu faço?

Não faço nada. Fico olhando. É tudo que consigo fazer. Como já disse: vocês iam achar ótimo se eu entrasse para a polícia.

No fim da história, porém, a arma não dispara. Samuel aperta o gatilho, mas ele trava. Não se mexe. Então Samuel olha para mim. Ele não está exatamente sorrindo, mas parece bastante satisfeito consigo mesmo, apesar de tudo. Você gosta de gatos, detetive? Eu gosto de gatos. Tenho três. E na hora Samuel parece a minha vira-lata, Ingrid, depois de comer sua porção de ração — e as do Humphrey e a do Bogart também.

Eu digo, Samuel. E ainda encontro dificuldade para pensar no que falar para ele. Porque esse não é o tipo de situação em que uma pessoa imagina se encontrar um dia, concorda? Não se você é alguém como eu. Estou curioso, detetive: como acha que teria reagido? Porque você, sim, teria feito a coisa certa, tenho certeza, e não só por causa do treinamento. Se bem que hoje me parece algo muito óbvio: eu devia ter arrancado a arma dele. Devia ter jogado Samuel no chão, avisado ao diretor, falado para o diretor chamar a polícia. É isso que eu devia ter feito. É isso que eu gostaria de ter feito. Obviamente, é apenas algo que eu gostaria de ter feito.

Mas naquele momento eu estava aguardando uma explicação. É isso que os seres humanos racionais fazem, não é? Quando são confrontados com algo que está fora do escopo de sua experiência cotidiana. Eles esperam para decidir. Oferecem o benefício da dúvida. Talvez até temam o pior, mas lá no fundo acreditam que deva existir uma explicação perfeitamente razoável. É essa a expressão precisa que as pessoas usam, não é? Você vai ver, dizem. Tenho certeza de que há uma explicação perfeitamente razoável.

E Samuel me deu uma.

Ele põe a arma de volta no lugar, sem nenhum cuidado, e fecha a maleta. E então diz, É de verdade, mas não funciona. Não funciona desde 1945. Era do meu avô. Ou melhor, passou a ser do meu avô. Ele a roubou. Ele a ganhou. Você pode ver da maneira que preferir. Ele a conseguiu de um alemão, um nazista. Na Itália. Meu avô lutou na Itália.

Uma história fascinante, não acha? Sou professor de religião, mas a minha disciplina e a de Samuel são tão interligadas que os dois assuntos deviam ser reunidos. É isso o que eu acho. Afinal, o que é o estudo das religiões, se não história social? O que é a fé, se não uma empatia pelo passado? Me disseram, porém, que não é por isso que ensinamos religião. Minha opinião, dependendo de com quem você converse, é considerada ou antiquada, ou avançada demais. Por mim tudo bem, não estou reclamando. E já estou correndo o risco de fugir do meu ponto inicial, que é o seguinte, detetive: o que Samuel disse me deixou intrigado. Sua explicação foi ao mesmo tempo lógica e fascinante. A arma era uma relíquia da guerra, e ele estava, segundo me contou, ensinando aos alunos do último ano sobre a batalha de Monte Cassino. Disse que queria que eles se interessassem. Queria mostrar algo que os aproximasse do assunto em vez de afastá-los mais ainda. O que é exatamente o tipo de coisa que Samuel diria porque não havia nada que ele desejasse mais do que conquistar o interesse das crianças. Claro, todos os professores, não importa a matéria, podem se identificar com esse sentimento. Mas, para Samuel, aquilo tinha se transformado numa missão. Ele estava comprometido. Determinado. Só podia estar, não acha? Para suportar o que passava. Para continuar vindo trabalhar depois de tudo o que havia acontecido.

Então eu estou convencido, mas consigo manter um mínimo de bom senso.

Acha que é uma boa ideia?, pergunto.

Afinal de contas, ainda era uma arma, e isto aqui é uma escola.

Mas ele não dá importância. Eu insisto.

É sério, Samuel. Sinceramente, acho que você devia ter cuidado com isso. Os pais, o diretor, os alunos, pelo amor de Deus... imagina só como eles podem reagir.

Agora Samuel sorri e eu não gosto nem um pouco do sorriso dele. Mas não passa de uma fagulha, uma faísca que vem e some em seguida, e depois que ela desaparece não dá nem para afirmar que fosse mesmo uma faísca.

Talvez você esteja certo. Talvez você esteja certo, diz ele.

Fico feliz que pense assim, porque eu realmente acho...

E bem nessa hora o sinal toca e todo mundo se levanta porque é o último tempo antes do almoço. E nenhum de nós dois toca mais no assunto.

Isso aconteceu numa quarta-feira, então foi exatamente uma semana antes. Depois disso, passei a observá-lo bem de perto. Quer dizer, o mais de perto que eu podia. Contudo, era difícil, porque dávamos aulas em alas diferentes da escola e nenhum de nós passava muito tempo na sala dos professores. Cada um tinha suas razões. Ele era uma figura bastante solitária e acho que eu também sou. Mas gosto de pensar que sou feliz na minha própria companhia. Há momentos, obviamente, em que desejo ter uma companhia e geralmente esses momentos coincidem com aqueles em que não há ninguém à disposição. O que deve ser isso? Lei de Murphy? Enfim, na escola, quando eu vou à sala dos professores, é para ouvir vozes de adulto. Até o TJ, apesar de todos seus defeitos, pode ser uma companhia relaxante depois de se passar um dia inteiro mergulhado na estridência da juventude. Mas Samuel... ele nunca foi feliz na própria companhia. Se isso não soar como convencimento excessivo, detetive, sempre me vi como uma espécie de barômetro espiritual desta escola. Naturalmente, não é um papel que as pessoas reconheçam; é mais uma extensão da minha especialização. Nem isso, na verdade. Eu apenas me interesso pelas pessoas. É só isso. Poderiam dizer que sou intrometido. Gosto de saber como as pessoas superam suas dificuldades. Dentro de si. O que as motiva. O que as desanima. Não é preciso ter muita habilidade. Basta saber ouvir mais do que falar. Parece ouvir bem, detetive, por isso tenho certeza de que me entende perfeitamente. E, no caso de Samuel, estava claro desde o início. Não que ele ia fazer o que fez. Meu Deus. Como uma pessoa equilibrada poderia esperar isso de alguém? O que estava claro era que ele tinha problemas. Era uma pessoa triste. Essa é a palavra. Triste e solitária e incapaz de se separar do molde em que sua vida tinha sido desenhada.

Portanto, ele era vulnerável. Extraordinariamente vulnerável. E vinha passando por momentos difíceis, como você provavelmente já deve saber. Mas, embora a arma me preocupasse, não tenho certeza de que, mesmo no dia em que a vi, ele realmente estivesse decidido a usá-la. Vai me perguntar por que ele a estaria carregando então, não vai? Se fosse antes dos tiros, eu repetiria a história dele. Eu acreditava nele, principalmente por que eu queria acreditar. Evidentemente, porém, ele estava mentindo sobre a arma não funcionar. Talvez a trava de segurança estivesse acionada quando ele apertou o gatilho ou algo parecido, e por isso ela não funcionou. Quer dizer, é assim que as armas de fogo funcionam? Não sou especialista no assunto. Ele também não mostrou a arma para os alunos do último ano. Sei que não mostrou porque perguntei — discretamente — a Alex Mills, um dos alunos que tínhamos em comum, quando ele estava me ajudando a arrumar as coisas depois da aula. Na época senti um alívio. Achei que Samuel havia se convencido e que aquela história tinha terminado. Nunca passou pela minha cabeça que ele, de fato, nunca tivesse pensado em mostrar a arma em aula.

Então por que ele tinha uma arma? Vou contar o que eu acho. Já deve ter ouvido sobre o comportamento do TJ, não? Sobre as crianças e como elas o tratavam. Mais importante do que isso, imagino que tenha ouvido sobre a partida de futebol. Eles quebraram a perna dele, detetive. De propósito. Ah, eu sei, eu sei, alegaram que foi um acidente e o diretor acreditou, mas ele deve ter sido o único na escola inteira que acreditou. Se é que acreditou mesmo. Mas consegue imaginar isso? Aqueles marginais estavam acoçando Samuel havia meses e por um tempo ele conseguiu se convencer de que era algo inofensivo — traumático, porém fisicamente inofensivo. Aí eles vão e quebram a fíbula dele.

Já quebrou a perna, detetive?

E um osso qualquer? Quem sabe o braço?

Bem, eu já quebrei e posso dizer que dói. É uma agonia. Não tenho muita resistência à dor... acho que não daria uma mulher muito boa... e Samuel também não me parecia fazer o gênero estoico. Ele estava com medo, detetive. É isso que estou tentando dizer. Talvez uma arma... Quer dizer, ele disse que tinha sido do avô. Tê-la por perto, carregá-la na pasta, talvez ele se sentisse melhor assim. Mais seguro. Menos vulnerável. Até onde eu sei, tinha passado a carregá-la depois do jogo de futebol. Mas é como já disse: isso não significa que pretendesse realmente usá-la.

Entretanto, alguma coisa mudou. Eu o estava observando, como já contei, e no início da semana seguinte, a semana do tiroteio, alguma coisa com certeza mudou. Eu disse que achava que ele estava assustado, mas também achava que ele conseguia manter esse sentimento razoavelmente bem-escondido. Era como se estivesse em banho-maria. Sabe, como uma panela em fogo baixo. Mas aí chegou a segunda-feira. Bem. De repente, a coisa começou a ferver. Não havia mais a história de esconder nada. Bastava falar com ele para notar. Bastava observá-lo por um instante. Se bem que, pensando bem, ninguém fazia isso. Ninguém falava com ele. Ninguém lhe dava qualquer atenção. Era Samuel, afinal de contas. A única pessoa que os professores evitam mais do que ele é o sr. Travis, e no caso do diretor as razões são totalmente diferentes.

Ma eu falei com ele. Eu o observava. Percebi que as roupas que usava na segunda-feira eram as mesmas que havia usado na sexta. Ele tinha dois paletós, até onde eu sabia, um bege e um marrom, e nunca usava um deles dois dias seguidos. Também trocava de camisa todo dia. E de gravata. Não dava para perceber, a não ser que, bem, a não ser que você percebesse. Mas ele mantinha uma programação bastante rígida. Segunda era uma combinação, terça era outra. Não havia grande variação no estilo. Suspeito que as camisas tenham sido compradas num desses pacotes de cinco. A mesma coisa com as gravatas. Não que eu seja muito afetado em relação a isso. A roupa faz o homem, não é isso que dizem? Pois bem: Al Capone usava aqueles negócios por cima dos sapatos, e Jesus Cristo se vestia com uns farrapos, o que acho que encerra a discussão. Mas sei como essas coisas são importantes para outras pessoas, para as gerações mais recentes principalmente. Veja o caso do TJ, por exemplo. Se ele não está com roupa de ginástica, está usando um paletó italiano e uma gravata com um nó do tamanho da minha mão. Igual aos jogadores de futebol quando vão dar uma entrevista depois do jogo. Então foi assim que reparei no Samuel. Aparentemente, ele mantinha um estilo próprio, mas não por razões estéticas. Era como se ele tivesse estabelecido um sistema para não precisar mais pensar no sistema. Às segundas, vestia o paletó A, a camisa B e a gravata C. Era assim.

Então, na segunda-feira, percebi imediatamente. Ele estava usando as mesmas roupas de sexta-feira, amassadas como na sexta-feira. E como no sábado e no domingo também, pelo visto. Havia uns círculos em torno de seus olhos, mais ou menos como um cartunista desenharia um personagem que houvesse acabado de levar uma surra, e uma teia de linhas vermelhas sobre a pele branca. Pelo estado de suas roupas, eu diria que ele tinha dormido — se tivesse dormido — jogado numa cadeira ou num sofá ou no banco do carro.

Estamos no fim do primeiro intervalo e ele está saindo da sala dos professores quando eu ponho a mão em seu ombro. Ao se virar, ele dá um giro e um passo para trás. Tropeça na perna de uma cadeira e quase cai. TJ vê a cena acontecendo e dá um risinho. Ele faz um comentário, uma piada sobre aproveitar a viagem, mas logo depois sai da sala. Ficamos apenas eu e Samuel.

Está tudo bem?, pergunto. Samuel. Só que ele está com os olhos fixos na porta. Samuel. Está tudo bem? Você parece... Bem, eu não acabei a frase.

O quê?, responde ele. Ah, sim, estou bem. Com licença. Ele tenta escapar, mas eu seguro seu braço. Mais uma vez ele recua. Mais uma vez ele tenta fugir. O quê? O que foi?

Nada, respondo.

Estou surpreso com o tom dele. É agressivo. Defensivo. Não parece nem um pouco com Samuel. Quer dizer, geralmente, ao falar, ele era tudo, menos mal-educado. Era até exagerado. Era cortês, mas cortês no nível de um garçom num restaurante chique. Alguém que não é necessariamente o dono do lugar, mas certamente não lhe ofereceria uma mesa se fosse.

Nada, repito. Só estava pensando. Se está tudo bem com você.

E ele dá uma risada. Uma risada debochada, igual à do TJ.

Ah, claro. Está tudo bem. Está tudo maravilhoso.

E tenta passar por mim novamente. Eu não deixo. Não sei o motivo, mas na hora, de repente, me parece incrivelmente importante que eu converse com ele, que eu descubra o que o está incomodando. Então me adianto e deixo um braço atravessado na porta.

Samuel olha para mim. Ele não está gostando daquilo. Pede licença para passar, mas de um jeito que soa quase como uma ameaça.

Samuel, por favor. Se houver algum problema, é melhor você conversar com alguém.

Ele ri de novo, com o mesmo tom de deboche.

Isso é bem razoável. Imagina-se que conversar ajude, não é mesmo?

Não entendi.

Mas ele não desenvolve o raciocínio. Apenas pede licença de novo, e dessa vez eu o deixo passar. Não parece haver outra opção.

Só mais tarde me lembrei da arma. Estava a caminho da sala de aula e alguma coisa dentro de mim me faz parar de repente, como se eu tivesse me lembrado de uma panela no fogo, em casa. Eu paro e penso no assunto e tento me convencer de que não existe motivo para preocupação. Ele estava chateado com alguma coisa, só isso. Alguma coisa pessoal que não era do meu interesse. Eu não tinha direito de me intrometer, e ele tinha toda razão de se irritar comigo. E ele já havia dado uma explicação em relação à arma. Havia me mostrado que ela nem sequer funcionava. Mas, ao pensar naquilo, também pensei na expressão que flagrei em seu rosto na hora que tinha apontado a arma para TJ, aquele breve sinal de exultação, e comecei a ficar nervoso, apesar de todo o esforço para me controlar.

Comecei a perguntar por aí. A outros professores, até a um ou outro aluno que eu sabia que não sairia fazendo estardalhaço. Mas ninguém tinha reparado em nada de estranho. Como disse antes, a maioria nem sequer reparava em Samuel, para começar. Não, nada de esquisito, diziam todos os que o haviam visto. Nada mais esquisito do que o de sempre. E eles davam risada e sorriam e a conversa acabava.

À tarde, Samuel e eu tínhamos o mesmo tempo vago. Eu já sabia, mas resolvi conferir os horários só para ter certeza. E então fui atrás dele mais uma vez. Dessa vez conversaria com ele da maneira correta. Descobriria o que o estava incomodando. Perguntaria de novo sobre a arma. Insistiria, se chegássemos a esse ponto, para ele me entregá-la, sendo peça de museu ou não. Mas não consegui achá-lo. Procurei em todas as salas de aula, na sala dos professores, no pátio, até no vestiário feminino. Acabei parando na sala da secretaria. Você sabe, a sala ao lado do gabinete do diretor, onde fica a mesa da Janet e onde são guardados todos os controles de frequência e escalas de trabalho e coisas desse tipo. Fui lá apesar de saber que não o acharia naquele lugar. Foi o último lugar em que o procurei e, ao ver que ele não estava, fiquei por lá. Não tinha nenhum motivo em particular, a não ser o fato de não saber mais aonde ir. Me encostei num arquivo de metal e comecei a fazer um barulho com a língua no céu da boca. É um hábito meu. Imagino que incomode as pessoas que estão por perto.

Está tudo bem, George? Parece tão estressado quanto eu.

Era Janet. Ela estava sentada atrás da mesa.

Eu não respondi. Talvez eu tenha murmurado alguma coisa.

George?, insiste ela. Eu olho para a mesa, e Janet está sorrindo, esperando uma resposta.

Sim, Janet. Está tudo bem, obrigado por perguntar.

Eu me desencosto do arquivo e estou pronto para ir embora, mas resolvo perguntar:

Você por acaso viu o Samuel, Janet?

Samuel?

Samuel. Samuel Szajkowski.

Não, diz ela primeiro, para depois mudar a resposta. Sim. Quer dizer, ele foi para casa. O diretor o mandou ir para casa. Er... hã... acho que não estava se sentindo bem.

Ah. Ah, sim.

E, enquanto me retiro, fico pensando naquilo. Mas com uma única palavra Janet me detém. Ela me pergunta por quê. Na hora eu não percebi direito: era um "por quê" desconfiado. Um "por quê" de precaução. Como uma pessoa diria a um amigo que acabou de lhe perguntar quanto dinheiro ela tem na carteira.

Por nada. Não é nada importante.

E então eu fui embora mesmo. Posso dizer uma coisa, detetive? Eu gostaria de não ter ido embora. Diante do que aconteceu depois. Aquela história de só entender depois. Havia mais alguma coisa acontecendo ali. Sei que havia e agora percebo que Janet sabia disso. E não é muito difícil arrancar informações da Janet. Na verdade, acho que foi por isso que saí. Ela é capaz de fisgá-lo só com os olhos e a boca, lá do outro lado da sala. Ela teria me contado o que sabia. Bastaria eu perguntar. Acho que eu nem precisaria perguntar. Eu só precisaria dar uma deixa.

Em vez disso, passei o resto do meu tempo livre tentando me concentrar em preparar uns textos. Depois fui dar minhas aulas. No dia seguinte, terça-feira, Samuel nem apareceu na escola. Ainda estava doente, foi a única coisa que consegui descobrir. Na manhã de quarta, eu o vi. Estava na sala dos professores. Devo confessar que eu já tinha praticamente me esquecido de por que eu andava tão desesperado para encontrá-lo. Não exatamente esquecido. Na verdade, minha inquietação tinha se tornado apenas uma simples curiosidade. Somente quando ele passou pela porta, na hora em que todos os outros já estavam de saída, aquela sensação de urgência reapareceu.

Ele ainda usava o mesmo paletó, a mesma camisa e a mesma gravata. Daquela vez, não tive dúvida de que as roupas estavam sujas, manchadas e amarrotadas. Ele fedia. Eu sabia que ele estava fedendo, apesar da distância entre nós, porque os professores pelos quais Samuel passava se encolhiam, faziam careta, desviavam para não encostar nele. Era hora da reunião, *daquela* reunião, mas mesmo assim fiquei para trás, porque queria tentar conversar com ele. O problema é que Vicky Long me puxou pelo braço. Ela começou a andar e a falar e a me arrastar na direção da porta. Tentei me desvencilhar, mas, antes de me dar conta, já estava no corredor, e Samuel tinha ficado sozinho na sala dos professores. Vicky queria me contar sobre o musical que estava dirigindo. Uma apresentação de fim de ano de *Oklahoma!*. Ela precisava de um caubói e tinha esperança de que eu aceitasse fazer o papel. Estava me dizendo que eram poucas falas e que eu praticamente não precisaria cantar. Haveria uma ou outra coreografia, mas nada complicado. Uns pulinhos. Uns passos a dois. Eu aprenderia em quinze minutos. Talvez trinta minutos, quinze para cada dança. O que me diz? Você aceita? Vai ser tão divertido. Você aceita então? O que me diz?

Eu não digo nada. De repente, já estou no auditório, subindo os degraus que levam ao palco. Estou me sentando e alguma coisa ou alguém chama a atenção da Vicky, e ela se dirige para as cadeiras do outro lado do púlpito. Dou uma olhada nas fileiras à minha frente. As crianças já estão sentadas. Algumas cochichando, uma ou duas dando risadas, risadinhas na verdade, mas a maioria está séria. Elas entram no clima que as convocações do diretor tentam transmitir. Sabem que aconteceu alguma coisa. Sabem que o diretor vai dar um show.

Ainda estou procurando por Samuel quando o sr. Travis entra no recinto. Ele fecha as portas do fundo do auditório com um clique gentil, mas de algum modo o som é mais assustador do que o de uma batida com força. Silêncio. As crianças olham para a frente, para as mãos paradas sobre seus colos, para os próprios pés. Umas poucas tentam passar a impressão de que não ligam para aquilo, de que não estão nem aí. Há dois lugares vazios no palco: um bem atrás do púlpito e outro no fim da fileira da Vicky. Mas nenhum dos outros professores parece reparar nisso. Estão todos acompanhando a caminhada do diretor pelo auditório. Ele está de terno cinza e gravata preta. Seus sapatos brilham como as botas de um militar. Embora não façam muito barulho, seus passos ressoam pelo ambiente. São implacáveis e determinados como uma contagem regressiva.

Creio que já conhece o resto da história, detetive. Não tive chance de falar com Samuel. Não fiz acontecer. Se eu conseguiria mudar o rumo das coisas, nunca vou saber. Possivelmente, sim. No entanto, o que aconteceu em seguida provavelmente acabaria acontecendo de alguma outra maneira.

Não é um consolo muito grande. Não é consolo nenhum.

Lucia parou diante do portão. David já tinha entrado e estava muito mais perto da porta da casa. Ele se virou ao perceber que Lucia havia ficado para trás.

— O que houve? — perguntou.

Lucia olhou para a casa. Parecia vazia. Praticamente abandonada. Não havia qualquer tipo de movimento nas janelas. Na verdade, todas as cortinas do segundo andar estavam fechadas, incluindo as do quarto de Elliot. Através da ampla janela do primeiro andar, Lucia podia ver um sofá desocupado, uma mesa de café com uma pilha de descansos de copo e nada mais que isso, um carpete livre de brinquedos, revistas, sapatos perdidos ou chinelos; nada que sugerisse que a casa permanecia habitada. A televisão no canto da sala estava desligada.

Ela passou pelo portão e fechou a tranca. Sentiu os olhos de David a examinando quando se juntou a ele.

— Se arrependeu? — perguntou David, mas ela o ignorou.

Havia um jornal gratuito saindo da caixa de correio. Do meio das páginas, um monte de folhetos tinha caído em cima do capacho. Lucia procurou pela campainha, nas não a achou. Olhou para David, depois se virou para a porta e bateu duas vezes com os nós dos dedos nos painéis de vidro.

— Ninguém vai escutar assim — disse David.

No entanto, momentos depois, os dois ouviram passos. Alguém estava descendo a escada, aparentemente com pressa. Os passos pararam com um baque seco e, por alguns segundos, houve silêncio. Então ouviu-se o barulho de uma corrente e de uma tranca. A porta se abriu, e a pessoa que estava do lado de dentro a puxou. Um rosto de criança apareceu, na altura da cintura de Lucia.

Ela não lembraria Elliot. Seu cabelo era loiro; parecia até clareado. Se tivesse sardas, eram daquele tipo que só aparece debaixo do sol. E os olhos eram azuis, enquanto os de Elliot eram castanhos acinzentados. O nariz, levemente amassado, talvez lembrasse o do irmão. As marcas de expressão na testa também. Mas era o semblante da menina que mais lembrava o menino. Seus traços sugeriam que ela estava ansiosa, quase com medo.

Quando abriu a boca, porém, não havia sinal da timidez de Elliot.

— Pois não? — disse a menina.

— Oi — respondeu Lucia. — Você deve ser a Sophie.

A menina franziu a testa. Ela se virou para David e sua testa ficou ainda mais enrugada.

— Quem são vocês?

— Esse é o David. Meu nome é Lucia. Seu pai está em casa, meu bem? Ou sua mãe?

— Vocês são jornalistas?

Lucia fez que não.

— Não, não somos jornalistas.

A menina apertou os olhos.

— Qual é a senha?

Lucia olhou para David, e David lhe devolveu o olhar.

— Senha? Acho que não sabemos a senha. Se você pudesse apenas…

A porta se fechou. Lucia agora só via o amarelo descascado da porta à sua frente.

— E agora? — perguntou David. — O que fazemos?

Lucia hesitou por um instante e depois voltou a bater na porta, com mais força dessa vez. Sua mão ainda estava levantada, quando se ouviu um barulho e a porta se abriu. O pai de Elliot apareceu do outro lado. Sua filha estava sentada no pé da escada, no fim do corredor, segurando o queixo com as palmas das mãos e mantendo os olhos fixos em Lucia e David — os intrusos.

— Detetive May — disse Samson. Ele mal parecia ter notado a presença de David. Mesmo depois que Lucia apresentou seu companheiro, o aperto de mão de Samson foi apressado, automático, desinteressado. — Podem entrar. Vá chamar sua mãe, Sophie. E limpe essa bagunça.

Havia um livro de cabeça para baixo num dos degraus. Sophie o recolheu e saiu correndo para o segundo andar.

— Não reparem — murmurou Samson, gesticulando na direção da sala. David agradeceu, e Lucia tomou a iniciativa. — Sentem-se — disse o dono da casa.

Eles se sentaram, um ao lado do outro, no sofá verde-claro que Lucia tinha visto através da janela da varanda. Ao perceber que afundava no estofado, ela se segurou, se movendo para a frente, até estar sentada bem na ponta, com os pés encolhidos e as mãos juntas em cima do colo. David assumiu a mesma posição.

— Me desculpem pela bagunça — disse Samson, apesar de não haver bagunça alguma.

Lucia supôs que ele se referisse às caixas empilhadas na sala de jantar, na extremidade oposta do recinto. Não tinha como adivinhar o que havia dentro, mas o espaço todo se encontrava sem decoração. Sobravam apenas os móveis, algumas fotos e, enfiado entre a almofada e o braço do lado do sofá em que ela estava, um exemplar esquecido do *Times*. Lucia se lembrou da confusão que tinha visto na última vez em que havia estado naquela casa: a pilha de livros, os casacos e sapatos no corredor, a bicicleta de Sophie, as sobras do café da manhã espalhadas pela mesa. Em resumo, todos os sinais de uma casa que tentava acomodar seus donos da melhor maneira possível.

— Estão de mudança? — perguntou Lucia.

— Não, estamos só arrumando a bagunça. Nos livrando de algumas coisas. Do lixo. Coisas de criança, principalmente. Não perguntei se querem um chá. Ou café talvez?

David olhou para Lucia, e ela fez que não.

— Estamos bem assim. Obrigada.

Um silêncio tomou conta da sala. Samson ainda estava ao lado da porta, segurando a maçaneta. Olhou para a poltrona em frente ao sofá e foi até ela, esticando a mão para se apoiar, como se fosse uma criança com medo de cair. Ele se sentou no braço, com as pernas viradas para a porta.

Enquanto os três esperavam, David limpou a garganta.

Quando a mãe de Elliot chegou à sala, Lucia e David se levantaram. Assim como o marido, Frances Samson parecia cansada. Também parecia ter acabado de chorar. Havia um lenço parcialmente escondido em sua mão. Seu cabelo estava penteado, mas puxado para trás num coque nem um pouco elegante. Usava jeans e uma camisa para fora da calça que talvez tivesse pertencido ao marido.

Lucia fez menção de se aproximar, mas ela a repeliu com um gesto e se afastou, até encontrar uma proteção atrás da poltrona. Samson continuava sentado no mesmo braço. A quem assistisse à cena naquele momento, pareceria que eles eram os que teriam ligado com certa relutância para marcar a visita, enquanto Lucia e David eram os donos da casa incomodados. Sophie permanecia fora de vista, mas Lucia tinha a impressão de que ela espiava do alto da escada.

— Obrigada por nos receber — disse Lucia. — Imagino que os dois estejam bastante ocupados.

Para sua surpresa, Samson deu uma risada. O tom era de amargura, quase deboche.

— Nem tão ocupados assim, detetive. Não ocupados o suficiente, se quiser saber a verdade.

A esposa de Samson pôs a mão em seu ombro.

— Paul.

Ele não se virou e, pouco tempo depois, a mão se afastou.

— O que deseja de nós, detetive? Por que veio aqui? Me perdoe por ser tão direto, mas sua ligação... foi um pouco inesperada.

Lucia assentiu.

— Este aqui é David Wells — explicou, olhando para a esposa dele. — É um advogado. Um excelente advogado.

David murmurou alguma coisa e, em seguida, ajeitou uma das pernas da calça e ficou mexendo na abotoadura do paletó.

— O escritório de David esteve envolvido num caso algum tempo atrás. Na verdade, foi há muitos anos, mas isso não tem importância agora. Para a situação de vocês. Para o que aconteceu com seu filho.

Samson estava ficando impaciente, mas não disse nada.

— Havia um garoto — prosseguiu Lucia, encarando o pai de Elliot novamente. — Ele tinha problemas na escola, assim como Elliot.

— Elliot não tinha problemas, detetive. Ele era vítima de *bullying*. Os problemas não eram culpa dele. Eram jogados em cima dele.

Lucia concordou mais uma vez.

— O que estou tentando dizer é que esse garoto também sofria *bullying*. Era perseguido, assim como seu filho. Talvez de maneiras diferentes. De outros modos. Mas ele também sofria.

— Sim, isso é muito triste, detetive. Aonde quer chegar?

— Me chame de Lucia, por favor. Esta não é bem uma visita formal.

— Lucia. Tudo bem. Aonde quer chegar?

— Talvez seja melhor o David explicar.

David tossiu e se mexeu no sofá.

— Devo dizer, inicialmente, que não tive envolvimento direto no caso. Isso aconteceu antes da minha chegada. Quero dizer, antes de eu me juntar a Blake, Henry e Lorne. Mas eu já tinha ouvido falar do caso. E depois que a Lucia me procurou, fiz um pouco de pesquisa. Então posso dizer que estou bem informado.

Samson franziu a testa e sua esposa também.

— Enfim — prosseguiu David. — Em resumo, o que aconteceu foi o seguinte. Esse garoto, chamado Leo Martin, tem dezesseis anos. Ele fez os exames para a universidade e não passou. Aparentemente, não conseguiu a nota necessária em metade das provas. Foi algo que ninguém esperava, porque ele é um garoto inteligente. Muito inteligente. Um garoto que só devia tirar nota dez, ou a nota máxima que usavam na época, 2002. Então os pais dele armam a maior confusão, começando por atribuir a culpa ao comitê responsável pelo exame. Criada a controvérsia, os pais e a escola passam a investigar o assunto, e descobrem o motivo pelo qual Leo foi reprovado: o tempo que seus pais acreditavam estar sendo dedicado à preparação para as provas, na biblioteca da escola, era gasto na elaboração de trabalhos para um grupo de garotos do ano anterior. Deixe-me explicar: esses garotos são mais novos, mas também mais fortes e mais cruéis. E há muito tempo atormentam esse outro jovem, aterrorizam-no, fazem ameaças. Ameaçam a irmã dele também, que tem uns dez ou onze anos, mas é mais nova com certeza. E a única maneira que Leo encontra para protegê-la é virar escravo deles. Vocês sabem: aceitar desafios idiotas, roubar coisas, apanhar calado e fazer os trabalhos da escola quando eles estão prestes a serem reprovados.

Os olhos de Samson se voltaram para o corredor, provavelmente à procura da filha, presumiu Lucia. David percebeu e fez uma pausa.

— Devo deixar claro que tudo isso é uma suposição. É o que os pais do garoto alegaram. Mais tarde, na justiça. Eles entraram com um processo. Eles processaram a escola.

— Por quê?

David se virou para a mãe de Elliot.

— Como?

— Eu disse, por quê? Por que eles processaram a escola? Se queriam processar alguém, por que não processaram os pais dos meninos que fizeram isso com ele?

— A alegação deles, a alegação dos meus colegas, foi de que era obrigação da escola proteger as crianças sob sua responsabilidade. O *bullying* acontecia, quase sempre, nas dependências da escola, em horário escolar, ou seja, quando a escola na prática assumia a função familiar de monitorar o comportamento e o bem-estar de seus alunos. Nossa posição foi no sentido de relativizar o que os pais daquelas crianças poderiam ter feito, ainda que soubessem a respeito do que acontecia. Afinal, eles não estavam lá.

A mãe de Elliot balançou a cabeça.

— Pois eu discordo. Os pais são responsáveis. Os pais são sempre responsáveis.

— Eu acho o seguinte — disse Lucia. — O que o escritório de David estava tentando demonstrar era que a escola tinha uma obrigação de proteger. Assim como empresas têm obrigações para com seus empregados e seus clientes. Mas uma escola tem uma obrigação ainda maior, porque recebe um voto de confiança único.

A mãe de Elliot não retrucou. Ela apertou os lábios bem forte. Olhou para as mãos e escondeu um pedacinho do lenço que escapava por entre seus dedos.

— Correto — disse David. — É isso mesmo. O que afirmamos foi o seguinte: a escola foi descuidada. A escola foi negligente. A escola, por meio de sua inação, contribuiu diretamente para o sofrimento físico e mental vivido por Leo Martin e pela inexplicável queda de seu rendimento acadêmico. O que, desnecessário dizer, teria um impacto concreto em sua expectativa de ganhos futuros.

— Então foi tudo por dinheiro? — perguntou a mãe de Elliot. — Para os pais desse menino, tudo o que importava era o dinheiro?

David a olhou nos olhos.

— Sim. Essencialmente isso.

— Nesse caso — observou Lucia. — Nesse caso foi por dinheiro.

— E no nosso caso? — perguntou o pai de Elliot. — No nosso caso, seria pelo quê? Quer dizer, suponho que seja por isso que estejam aqui. Você, você está em busca de uma oportunidade. E você. — Ele fuzilou Lucia com os olhos. — Você está atrás de uma comissão, não é isso?

— Ei, espera aí... — começou a falar David, mas Lucia, sem tirar os olhos de Samson, segurou seu braço.

— Não é por isso que estamos aqui, sr. Samson. Juro que não é por isso que estamos aqui.

— Mas você acabou de dizer...

— Eu disse que, no caso de Leo Martin, virou uma questão de dinheiro. Mas a questão mais importante, a razão de estarmos contando isso ao senhor, é o precedente.

Samson não parecia entender.

— Não engulo essa. Qual poderia ser a razão, se não o dinheiro?

Lucia suspirou.

— A escola. A escola não é tão inocente quanto vocês acham. Ela não é inocente. Ponto. O *bullying* é endêmico por lá. Não se trata só do Elliot. Não se trata nem mesmo só dos alunos. E a escola ignora. A escola vira a cara, como se estivesse diante de um palavrão rabiscado na parede. — Lucia já estava se projetando, seus joelhos batendo na mesinha de café. — Foi o senhor que me disse, sr. Samson. Eles estão num processo de obtenção de recursos privados. O que acha que aconteceria com esses recursos se a verdade viesse à tona?

— Você está enganada — disse a mãe de Elliot. — A escola tem sido boa para nós. Tem nos dado apoio. Eles nos mandaram flores. O diretor, ele nos escreveu uma carta. — Lucia percebeu que ela estava quase chorando. O lenço havia reaparecido. — E quanto a Sophie? Sophie vai começar na escola em setembro do ano que vem. Que tipo de pais nós seríamos se colocássemos a possibilidade de um acordo financeiro à frente da educação da nossa filha?

— Certo — disse o marido. — Está totalmente certa. E quanto a você? — Ele agora encarava David. — Qual é seu interesse nisso? Disse que é advogado, não foi? Por que veio aqui se não pelos seus vinte por cento?

David endireitou as costas.

— Estou aqui porque Lucia me pediu para vir aqui. Posso ir embora. Se o senhor quiser, posso ir embora. Pode acreditar em mim: tenho outras coisas para fazer com o meu tempo.

Ele se levantou, e Lucia também.

— Por favor, David, sente-se. Sr. Samson, sra. Samson. A ideia foi minha, não foi dele. David está aqui por gentileza. Ele não veio aqui atrás de dinheiro.

O pai de Elliot não pareceu acreditar.

— Meu escritório nem sabe que estou aqui — disse David, ainda de pé. — Provavelmente eles nem gostariam que eu me envolvesse. Não sei dizer. Se vocês decidissem levar isso à frente, eu teria de conversar com eles antes. Talvez eles vissem um lado positivo na publicidade. Nunca faz mal à imagem da firma estar do lado da vítima. Mesmo que seja o lado derrotado.

Lucia abaixou a cabeça. Não aguentava mais assistir às reações dos Samson.

— Lado derrotado? — perguntou o pai de Elliot. — Está dizendo que nós não venceríamos? Está dizendo que, na hipótese de concordarmos com isso, nós não venceríamos?

— É improvável — admitiu Lucia.

— É praticamente certo, lamento dizer, que vocês perderiam — corrigiu David.

Lucia ergueu a cabeça novamente.

— Sente-se, David, pelo amor de Deus.

Ela olhou para o pai de Elliot. Ele sorria como alguém que não acreditava no que tinha ouvido.

— Então, esse garoto — disse —, esse garoto cujos pais entraram com o processo. Ele perdeu. Ele perdeu, e a escola ganhou.

David finalmente se sentou, mas tão na beira da almofada que corria o risco de escorregar para o chão. Ele olhou para Samson antes de confirmar que sua conclusão estava correta.

— Então o júri...

— O juiz — corrigiu David.

— Tudo bem, o juiz. Tanto faz. O juiz concordou conosco. Ele disse a mesma coisa que nós dois.

David não quis responder. Ele olhou para Lucia e passou a vez.

— Não aconteceu de uma maneira tão direta — explicou Lucia. — Algumas coisas foram surgindo nas audiências. Não em relação ao menino, nem em relação à escola... até onde sabemos, tudo ocorreu exatamente do jeito que David descreveu. Mas, quanto aos pais, havia pontos questionáveis. Eles tinham vivido um tempo nos Estados Unidos e voltado com uma certa... Quer dizer, eles tinha uma tendência...

— Eles gostavam de ir à justiça — completou David. — Isso não foi muito bem-aceito.

— Mas então qual seria o sentido disso? — perguntou Samson. — Por que nos incomodarmos? Minha mulher e eu, minha família, nós estamos seguindo em frente. — Ao notar os olhos de Lucia se voltando para a pilha de caixas, ele assumiu uma expressão séria. — Estamos tentando. Entendeu? Estamos fazendo o máximo. Por que colocaríamos isso em risco?

— Sr. Samson — respondeu Lucia. — A última coisa que eu lhe pediria seria para colocar em risco o bem-estar da sua família. O que estou pedindo é justamente o contrário. Estou pedindo que proteja sua filha, que proteja os amigos de sua filha. Estou pedindo que o senhor exponha a podridão dessa história toda e obrigue a escola a tomar uma providência. A escola tem de assumir sua responsabilidade e agir para assegurar que o que aconteceu com Elliot não aconteça com o filho de mais ninguém.

Agora foi Samson quem se levantou.

— Escute bem, detetive. Já dissemos isso, mas obviamente é preciso que eu repita. O que aconteceu com Elliot, o que aconteceu com nosso filho... não foi culpa da escola. Maldição, o que eles poderiam ter feito? Se tiver um plano para punirmos os idiotas, os animais responsáveis pela morte de Elliot, talvez nós escutemos. Do contrário, se isso é o melhor que pode nos oferecer, então... Sugiro que você e seu amigo se retirem.

Samson deu um passo adiante. Apesar de não ser um homem grande, pareceu se agigantar à frente de Lucia. Ela, entretanto, não se mexeu.

— Por favor, refresque minha memória, sr. Samson — disse. — Por que nada foi feito depois que Elliot foi atacado? Por que os garotos que bateram nele... os que morderam ele e cortaram a pele dele... por que eles saíram sem nenhuma punição?

— Porque ninguém testemunhou o que houve, detetive. Ninguém os viu fazendo aquilo. Foi o que você mesma nos disse, lembra? Foi isso que o seu colega nos disse.

— Está certo. Foi isso que dissemos. Conversamos com todos que encontramos, e todos disseram a mesma coisa. Os amigos de Elliot. Os professores de Elliot. Até o diretor. Todos disseram que não havia testemunhas.

Lucia se abaixou e enfiou a mão na bolsa.

— O que foi? — perguntou Samson. — O que está pegando aí? É um gravador? Não está gravando essa conversa, está?

Lucia colocou o gravador na mesa à sua frente.

— Apenas ouça. Por favor.

Samson hesitou. Olhou para a esposa, mas ela deu de ombros. Lucia esperou até que ele se sentasse novamente no braço da poltrona. E então apertou *play*.

Repetir o quê? Que parte? Repetir o que ele disse? Eu os vi. Alguma coisa assim. Ele disse, Eu os vi, e eles me viram.

Mas sejamos realistas, detetive, era apenas Samuel agindo como Samuel. Exatamente como eu disse ao diretor. Sim, vou lhe contar o que aconteceu, é claro que vou, mas com Samuel era sempre a mesma coisa. O diretor, ele perdeu as esperanças. Vivia resmungando algo a respeito de professores de história, e era verdade: nunca tivemos sorte com professores de história. Amelia Evans, por exemplo. Ela era a professora de história antes de Samuel. Ah, ela passou por um choque. Amelia veio de uma escola de ensino básico. Uma escola só para meninas. Disse ao diretor que estava procurando um desafio. Disse com essas palavras exatas. Eu estava sentada aqui, talvez um pouco mais perto da porta, e a ouvi usar essas palavras exatas na entrevista. Bem. Desafio é uma forma de descrever o que as crianças lhe deram. Outra seria "ataque de nervos". Essa foi a Amelia. Antes dela tinha sido Colin Thomas. Viemos a descobrir que o nome dele fazia parte de uma lista, e isso significava que ele não podia chegar muito perto de crianças. E antes tinha sido a Erica. Erica não sei do quê. Eu a achava uma boa jovem, até o dia em que ela sumiu. Nem uma ligação, uma carta ou qualquer tipo de sinal desde então. E, naturalmente, o próprio Samuel.

Ele era muito educado, esse era o problema. Parece um comentário ridículo agora, depois do que ele fez, mas desde o início eu sabia que haveria confusão, desde o início eu sabia que haveria lágrimas.

É claro que eu não sabia que seria esse tipo de confusão. Quer dizer, quem poderia prever isso? Estou aqui agora e estamos conversando sobre o que aconteceu e sei que Samuel fez o que fez, que uma centena de pessoas dizem que ele fez, que essas pessoas o viram fazer, mas ainda assim não consigo acreditar. Acho que deve ser uma dessas coisas em que você não acredita a não ser que tenha visto acontecer com os próprios olhos. E eu não vi. Graças a Deus. Graças a Deus não vi, porque, se eu visse uma coisa dessas, não sei como teria reagido. Não sei como isso teria me afetado. Eu já tenho problemas para dormir. É a pressão do trabalho. Todo esse trabalho. Tenho dificuldade em me desligar. Estou tomando esses comprimidos. Foi a minha Jessica que me deu. Jessica é a do meio, a mais inteligente. Não é a mais bonita, essa é a Chloe, a mais nova. Jessica é a mais inteligente. Mas, sem querer soar mal-agradecida, não são comprimidos de verdade. São... como se diz mesmo? Suplementos. O que quer dizer que não têm muita utilidade. É porque a Jessica trabalha para a Holland & Barrett. Katie, a mais velha, conseguiu o emprego para ela, e agora ela é subgerente assistente, o que é ótimo. Mas olha as coisas que ela leva para casa. Essa porcaria que ela me manda tomar. Vou ser sincera: pode ficar com esse sonífero à base de ervas. Me dá meio diazepam e um copo grande de alguma bebida francesa e pronto.

    Samuel. Estávamos falando do Samuel. Ele era sempre muito educado, entendeu? Não era como alguns dos professores que tivemos por aqui. Que ainda temos por aqui. Sério, não é surpresa que as pessoas sejam do jeito que são quando se olha para os exemplos que elas recebem. Terence é um palhaço. Às vezes ele me faz rir mesmo que eu não queira. Mas o linguajar dele. Francamente. E não é só Terence. Vicky é a mesma coisa. Christina é a mesma coisa. E George. George Roth. Ele é um cara legal e nunca o ouvi dizer um palavrão, mas mesmo assim não sei se isso é certo. Sabe, ele é homossexual. Não tenho nada contra. Viva e deixe viver, é o que eu sempre digo. Mas um homossexual ensinando valores cristãos? Para crianças? Não sei. Talvez seja apenas minha criação. Talvez eu já esteja velha. Mas, para mim, isso não parece certo.

Então eu me preocupava com Samuel. Me preocupava mesmo. Ele nunca pareceu preparado para isso. Nunca pareceu ter a força necessária. Eu ouço as coisas, detetive, sabe como é? Eu não procuro ouvir as coisas, mas, na posição que ocupo, sendo tão próxima do diretor — emocionalmente, é claro, mas também considerando a localização da minha sala —, não é sempre fácil evitar ouvi-las, mesmo quando você se esforça. E, menos de um mês depois de começar, Samuel já estava aqui para conversar com o diretor. Não peguei todas as palavras do que ele disse. O diretor tem uma voz bem clara, uma voz imponente — voz de locutor, eu sempre digo a ele —, enquanto a voz do Samuel chegava aqui como se ele estivesse falando para dentro da manga da camisa. De qualquer modo, ouvi o bastante para ficar sabendo que ele estava achando difícil. Ouvi o bastante para me perguntar se a docência era realmente para ele.

E isso aconteceu mais de uma vez. Chegou a um ponto em que eu tinha de inventar desculpas, dizer que o diretor estava numa reunião, numa ligação, fora da sala, ainda que ele raramente saia da sala. Ele é tão dedicado à escola. Ele é outro. Somos muito parecidos, eu e ele. Ele também não consegue evitar, mas realmente não devia trabalhar tanto. E eu digo isso a ele. Eu digo: o senhor merece uma folga, diretor. Deixe alguém assumir parte da responsabilidade. E ele me diz para eu não ficar pressionando, para eu não criar caso, mas se eu não crio caso... Bem. Quem vai criar?

Ele acabou falando com Samuel várias vezes, mas o que mais poderia fazer? Estou tendo dificuldade, dizia Samuel, como se esperasse que o diretor agitasse uma varinha mágica e resolvesse tudo. Pensando bem, no entanto, isso aconteceu principalmente no outono, o primeiro período de Samuel conosco. Depois disso, Samuel parou de incomodar tanto. Ele pareceu entender que havia algumas coisas que devia ser capaz de resolver sozinho. Mas, naturalmente, ele continuava vindo quando era chamado. Vinha discutir planos de aula, ementas, resultados de prova e coisas assim. Da mesma forma que todos os outros professores. Porém, fora esses momentos, ele se tornou um visitante raro no nosso cantinho da escola. Ele guardava suas coisas para si. Foi por isso que fiquei surpresa ao vê-lo aqui na manhã de segunda, a segunda da semana do tiroteio.

Foi o primeiro compromisso do dia, como eu disse. O diretor nem tinha chegado ainda. Eu mesma ainda estava chegando e sou invariavelmente a primeira a estar aqui. Não que eu receba mais para vir antes da hora, mas é necessário, se eu quiser voltar para casa num horário razoável. E Samuel já estava esperando. Estava sentado bem ali no chão, encostado na porta, segurando as pernas dobradas perto do peito. Assim que me vê, ele dá um pulo e fica de pé. Ele diz, Preciso falar com o diretor. Nada de bom-dia ou "Oi, Janet, como foi seu fim de semana?". Só aquilo: preciso falar com o diretor. Eu digo para ele, Bom dia, Samuel. O que está fazendo aqui tão cedo? E ele só diz o seguinte, Ele está aí? E eu respondo, Acabou de dar sete horas. O diretor costuma chegar às sete e quinze. Eu avisarei a ele que esteve aqui, tudo bem? Isso porque eu havia acabado de chegar e tinha uma montanha de coisas a fazer e não podia perder tempo sentada e batendo papo. Principalmente com alguém como Samuel, que é sempre tão educado, como eu disse, mas não é a companhia ideal para um papo. Acho que ele não tinha esse gene.

Então Samuel confere as horas. Ele franze a testa e olha ao seu redor, como se suspeitasse de alguém o espionando enquanto fala comigo. Ele diz, Eu espero. Vou esperar aqui mesmo. E eu respondo, Bem, Samuel, o diretor tem uma manhã cheia hoje. Acho que seria melhor você voltar mais tarde. Mas ele simplesmente desliza até o chão. Não diz mais uma palavra. Só fica sentado ali, como as pessoas costumavam fazer nos anos 1960.

Quando o diretor chega, estou na minha mesa. Toda manhã ele entra pela minha sala para chegar à dele, então aproveito para lhe entregar sua correspondência da manhã, seu jornal e sua xícara de café. Ele gosta do café puro, só com uma colher rasa de açúcar. Por isso, levanto assim que ouço o barulho e tento pensar numa forma de deixar claro que fiz todo o possível, mas Samuel simplesmente se recusou a ir embora. No entanto, fico olhando para a porta, e ela não abre. Ouço os dois conversando do lado de fora, aparentemente os dois falando ao mesmo tempo. Como as paredes são mais grossas entre esta sala e o corredor, não consigo pegar nem uma palavra. Mas de repente eles já estão na sala do diretor, do outro lado, e agora a barreira não passa de uma divisória.

Eu os vi. Foi nessa hora que Samuel disse isso. Eu os vi, e eles me viram. Ele não está falando no seu tom de voz normal. Quer dizer, o som não está abafado, e isso me sugere que Samuel está agitado. E eu de pé ali, segurando o café do diretor, sem saber o que fazer. Estou pensando se devo bater ou simplesmente deixar os dois sozinhos. Resolvo deixar os dois sozinhos.

Quem?, pergunta o diretor. Quem foi que você viu? Acalme-se, pelo amor de Deus.

Precisa me ajudar, diz Samuel. Precisa fazer algo. Eles vão vir atrás de mim, sei que eles vão vir.

O coitado do diretor, dava para perceber que ele estava perdendo a paciência.

Do que está falando? Quem você viu?

Quem? O senhor sabe muito bem. Donovan. Gideon. Os dois e os amigos dele.

Donovan Stanley, detetive. Um dos garotos que foi morto, no fim das contas. Acho que Samuel estava atrás dele. Donovan e seu melhor amigo, Gideon. Sempre fazendo besteira, aqueles dois. Geralmente coisa boba, coisa de menino, nada que justificasse Samuel armar aquele circo. O que estou tentando dizer é que aquele era exatamente o tipo de coisa pela qual os dois já tinham passado. Exatamente a mesma coisa. E eu achava que Samuel tinha conseguido entender as coisas, mas obviamente não tinha. Ele estava totalmente perdido: essa é a verdade pura e simples. Trabalhar numa escola não é tão fácil quanto as pessoas pensam.

O diretor disse, Eu não tenho tempo para isso, sr. Szajkowski. E era verdade. Posso atestar que ele realmente não tinha. Havia uma reunião importante naquela manhã. Com os membros do conselho diretor e alguns convidados especiais. Uma reunião muito importante para o futuro da escola. O diretor estava ansioso. Para ser sincera, eu nunca o tinha visto tão ansioso. Então foi uma atitude razoável o diretor mandar Samuel ir embora.

Mas Samuel insistia, Por favor, diretor. Por favor.

E o diretor respondeu, Sr. Szajkowski. Tente se controlar. Não pode se comportar dessa maneira na frente das crianças. O senhor é um professor. Dê o exemplo.

E então parecia que o diretor estava ao lado da porta, enquanto Samuel... Samuel se arrastava diante da mesa. Então houve silêncio por um momento; os dois ficaram calados. Até o diretor retomar a palavra.

Muito bem, sr. Szajkowski. Eu realmente preciso cuidar de outros assuntos.

Mas Samuel não respondia. Não dizia nada, nada que eu pudesse escutar. Supus que ele tivesse saído. Eu não havia escutado ele saindo, mas supus que sim porque depois a porta bateu e o silêncio voltou a dominar o ambiente. E pouco depois o diretor apareceu na minha sala.

E foi isso. Acho que não ajudou muito, não creio que tenha ajudado, mas, enfim, acho que foi isso. Essa foi a última vez que vi Samuel.

Não. Espera um pouco. Eu ainda o vi depois. Claro que o vi depois. Que idiotice a minha. Eu o vi depois para mandá-lo para casa. Foi o diretor quem me pediu. Depois que a polícia veio. Na verdade, depois que a polícia foi embora. Depois que eles nos contaram a respeito de Elliot Samson.

Elliot é um aluno do que chamamos agora de sexto ano. Ele foi atacado, detetive. Apanhou bastante, ao que parece. Aconteceu depois da escola, na sexta-feira, mas não ficamos sabendo de nada até a manhã de segunda. Seus colegas chegaram por volta das dez. O nome de um deles era Price. Não fiquei sabendo o nome do outro. Foram eles que contaram ao diretor. Foi nessa hora que ele e eu ficamos sabendo. Isso aconteceu depois da conversa com Samuel, mas antes da reunião do conselho diretor da escola. No fim, a reunião acabou sendo adiada.

Estamos eu e o diretor na minha sala. A polícia acabou de sair, como já contei. Estamos os dois meio que em estado de choque. O diretor está incrivelmente pálido. E eu comento com ele, Que coisa horrível o que aconteceu. E foi mesmo. Horrível, simplesmente horrível. O diretor mexe a cabeça, mas não diz nada, e ficamos os dois olhando para o chão.

Então o diretor diz, Janet, ouviu mais alguma coisa do Samuel?

E eu respondo, Não, diretor, nada. Nada desde hoje de manhã.

O diretor olha para mim e pergunta, Hoje de manhã? Está me dizendo que ouviu tudo que falamos hoje de manhã?

Ele me olha como se eu tivesse feito alguma coisa terrível, mas como eu poderia deixar de ouvir? E eu fico ali, parada, sem saber o que dizer e acabo dizendo, Não, bem, sim, é que as paredes são muito finas.

E ele só franze a testa. O que foi que você ouviu? O que você entendeu da conversa?

E eu respondo, O que entendi, diretor? Eu não consegui entender quase nada. Era apenas Samuel. Samuel agindo como Samuel.

Então o diretor responde, Sim, é isso mesmo. Ainda assim... Ele parou para pensar um instante. Janet, preciso que me faça um favor.

Claro, diretor. O que é?

Mande Samuel para casa.

Para casa, diretor?

Sim, para casa. Vamos ver. É quase hora do almoço. Ele deve estar na ala nova, na sala três ou quatro. Pegue-o no corredor e mande-o ir para casa. Diga que é para ele tirar uma folga. Os policiais vão voltar à tarde para continuar a investigação do incidente com o menino Samson. Querem conversar com as crianças. Com os funcionários também. Não acho que Samuel seja capaz de lidar com isso. Não no estado em que se encontra.

Não mesmo, diretor. Acho que o senhor está certo.

Ótimo. Ótimo. Ah, Janet...

Sim, diretor?

O que disse para os membros do conselho? Remarcou a reunião?

Disse que tinha surgido uma questão urgente. Disse que estava esperando para falar com o senhor.

Veja se consegue remarcar para amanhã de manhã. Peça desculpas e conte o que aconteceu, mas deixe claro que o ataque foi fora da escola. Não quero que eles se preocupem. Não quero que se distraiam.

Pois não, diretor. Assim que eu cuidar do Samuel.

Só mais uma coisa. Acho que devemos marcar uma reunião. Vamos marcar para quarta-feira. Primeira coisa de manhã. Todos os alunos devem comparecer. E os funcionários também. Sem exceção, Janet.

Sim, diretor. Mais alguma coisa, diretor?

Como não há mais nada, saio à procura de Samuel. Ele está na sala três, exatamente onde o diretor disse que ele estaria. Se bem que eu o teria encontrado mesmo sem as orientações.

Porque a sala está num caos absoluto. A ala nova... nós chamamos de ala nova, mas na verdade já nem é mais tão nova, deve ter pelo menos dez anos... a ala nova fica bem na área norte do prédio, mas dá para ouvir o barulho da turma de Samuel desde o refeitório. Ele está dando aula para o sexto ano. Eu digo "dando aula", mas, quando olho pelo vidro da porta, vejo que ele não está fazendo nada muito específico. Ele está na mesa, curvado para a frente, apoiado nos cotovelos e com uma das mãos na cabeça. As crianças parecem estar fazendo qualquer coisa que lhes dá na cabeça: a maioria apenas conversando, mas um ou dois estão correndo pela sala e há até uma menininha em cima de uma cadeira, numa das janelas, ou seja, quase caindo lá de cima. Eu provavelmente devia interromper, mas não faço nada. Em vez disso, fico esperando do lado de fora pelo sinal.

Depois de um ou dois minutos o sinal toca e, antes mesmo de parar, as crianças já estão saindo pela porta. O tumulto parece acordar Samuel de seu sonho, e lentamente ele se levanta. Estou esperando bem na porta.

Dou um sorriso, mas ele não retribui. Acho até que Samuel teria passado direto por mim, se eu não tivesse dito seu nome.

Janet. O que deseja?

Esse não é o jeito mais adequado de se falar com uma pessoa, concorda? Não é o jeito de se falar com uma colega e não é o que eu esperava ouvir dele. Então respondo de um jeito bastante seco.

O diretor disse para ir para casa. Disse para descansar um pouco. Não espera vê-lo aqui hoje à tarde, nem amanhã, pelo que entendi.

É só isso?, diz ele, já indo embora.

Sim.

E sou pega meio de surpresa. Primeiro digo sim, depois não. Isso porque eu me esqueci de falar a respeito da reunião.

Deve estar aqui na quarta-feira de manhã. O diretor vai fazer um pronunciamento para falar sobre o que aconteceu com Elliot Samson.

Samuel não entende do que estou falando, mas também não espera para ouvir a explicação. Simplesmente vai embora. Olha para mim, bem no fundo dos meus olhos, e depois vai embora.

E essa, detetive, foi a última vez que o vi. Foi mesmo a última vez que o vi. Não creio que tenha ajudado muito, mas não sei o que mais poderia dizer. Eu o vi de manhã, ele estava preocupado com alguma coisa, porém alguma coisa que eu não sei o que era. Seu comportamento era estranho, mas nem tanto, considerando-se que era Samuel. Depois a polícia chegou e houve esse incidente envolvendo Elliot, que foi terrível com certeza, realmente lamentável. Se bem que soube que ele está melhorando. Está no hospital, mas está se recuperando bem, o que pelo menos é uma boa notícia. Ah, sim, a polícia chegou e depois eu falei com o diretor e concordamos que seria melhor mandar Samuel para casa. Então o encontrei e cumpri a tarefa. E pronto. É tudo. Quer dizer, se houver mais alguma coisa, não consigo me lembrar. Porque eu lhe contaria se houvesse, claro que contaria. Até porque tenho uma tendência a falar, detetive. Tenho uma tendência a tagarelar. Provavelmente já percebeu isso sozinha. A maioria das pessoas tem que me interromper. Não é sempre fácil depois que eu começo, mas a maioria das pessoas consegue me impedir de falar demais.

ERA O DIA MAIS QUENTE.

Da história, diziam as manchetes. Desde o início dos registros, esclareciam as letrinhas pequenas. Era como subir uma ladeira, pensou Lucia, e finalmente alcançar o topo. Se bem que também lhe ocorreu que não parecia estar mais quente do que no dia anterior ou do que em qualquer outro dia desde o começo da onda de calor.

Ela entrou e cumprimentou o pessoal da recepção. Enquanto esperava o elevador, um servente empurrando um carrinho parou ao seu lado. Quando as portas se abriram, ela fez um gesto para ele passar à frente, antes de se espremer para entrar atrás. Lucia apertou o botão do terceiro andar. O homem apertou o do sexto. As portas se fecharam, e o motor do elevador começou a chiar enquanto os cabos nitidamente se esforçavam para puxá-los para cima. Lucia se concentrou em sua imagem distorcida, refletida no revestimento de latão das portas. Sentia sua perna encostada na barra do carrinho. O cheiro de café vindo da máquina levada pelo servente deixava o ar ainda mais pesado e úmido.

Toda a turma estava reunida. Harry estava lá, assim como Walter, sempre com seus dois palermas ao lado. Não havia audiências naquele dia. Nenhum suspeito a ser interrogado, nenhum crime a ser resolvido. Nenhuma razão para estar em qualquer outro lugar que não fosse o mais próximo possível do palco principal.

O olhar de Lucia cruzou com o de Harry, e ela lhe ofereceu um breve sorriso. Depois de atravessar todo o departamento, parou diante da porta de Cole. Encontrando-a fechada, ela bateu e esperou. Ajeitou uma mecha solta de cabelo atrás da orelha. Respirou fundo.

— Entra — respondeu uma voz.

Lucia olhou para Harry de novo, depois virou a maçaneta e entrou.

— Lucia — disse Cole.

Ele estava atrás da mesa, de pé, mas debruçado sobre a mesa, onde se apoiava com as mãos. Tinha um sorriso no rosto. Ela não esperava encontrá-lo sorrindo.

— Chefe — respondeu Lucia, fechando a porta atrás de si.

— Venha, sente-se. Quer um café? Não, claro que não quer, está muito calor para se tomar café. Água?

— Obrigada. Estou bem assim.

Ela atravessou a sala e se sentou na cadeira que o chefe havia indicado. Do outro lado da mesa, Cole também se sentou. Continuava sorrindo.

— Isto aqui não é nada formal — disse ele. — Não é oficial.

— Claro, eu entendo. Mas antes que diga...

Cole fez um sinal com a mão.

— Preciso de ajuda, Lucia. Preciso da sua ajuda.

— Chefe...

— Por favor, Lucia. Só me escute por um momento.

Ela se calou, e Cole começou a se reclinar na cadeira. Uma de suas mãos estava quase tocando seu lábio superior, mas ele a deteve ao se dar conta de que Lucia o observava.

— A pasta de dente. Não funcionou. Se quer saber a verdade, só ardeu à beça.

Lucia se remexeu. A cadeira, feita de plástico e nada flexível, arranhava a parte de trás de seus joelhos. Sentia o resto de seu corpo grudento, precisando de ar.

— Que pena. Foi só uma dica que li em algum lugar. Eu nem devia ter comentado.

Cole não deu importância. Ele se curvou para a frente, cruzando os braços e apoiando os cotovelos na mesa.

— O sr. Travis — disse. — O diretor. Ele recebeu uma carta.

Lucia não pretendia deixar que a conversa chegasse àquele assunto. Mas, agora que já havia chegado, ficou curiosa para saber até onde iria.

— Sim, eu sei disso.

— E também sabe, imagino, qual era o teor da carta.

Os dois se encararam por um instante, até que Lucia finalmente mexeu a cabeça, confirmando.

O detetive-chefe estava analisando Lucia. Ele batucava com os dedos no tampo da mesa. Por dentro de sua bochecha saliente, a língua se ocupava de algo que havia encontrado entre dois dentes.

— Isso é um problema — disse. — Você consegue entender que isso é um problema, não consegue?

— Eu concordo que, sim, é um problema. Para o sr. Travis. Não acha, chefe?

Cole assentiu.

— Certamente. Isso certamente é um problema para o sr. Travis. Mas acredito que eu e você possamos encontrar uma maneira de nos livrarmos desse problema.

— Entendi. E é por isso que estou aqui. Ou melhor, é por isso que o senhor acha que estou aqui.

Cole não respondeu. Em vez disso, sorriu, como se tivesse percebido de repente que havia deixado aquilo escapar. Ele se levantou e foi até o bebedouro.

— Tem certeza de que não quer nada? — perguntou.

Diante do silêncio de Lucia, ele encheu um copo para si e voltou à sua posição atrás da mesa. Mas dessa vez não se sentou.

— Um processo judicial — disse Cole. — Uma ação cível. Talvez possa me explicar, Lucia, o que exatamente espera conseguir com isso.

— Não cabe a mim explicar, detetive-chefe. Afinal, não tem nada a ver comigo.

Cole deu uma risada. Deu uma risada e pela primeira vez deixou sua impaciência transparecer.

— Acho que já passamos da fase de fingimentos, não é mesmo, detetive?

Lucia se levantou.

— Não tenho muita certeza de que essa conversa vá nos levar a algum lugar, chefe. Se não se importar...

— Sente-se, detetive.

Ela permaneceu de pé.

— Por favor. Sente-se, Lucia — pediu Cole.

Ela se sentou de novo e, desta vez, cruzou os braços.

— No meu modo de ver as coisas, os Samson estão ressentidos. Ao que parece, estão reagindo da única maneira que podem — especulou Cole.

— Não — disse Lucia. — Esse não é...

Cole a interrompeu.

— Eles estão descontando na escola e estão descontando no diretor. Espere, Lucia. Só me dê um minuto. — Ele sorriu de novo, mas o sorriso não chegava aos seus olhos. — É compreensível. Claro que é. Eles perderam o filho. Elliot, não é? Era assim que se chamava, certo? Eles perderam o filho e ninguém foi punido. Por que não estariam com raiva?

— Eles estão com raiva — disse Lucia, esforçando-se para manter o controle sobre a voz. — Eles estão furiosos. E não são os únicos.

— É compreensível — disse Cole mais uma vez. — Eu entendo. Todos nós entendemos. Até o sr. Travis entende, por mais que você possa achar difícil acreditar nisso.

Lucia tentou interrompê-lo novamente, mas Cole simplesmente começou a falar mais alto.

— E se pudéssemos chegar a um acordo? Quer dizer, é disso que estamos falando aqui, não é? Punição. Castigo. Vingança pelo que aconteceu com Elliot.

Cole finalmente deu a Lucia uma oportunidade de falar. Ela percebeu que já estava sufocada pelas palavras.

— Acordo? — conseguiu perguntar. — O que quer dizer com acordo?

Ele deu de ombros e ficou ajeitando uma pilha de papéis sobre a mesa.

— Estou falando de Gideon. Não é esse o nome dele? Os amigos dele. Os que atacaram Elliot. Obviamente, nós não podemos fazer nada. A investigação está encerrada. Já o sr. Travis... Bem, é a escola dele, afinal de contas.

— Me desculpe, detetive-chefe, mas pensei que nossa posição... pensei que a posição do diretor fosse de que ninguém testemunhou o ataque. Não foi isso que a escola disse aos Samson?

— Estamos conversando abertamente, Lucia. Achei que estivéssemos conversando abertamente.

Quase sem acreditar no que ouvia, ela se viu sorrindo, apesar do que realmente achava daquilo.

— Esse processo — disse Cole, agora num tom mais austero. — Ninguém quer que aconteça. Sei que você tem um problema com Travis e talvez você consiga viver com o peso de arruinar a carreira de uma pessoa, mas e quanto à escola? E quanto aos outros professores, aos outros alunos?

— Você não está entendendo. Não está entendendo nada. É justamente pelos professores e pelos outros alunos que os Samson estão fazendo o que estão fazendo.

— E a polícia, Lucia? E quanto à polícia? Não pense que isso não vai nos atingir. Não pense que não seremos envolvidos também. Porque seus amigos vão aparecer no tribunal para dizer ao mundo que a polícia falhou, que a polícia não conseguiu ajudar o filho deles. Acha que isso vai tornar nosso trabalho mais fácil na próxima vez? Acha que isso vai tornar nosso país mais seguro? Porque eu não acho. Não acho mesmo.

Lucia se levantou.

— Já ouvi o bastante. Sinceramente acho que já ouvi o bastante.

Ela se virou e deu um passo em direção à porta.

— Certo, Lucia, certo.

Ao olhar para trás, Lucia viu Cole de pé, com os braços levantados, numa pose que não era bem um gesto de rendição, mas uma indicação de que ela mesma havia pedido o que estava por vir.

— Esqueça a escola — disse Cole. — Esqueça Travis. Esqueça seus malditos colegas. E quanto a você? O que acha que vai acontecer com você se decidir seguir em frente com isso?

— Eu já disse. A decisão não é minha. Os Samson fizeram sua própria escolha. Minha contribuição foi apenas lhes passar informações que ninguém havia lhes passado ainda. Informações que eles mereciam ter.

— Exatamente, detetive. Exatamente. Você já foi suspensa. Como acha que isso favorecerá sua carreira?

— Minha carreira — repetiu Lucia. Ela voltou para encarar o chefe. — Já ia me esquecendo — disse, tirando um envelope da bolsa e o entregando a Cole. — Isso aqui é para o senhor. Foi por isso que vim aqui. Só tem uma ou duas linhas, mas vai perceber que aborda todos os pontos importantes.

Cole franziu a testa. Ele pegou o envelope da mão de Lucia e examinou os dois lados, como se não tivesse certeza do que estava segurando.

— Está entregando seu cargo?

— Estou entregando meu cargo.

— Está desistindo. Está indo embora.

— Chame da maneira que preferir. Esse trabalho não é nada do que eu pensava que fosse. Não é nada do que deveria ser.

— Não vem com essa, Lucia. Não vem com essa merda idealística. E isto aqui — disse ele, agitando o envelope — não livra sua cara. — Cole jogou a carta de Lucia sobre a mesa. O envelope deslizou pela superfície e caiu do outro lado. — O que você fez... Pode ser denunciada por isso. Denúncia criminal.

Usou informação privilegiada da investigação de Szajkowski para incitar os pais de Elliot Samson a iniciarem uma ação cível contra a escola. É prevaricação, Lucia. O sr. Travis tem todo o direito de ir direto à corregedoria.

— O sr. Travis pode ir aonde preferir — respondeu Lucia. — Se quiser, posso até lhe dar algumas sugestões.

— Pelo amor de Deus, Lucia! Vocês nunca vão ganhar essa briga!

— Como já disse, isso não tem nada a ver comigo. Mas eu presumo que ganhar não importa muito. Geralmente não é a decisão da justiça que conta num caso desse tipo.

— Então qual é o objetivo? Me explica qual é o maldito objetivo!

— Se lembra de Samuel Szajkowski, chefe? Ele não foi levado à justiça, mas foi julgado. Travis permitiu que ele fosse julgado. E Leo Martin. Experimente mencionar o nome Leo Martin para o sr. Travis. Veja de que cor ele ficará.

— Leo Martin? Quem é esse tal de Leo Martin?

— Só um garoto. Só mais um garoto que não saiu vitorioso. Mas ele mostrou que tinha a razão. A imprensa cuidou para que isso acontecesse.

Cole riu com deboche.

— Agora está falando em forma de charadas, Lucia. Mas vou dizer o que você está fazendo mesmo: está se enfiando embaixo de uma montanha de problemas.

— Me diga uma coisa, chefe: por que estamos tendo essa conversa? Se vencer é mesmo a única coisa que importa, por que não ficam esperando os Samson perderem? — Lucia deu um passo em direção à mesa. — Sabe tão bem quanto eu que, mesmo que o caso não dê em nada, eles vão conseguir o que esperam conseguir. Porque Travis não terá onde se esconder. Não haverá interesses maiores atrás dos quais se esconder. O senhor, seu chefe, quem quer que esteja do lado do diretor: ninguém poderá ajudar. Pode ser até que o senhor acabe encurralado da mesma forma que o homem que parece tão disposto a defender.

Cole balançava a cabeça.

— Eu disse para eles que você seria razoável. Eu disse que não havia necessidade de fazer ameaças. Mas vai acontecer, Lucia. Se seus amigos forem em frente com isso, você terá de encarar as consequências. Não moverei um dedo para proteger você.

— Eu não pediria isso. Nem pensaria nisso.

— Então vale a pena? O custo, o custo pessoal disso, tudo por dois ou três centímetros de matéria escondidos numa página interna do jornal? Vale mesmo a pena?

Lucia se agachou, pegou o envelope do chão e o botou de volta sobre a mesa de Cole.

— Samuel Szajkowski — disse. — Ele atirou em Donovan e depois atirou na direção do palco. Estava mirando em Travis, chefe. Não na mulher que o havia traído ou no homem que o atormentava. Estava mirando em Travis.

— Não estou nem aí, Lucia. Travis não está nem aí.

— Não, tenho certeza que não. Tenho certeza de que, neste exato momento, ele tem outras coisas na cabeça. Mas ele terá muito tempo para pensar a respeito disso quando estiver curtindo sua aposentadoria forçada.

Fora da sala, seus colegas a esperavam. Não queriam passar essa impressão, mas a falta explícita de interesse não deixava dúvidas. Apenas Harry vigiava a porta abertamente quando Lucia saiu. Ele olhou com surpresa e recebeu uma careta como resposta.

As cabeças foram se levantando para acompanhar o desfile de Lucia pelo departamento. Ela teria se dirigido diretamente à escada, se Harry não a alcançasse antes.

— Lucia — disse ele, pondo a mão no ombro dela para fazê-la virar. — Sei que pode não ser a melhor hora...

Lucia olhou por cima do ombro de Harry. A porta de Cole continuava fechada, mas Walter, sentado em sua mesa, observava os dois com uma expressão entre a incredulidade e a diversão. Rob e Charlie estavam à toa, com cara de que estavam prontos para seguir suas instruções.

— Não é mesmo uma boa hora, Harry.

— Não, né? — Ele olhou para trás. — Não é. Acontece que, se você fez o que eu imagino que fez lá dentro... Bem, acho que não nos veremos de novo tão cedo.

O jeito de falar de Harry a fez sorrir.

— Tudo bem, o que é?

— Nada. Nada muito importante. Só queria perguntar uma coisa a você, não é nada de mais. — Sua voz estava mais baixa, embora ainda num volume que os outros podiam ouvir. E eles estavam atentos a tudo. — O que eu queria perguntar é se gostaria de sair para tomar alguma coisa. Num *pub* ou algo assim. Claro que não agora. Alguma hora. Quando você quiser. Ou não. Tanto faz.

— Tanto faz? — repetiu Lucia.

Harry passou a mão na testa.

— Não é tanto faz. Não foi isso que quis dizer. O que eu quis dizer... caramba, Lucia. Você não está me ajudando com isso. O que eu quis dizer...

Antes que pudesse concluir, Lucia pôs a mão em seu braço.

— Eu entendi o que você quis dizer, Harry. Quero, sim. Quero sair com você uma hora dessas. Sabe, qualquer hora dessas.

Harry não conseguiu esconder um sorriso enorme.

— Ótimo. Eu ligo para você.

— Ligue, sim — disse Lucia, voltando a sorrir e fazendo menção de se virar para ir embora.

Um som que parecia o de um tapa interrompeu seu movimento. Era Walter, batendo palma num ritmo propositadamente lento. Lucia notou que ele estava rindo, mas não para ela. Agora o alvo era Harry. E Harry já se voltava para encará-lo.

— Parabéns, Harry, meu garoto. Parece que conseguiu arrumar um encontro. E nós aqui achando que você era um mané. — Rob e Charlie riram. Walter olhou para eles, fingindo estar intrigado com alguma coisa. — Se bem que, pensando melhor, será que conta quando a mulher com quem você sai é uma sapata?

Naquele instante, Harry passava pela mesa de Walter. Ele parou de maneira ab-rupta.

— Cala essa boca, Walter. Cala essa boca de merda.

Walter se levantou e Harry o encarou.

— Por que você faz isso, Walter? — A voz de Lucia atraiu a atenção dos dois. — As piadas e todo o resto. Esse seu personagem. Por que faz isso? — Walter se preparou para responder, mas Lucia não lhe deu oportunidade. — Será que é porque você não gosta de mulheres? É por isso?

Enquanto Walter se encostava na mesa, Lucia se aproximava.

— Tudo depende da mulher — disse ele, dando uma risada sem muita substância.

De repente, Lucia já estava ao seu lado. Dessa vez, ela falou bem perto do ouvido dele.

— É porque você não gosta de mulher? — perguntou de novo. — Ou será porque não é de mulher que você gosta? — Walter se retraiu. Ele tentou se afastar, mas Lucia o segurou. — Porque esse trabalho já é difícil para uma mulher. Para alguém como você, então, deve ser mais difícil ainda.

Quando Walter finalmente conseguiu se soltar, Lucia deu um passo para trás, abrindo caminho para ele.

— O que ela disse? — perguntou Charlie. — Ei, Walter, o que ela disse?

Walter tinha os olhos fixos em Lucia. Seu risinho havia se transformado numa cara feia.

— Ela não disse nada. Não disse merda nenhuma.

Lucia se virou para Harry. Seus lábios tocaram o canto da boca dele. Antes que Harry pudesse reagir, Lucia já estava se afastando, cruzando a sala na direção da escada. Ao chegar à porta, ela se virou e não conseguiu deixar de notar o olhar de Walter. Ele a observava com uma expressão de ódio que ela só tinha visto antes pelas barras da grade de uma cela. Lucia, no entanto, não sentia nada parecido.

AGRADECIMENTOS

Agradeço à minha esposa, Sarah, acima de tudo, e à minha família: mamãe, papai, Katja, Matt, Galina, Ekaterina, Sue, Les, Kate, Nij e, claro, nosso cada vez maior time de futebol. Também agradeço a Sandra Higgison, Richard Marsh, Jason Schofield, Kirsty Langton, Christian Francis, John Lewis, Darryl Hobden e Anna South pelo apoio, orientação e aconselhamento. Os erros aparecem apesar da colaboração deles e por minha exclusiva responsabilidade. Obrigado, finalmente, a todos na Picador e na Felicity Bryan, em particular a Maria Rejt e Caroline Wood.

Editora responsável
Marianna Teixeira Soares

Produção
Adriana Torres
Ana Carla Sousa

Produção editorial
Guilherme Bernardo

Revisão de tradução
Clara Vidal

Revisão
Camila Nóbrega

Diagramação
Trio Studio

Este livro foi impresso no Rio de Janeiro, em agosto de 2011,
pela Ediouro Gráfica, para a Editora Nova Fronteira.
A fonte usada no miolo é Iowan Old Style, corpo 10,5/14,5.
O papel do miolo é chambril avena 80g/m²,
e o da capa é cartão 250g/m².

Visite nosso site: www.novafronteira.com.br